Das Buch

Anhand von unveröffentlichten Prozeßakten schildert Milo Dor das Attentat von Sarajewo, das 1914 die Welt in Brand setzte. Der Untersuchungsrichter Leo Pfeffer führt die Ermittlungen. Um ihn herum spielen sich die Ereignisse ab. In seinem Bewußtsein spiegeln sich die Überlegungen und Motivationen der Beteiligten und werden die geistigen Strömungen des untergehenden Österreich reflektiert. Auf der einen Seite: die österreichische Bürokratie und der Militärapparat, ein verfilztes Gestrüpp aus Konventionen, erstarrtem Ehrenkodex, Pedanterie und sich überschneidenden oder einschränkenden Kompetenzen. Auf der anderen Seite: die serbischen Agenten und Rebellen, erfüllt von halbverstandenen sozialen und politischen Idealen, beherrscht von einer Mischung persönlicher Ressentiments und politischer Hysterie. Das Attentat auf Erzherzog Ferdinand und die Folgen enthüllen, wie morsch das Gebäude des alten Europa schon war, als es in die blutige Katastrophe des Ersten Weltkriegs hinabstürzte.

Der Autor

Milo Dor (eigentlich Milutin Doroslavac) wurde am 7. März 1923 in Budapest als Sohn eines serbischen Arztes geboren und verbrachte seine Jugend in Belgrad. 1942 als Widerstandskämpfer verhaftet, 1943 Zwangsarbeit in Wien, 1944 Studium der Theaterwissenschaft. Seither freier Schriftsteller, Fernsehautor und Journalist. Die wichtigsten Veröffentlichungen: ›Unterwegs‹ (1947), ›Tote auf Urlaub‹ (1952), ›Nichts als Erinnerung‹ (1959), ›Die weiße Stadt‹ (1969), ›Alle meine Brüder‹ (1978), ›Meine Reisen nach Wien‹ (1981).

Milo Dor:

Die Schüsse von Sarajewo

Roman

Deutscher
Taschenbuch
Verlag

dtv

Ungekürzte Ausgabe
März 1989
2. Auflage Juni 1994
Deutscher Taschenbuch Verlag GmbH & Co. KG,
München

Das Buch erschien 1982 in Wien und München unter dem
Titel: ›Der letzte Sonntag. Bericht über das Attentat
von Sarajewo‹
Umschlaggestaltung: Celestino Piatti unter Verwendung
eines Fotos des Bildarchivs Preußischer Kulturbesitz
(Felix Schwormstädt: Das Attentat von Sarajewo)
Gesamtherstellung: C. H. Beck'sche Buchdruckerei,
Nördlingen
Printed in Germany · ISBN 3-423-11079-1

Inhalt

Vorwort

Über kein Ereignis in der Geschichte hat man so viel und mit so viel Leidenschaft und oft unverhohlenem Haß geschrieben wie über das Attentat von Sarajewo, in dem man allgemein den Anlaß für den Ausbruch des Ersten Weltkriegs sieht, was sicherlich auch stimmt. Die Folgen dieses Kriegs und des Zerfalls einer scheinbar festgefügten Ordnung sind unübersehbar, weil sie noch fortdauern. Daher die Gefühlsaufwallungen überall dort, wo man daran geht, dieses für das Schicksal Europas entscheidende Attentat zu deuten, obwohl seither beinahe siebzig Jahre vergangen sind.

So habe ich bei der Schilderung der dramatischen Geschehnisse im Sommer 1914 versucht, jede Emotion, soweit das überhaupt möglich ist, zu vermeiden und die nachprüfbaren Fakten für sich sprechen zu lassen, vor allem die Aussagen der Attentäter, die sie vor dem Untersuchungsrichter Leo Pfeffer gemacht haben, sowie die Aufzeichnungen Pfeffers und anderer unmittelbarer Zeugen.

Die Findung der Wahrheit, die sich der Untersuchungsrichter Pfeffer zum Ziel gesetzt hat, läßt jedoch auch für die Phantasie eines Erzählers genügend Spielraum. So ist aus diesem Menschen, den es in ähnlicher Form tatsächlich gegeben hat, eine Romanfigur entstanden, die mit ihrer Auffassung von Recht und Gerechtigkeit in einer Welt voll Unrecht und Haß zwangsläufig scheitern muß.

ERSTER TEIL

1

Leo Pfeffer stand in dunkler Hose und weißem Hemd vor dem großen Schrankspiegel im Schlafzimmer und band sich eine silbergraue Krawatte um, die zu seinem Sonntagsanzug paßte. Er machte es schon zum zweiten Mal, weil er mit dem Knoten nicht zufrieden gewesen war. Auch diesmal hing die Krawatte wie ein Strick von seinem Kragen herunter, so daß er den Knoten wieder löste. Bevor er zum dritten Mal an dieses Geschäft heranging, sah er sich etwas genauer im Spiegel an. Mit seiner Frisur war er ebensowenig zufrieden wie mit den mißlungenen Knoten seiner Krawatte. Wie immer er auch seine schütteren Haare kämmte, es gelang ihm nicht, die beginnende Glatze zu kaschieren. Er verlor die Haare, obwohl er erst siebenunddreißig war. Vielleicht sollte er sich endlich das Haarelixier besorgen, das eine gewisse Anna Csillag mit üppigen, bodenlangen Haaren in den Zeitungen pries. Vorläufig nahm er sich vor, seine Melone aufzusetzen, wenn er wegging. Würde es aber dafür nicht zu heiß sein?

Er wandte sich abrupt von seinem Spiegelbild ab, ging zum Fenster, das seine Frau geöffnet hatte, um frische Luft hereinzulassen, und beugte sich hinaus. Draußen war es tatsächlich warm. Es war ein schöner Sommertag, wie es sich für den 28. Juni gehörte. Der Himmel war von einem makellosen Blau, und die Stadt badete geradezu im klaren Licht der Morgensonne. Ein herrliches Sonntagswetter für alle gebetenen und ungebetenen Gäste, die heute nach Sarajewo kommen würden, dachte er, während er auf die Straße schaute.

Vor dem geschlossenen Gemischtwarenladen auf der anderen Seite spielten einige Knaben, mit Holzsäbeln bewaffnet, Soldat. Sie hatten offenbar nichts Gescheiteres zu tun, als ihre Väter und Onkel nachzuahmen, die gerade in bosnischen Bergen und Tälern, an der Grenze zu Serbien, Manöver abhielten, also eine Art Krieg spielten. Die eine Heeresgruppe stellte dabei die Angreifer dar und die andere die Verteidiger; der vermeintliche Feind wurde nicht beim Namen genannt. Die Knaben schrien, hatten erhitzte Gesichter und fuchtelten verbissen mit ihren Holzsäbeln herum. Um die Ecke bog eine sonntäglich gekleidete Familie in die Straße ein. Die etwas dickliche, fest eingeschnürte Frau hatte ein weißes Rüschchenkleid an und hielt einen hellen Sonnenschirm in der behandschuhten Hand. Der Mann trug einen breitgestreiften Anzug, der ihm sicherlich zu warm war. Die zwei Kinder, ein Mädchen und ein Knabe, trippelten, in ihre Sonntagskleider gezwängt, in weißen Socken und Lackschuhen im Gänsemarsch hinter ihren Eltern her und schauten sehnsüchtig auf die spielenden Knaben, die ungezwungen herumhüpften und schließlich mit kriegerischem Geschrei davonliefen. Die Familie war sicherlich auf dem Weg zur zweiten Sonntagsmesse. Man sah ihr nicht an, in welche Kirche sie ging – in eine katholische oder eine orthodoxe. In den orthodoxen Kirchen würde man heute am Sankt-Veits-Tag eine besondere Messe lesen, zur Erinnerung an die Schlacht auf dem Amselfeld, in der vor mehr als fünfhundert Jahren das serbische Heer der türkischen Übermacht unterlegen war. Einer Legende zufolge erschienen dem Fürsten Lazar am Vorabend der Schlacht zwei Engel und stellten ihm anheim, sich für das irdische oder für das himmlische Reich zu entscheiden. Er entschied sich für das himmliche Reich und verlor die Schlacht und sein Leben. Die Serben waren wahrscheinlich das einzige Volk auf der Erde, das die größte und entscheidendste Niederlage seiner Geschichte zum Nationalfeiertag erhoben hatte. Leo Pfeffer hatte in seiner Eigenschaft als Untersuchungsrichter für Pressedelikte beim Bezirksgericht Sarajewo bis zum Überdruß in serbischen Publikationen davon gelesen. Dabei handelte es sich für die Serben offenbar um eine sehr ernste, beinahe heilige Sache. Deshalb wunderte er sich, daß der Erzherzog und Thronfolger Franz Ferdinand gerade an diesem Tag Sarajewo besuchen wollte, obwohl man ihn von verschiedenen Seiten, wie man nicht nur in Bosnien, sondern auch in Wien und Budapest erzählte, davor gewarnt hatte. Er blieb jedoch bei seinem Vorhaben, als Oberbefehlshaber der k. u. k. Armee den Manövern in Bosnien beizuwohnen und bei dieser Gelegenheit der Hauptstadt des seit mehr als drei Jahrzehnten von Österreich verwalteten und seit mehr als sechs Jahren okkupierten Gebietes einen offiziellen Besuch abzustatten. Entweder war er stur, oder er hatte kein Taktgefühl. Wahrscheinlich traf beides zu. Er wußte nur zu gut, was für eine Stimmung in Bosnien herrschte.

Die feierlich gekleidete Familie schritt in traditioneller Ordnung auf die nächste Ecke zu. Vielleicht ging sie gar nicht in eine Kirche, sondern wollte, von Hochachtung oder Neugierde getrieben, genauso wie er, zum Appellkai gehen, um den hohen Besucher und seine Gemahlin zu begrüßen, die auf der Fahrt zum Rathaus dort erwartet wurden.

Leo Pfeffer hatte auf einmal das Gefühl, daß ihn der dunkle Anzug aus schwerem Stoff, den er bereits anhatte, beengte. Er ging wieder zum Schrank, öffnete ihn, zog stehend die Hose aus und tauschte entschlossen den dunklen Anzug gegen einen hellen aus Leinen. Als er sich dann von neuem, jetzt mit einer blauen Krawatte mit weißen Schrägstreifen, vor dem Schrankspiegel begutachtete, fühlte er sich bedeutend wohler. Es wäre töricht und völlig falsch gewesen, den dunklen Anzug anzuziehen, er wollte doch zu keinem Begräbnis gehen, sondern zu einem feierlichen Empfang des künftigen Monarchen. Jetzt, wo er den leichten Sommeranzug anhatte, war er nicht einmal so sicher, daß er zum Appellkai gehen würde, er wollte ganz einfach ein bißchen flanieren und den schönen Tag genießen. Ihm war, als habe er mit dem dunklen Anzug auch alle seine früheren Absichten abgestreift, als sei er viel jünger, leichter, ungebundener, als sei er ein anderer geworden.

Plötzlich hörte er auch ganz deutlich alle Laute und Klänge, die er bisher nur als eine dumpfe, weit entfernte Geräuschkulisse empfunden hatte: das Geschirrgeklapper aus dem Speisezimmer, das seine Frau und die Kinder verursachten, während sie den Tisch für das Sonntagsfrühstück deckten, das einzige der Woche, für das sie sich Zeit ließen; eine Kirchenuhr, die langsam und gemessen neun Uhr schlug, und ganz nahe das Spiel eines Klaviers. Das war seine vierzehnjährige Tochter Anna, die schon vor dem Frühstück entschlossen und beharrlich auf die Tasten hieb, als habe sie sich in den Kopf gesetzt, eines Tages eine große Pianistin zu werden. Es waren nur Fingerübungen von Cerny, aber in Leo Pfeffers Ohren ergaben sie in diesem Augenblick beinahe eine harmonische Melodie. Das Klavierspiel hörte abrupt auf, als er den Salon betrat. Bei seinem Anblick klappte seine Tochter schnell den Klavierdeckel zu und stand verlegen auf, als schäme sie sich ihres Spiels.

»Ich habe mir nur die Zeit vertrieben, bis du kommst, damit wir frühstücken können«, sagte sie entschuldigend. Sie hatte ein weißes Leinenkleid an, und über der linken Brust trug sie eine Rose aus Stoff.

»Dann wollen wir frühstücken gehen«, sagte Leo Pfeffer und bot ihr den angewinkelten rechten Arm an, damit sie sich einhängen könne, was sie auch errötend tat.

Frau Pfeffer würdigte ihren feierlichen Einzug ins Speisezimmer nicht besonders.

»Da seid ihr endlich«, sagte sie nur. »Die Kinder sterben schon vor Hunger.«
Es war verständlich, daß die beiden jüngeren Töchter mit großer Ungeduld auf das Frühstück gewartet hatten; sonntags gab es immer statt gewöhnlichem Brot ein frisches Milchbrot, das sie, mit Butter und Marmelade bestrichen, in beachtlichen Mengen verzehrten. Leo Pfeffer bereitete es ein Vergnügen, immer wieder neue Stücke abzuschneiden und sie dann, mit Butter und Marmelade beladen, auf die kleinen Handflächen zu legen, die ihm die Mädchen entgegenstreckten. Er war gerade dabei, ein weiteres Stück Milchbrot zu schneiden, als seine Frau sagte:
»Mein Bruder ist kein serbischer Nationalist, bei Gott nicht, aber er hat recht: für die Serben ist das eine Provokation. Oder ist es ein reiner Zufall, daß der Thronfolger ausgerechnet am Sankt-Veits-Tag durch Sarajewo spazierengeht?«
Sie sah ihren Mann fragend an, aber er wußte nicht, was er ihr darauf antworten sollte. Die Bezeichnung Provokation hatte sein Schwager von ihm übernommen. Er hatte davon gesprochen, als er ihm gestern abend auf dem Korso begegnet war.
Kurz zuvor hatte er gesehen, wie ein großes Auto vor einem Geschäft für orientalische Teppiche angehalten hatte und wie ihm der Thronfolger und seine Gemahlin entstiegen und in den Laden gegangen waren, ohne daß jemand irgendwelche Maßnahmen zu ihrem Schutz unternommen hätte. Erst nach beinahe einer halben Stunde wimmelte es plötzlich von Polizisten. Sie hatten offenbar zu spät von diesem nicht geplanten Abstecher der hohen Besucher erfahren und umzingelten aufgeregt den Wagen und das Geschäft. Aber es gab für sie nichts anderes zu tun, als dem Thronfolger und der Herzogin zuzujubeln, die gerade aus dem Laden herauskamen und auf den Wagen zuschritten.

Leo Pfeffer war sich nicht im klaren, ob hinter diesem so dilettantisch organisierten Besuch des Thronfolgers die totale Ignoranz gewisser regierender Kreise in Wien steckte oder deren machiavellistische Absicht, einen Zwischenfall zu provozieren, der ihnen einen willkommenen Anlaß bieten könnte, etwas härter gegen Serbien vorzugehen. Was sollte er seiner Frau nur sagen? Seine sechsjährige Tochter Bossa rettete ihn aus dem Dilemma, indem sie fragte:

»Was ist eine Provo...?« Sie lächelte verlegen, weil sie sich das Wort nicht gemerkt hatte.

»Eine Provokation ist, wenn jemand etwas tut, um einen anderen damit zu ärgern«, erklärte er ihr.

»Darf ich mitkommen?«

»Ich auch?« meldete sich die vierjährige Olga wie ein Echo.

Leo Pfeffer war nahe daran, nachzugeben und die Kinder mitzunehmen, aber dann begegnete er dem besorgten Blick seiner Frau. So sagte er:

»Ihr müßt doch eurer Mutter beim Kuchenbacken helfen. Habt ihr denn das vergessen?«

Die beiden kleinen Mädchen sahen enttäuscht drein.

Leo Pfeffer trank seinen Kaffee aus, stand auf und sah seine älteste Tochter Anna an.

»Und wir zwei gehen den Erzherzog Franz Ferdinand begrüßen.«

Anna stand gehorsam auf und folgte ihm ins Wohnzimmer. Sie schien nicht so begeistert zu sein wie ihre jüngeren Schwestern.

»Wir müssen nicht unbedingt zum Appellkai pilgern«, sagte er versöhnlich. »Wir können einfach spazierengehen.«

Bevor er hinausging, griff er automatisch nach seinem grauen Filzhut, der an einem Haken der Kleiderablage hing, ließ ihn aber hängen und öffnete den Schrank, der neben der Ablage stand. Er stellte sich auf die Zehen und holte aus dem obersten Fach den Panamahut, den ihm seine Mutter, zusammen mit einer Melone, vor zwei Jahren in Triest gekauft hatte, damit er standesgemäß gekleidet sei, wenn er seine neue Stelle in Sarajewo antrete. Er hatte sich vergeblich bemüht, die Krempe auf der linken Seite herunterzudrücken, was einem, wie er es in den Journalen, aber auch bei einigen jungen Leuten in Sarajewo gesehen hatte, ein unternehmungslustiges, verwegenes Aussehen verlieh. Bei ihm bog sich die Krempe hinauf, was immer er auch mit ihr machte. So gab er es auf, sie umzumodeln. Die Hauptsache war, daß er mit Hilfe seines Panamahuts auch im Sommer die beginnende Glatze verdecken konnte.

Als sie das Haus verließen und den Gehsteig betraten, war die Straße leer, bis auf eine vermummte Türkin, die rasch in ein Haustor trat, als habe sie Angst, jemandem zu begegnen, der nicht zu ihrer Sippe gehörte. Leo Pfeffer fiel es erst jetzt auf, daß die Brüder Jowitschitsch über der Tür ihres Gemischtwarenladens zwei kleine Fahnen angebracht hatten, eine schwarz-gelbe mit dem Doppeladler und eine serbische Trikolore. Sie wollten sich offenbar nach allen Seiten absichern.

Auf dem Korso promenierten wie immer sonntägliche Müßiggänger, am Kai jedoch, wo das Thronfolgerpaar vorbeifahren sollte, gab es nicht so viele Menschen, und das beruhigte ihn. Die Bewohner von Sarajewo maßen dem Besuch Franz Ferdinands keine so große Bedeutung bei. Auch er entschloß sich – Thronfolger hin, Thronfolger her –, den schönen Tag zu genießen. Am liebsten wäre er umgekehrt und stadtauswärts gewandert, auf die Berge und die blühenden Gärten zu, doch das Pflichtgefühl eines vereidigten Staatsbeamten – oder war es die Neugierde? – trieb ihn, den eingeschlagenen Weg fortzusetzen. Und seine gehorsame Tochter folgte ihm.

Als sie nur noch zwei-, dreihundert Schritte vom Rathaus entfernt auf der anderen Seite der Miljazka gingen, auf die sie auf ihrem Spaziergang mittlerweile geraten waren, tauchten drüben zwei Autos auf, die in die gleiche Richtung, also auf das Rathaus zu, fuhren. Im ersten saßen einige Polizisten und im zweiten der Stadthauptmann und der Regierungskommissar. Leo Pfeffer blieb unwillkürlich stehen und schaute hinüber. In diesem Augenblick kam ein drittes Automobil daher und hielt direkt vor ihm auf der anderen Seite des Flusses. In ihm saß der Thronfolger Franz Ferdinand in Generalsuniform und mit einem Hut voll grüner Federn und neben ihm seine Frau. Ihnen gegenüber saß der Landeshauptmann, General Potiorek, und vorne neben dem Chauffeur ein Mann in der Galauniform eines Kavallerieoffiziers, Leo Pfeffer konnte wegen der Entfernung seinen genauen Rang nicht feststellen. Kaum hatte der Wagen angehalten, als der Thronfolger sich aufrichtete – er wirkte dabei riesengroß – und auf den Kai zurückblickte. Er sowie die übrigen Insassen des Wagens schienen sehr aufgeregt zu sein. Dann sprang der Kavallerieoffizier aus dem Wagen und lief zurück.

Die ganze Szenerie hatte etwas Unwirkliches, und Leo Pfeffer war, als sei er Zeuge eines Traums. Er nahm zwar daran teil, aber zugleich war er auch ein unbeteiligter Zuschauer, der mit einer gewissen Distanz das dramatische Geschehen verfolgte. Er trat näher an das Ufer heran und sah in die Richtung, in die auch der Thronfolger schaute. Plötzlich wurde ihm bewußt, daß er kurz zuvor eine Detonation gehört hatte. Er hatte ihr jedoch keine Beachtung geschenkt, weil er sie für eine Kanonensalve zu Ehren des Thronfolgers gehalten hatte. Jetzt sah er nur mehr eine Rauchwolke, auf die der Kavallerieoffizier zulief. Inmitten der Rauchwolke, die sich langsam verzog, stand ein Automobil aus dem Gefolge des Erzherzogs, um das herum ein völliges Durcheinander herrschte, so daß Leo Pfeffer nicht feststellen konnte, was dort eigentlich vor sich ging.

Der Kavallerieoffizier hatte sicherlich schon erfahren, was er erfahren wollte, denn er trabte wieder zurück zum Auto, in dem der Thronfolger auf ihn wartete. Leo Pfeffer blickte nun in die andere Richtung und sah, wie die Polizisten auf der anderen Seite der Miljazka eine gebeugte männliche Gestalt die Uferböschung hinaufschleppten und sie vor der aufgebrachten Menge zu schützen versuchten, die auf sie mit Fäusten und Füßen einschlug.

»Geh bitte nach Hause«, sagte er zu seiner Tochter, und seine Stimme kam ihm fremd vor. »Ich werde nachsehen, was da los ist.«

Da seine Tochter wie eine Wachspuppe auf dem Gehsteig stand und sich nicht rührte, sagte er eindringlich:

»Na, geh schon!«

Seine Tochter drehte sich um und begann mit steifen Schritten zu gehen.

»Wartet nicht mit dem Essen auf mich!« rief ihr Leo Pfeffer nach. »Vielleicht werde ich noch ins Büro gehen.«

Er schritt automatisch, auf seiner Seite des Flusses, auf die Polizisten zu, die in ihrer Mitte den mißhandelten Mann führten, aber dann merkte er, daß sie in die entgegengesetzte Richtung gingen; sie waren auf dem Weg zum Rathaus. Er überlegte, ob er wieder umkehren sollte, doch dann entschloß er sich, die nächste Brücke in seiner eigenen Richtung zu überqueren und erst drüben den Weg zum Rathaus einzuschlagen. Als er schließlich die andere Seite erreicht hatte, waren die Polizisten schon ziemlich weit weg und verschwanden bald im Rathaus.

»Was ist denn passiert?« fragte Leo Pfeffer einen Mann in türkischer Pluderhose und mit einem Fes, der aufgebracht neben ihm her stapfte.

»Der Bursche hat eine Bombe geworfen«, sagte der Mann. »Auf den Thronfolger.«

Während Leo Pfeffer weiterging, hatte er das Gefühl, als

schreite ein anderer an seiner Stelle und er trotte langsam hinter ihm her und denke nach über den Fall Jaglitschitsch, den man ihm vor etwa einem Jahr anvertraut hatte, das heißt über die Bomben, die nach der Aussage dieses Möchtegern-Spions aus Serbien an bestimmte Vertrauensmänner in Bosnien geschickt werden sollten. Sie seien nicht größer als ein Stück Seife oder eine kleine Schachtel, hatte Jaglitschitsch erklärt, und daher sehr leicht zu transportieren oder zu schmuggeln.

2

Jowo Jaglitschitsch war ein kleiner, schmächtiger Mann mit einem verkrüppelten Arm, den er beim Gespräch mit seiner gesunden Hand immer umfaßte, als wolle er ihn schützen, so daß Leo Pfeffer sich nicht mehr erinnern konnte, welcher der beiden Arme – wahrscheinlich schon in früher Kindheit – gebrochen und dann schlecht verheilt war; er hatte nur verschränkte Arme oder ineinander verschlungene Hände vor sich gesehen. Diesen Jowo Jaglitschitsch, der einen mitleidheischend anblickte und mehr erzählte, als man von ihm wissen wollte, hatte ein gewisser Klaritsch aus Fotscha beauftragt, sich nach einem Militär umzusehen, der ihn über die Lage in der Grenzfestung Kalinowik informieren könnte. Jaglitschitsch freundete sich im Gasthaus, in dem er Stammgast war, mit einem Soldaten tschechischer Herkunft namens Jindrak an und überredete ihn, eine Skizze der Festung anzufertigen und ihm genaue Angaben über die Besatzung zu verschaffen. Jindrak ging zum Schein darauf ein und verständigte seine Vorgesetzten, so daß Jaglitschitsch bei der Übergabe der fingierten Pläne im Gasthaus verhaftet wurde.

Bei der Vernehmung, die man Pfeffer anvertraut hatte, gab er zu, sich als Spion versucht zu haben, aber nicht aus materiellen, sondern aus patriotischen Gründen. Es gebe viel mehr Menschen in Bosnien, die bereit seien, so etwas zu tun, als man annehme, führte er unaufgefordert weiter aus. Sein Auftraggeber Klaritsch, der nach Serbien geflüchtet war, habe ihm erzählt, wie 1912, als die Sokols aus Serbien Sarajewo besucht hatten, ein als Sokol verkleideter serbi-

scher Offizier eine ganze Reihe von Personen als Vertrauensmänner geworben und ihnen den Eid abgenommen habe, für Serbien zu arbeiten. Sie sollten den jeweiligen Stand sowie Bewegungen der österreichisch-ungarischen Armeeeinheiten auskundschaften und regelmäßig Berichte darüber nach Serbien schicken, und im Kriegsfall müßten sie alle militärischen Objekte wie Brücken, Tunnels und Eisenbahnschienen vernichten. Für diesen Zweck würde man ihnen Bomben schicken, die, wie gesagt, nicht größer seien als ein Stück Seife oder eine kleine Schachtel, so daß man sie leicht bei sich tragen könne, ohne aufzufallen.
Jaglitschitsch verriet auch zwei andere Männer, die er für Spione hielt, sie wurden jedoch mangels Beweisen freigesprochen; das Gericht nahm sein Geschwätz nicht ernst. So wurde er von der ersten Instanz nur zu neun Monaten Kerker verurteilt. Doch die zweite Instanz erhöhte die Strafe auf zwei Jahre. Leo Pfeffer versuchte auszurechnen, ob Jaglitschitsch bei guter Führung, die ihm durchaus zuzutrauen war, schon entlassen sein könnte, so daß er nun frei herumlief, obwohl das sicherlich völlig belanglos war. Das einzig Interessante an Jaglitschitsch war sein Gerede von den Bomben, die nach Bosnien geschmuggelt werden sollten. Wenn sie einmal hier waren, konnte sich unschwer jemand finden, der sie nicht nur im Kriegsfall und nicht nur auf militärische Objekte warf.
Mittlerweile war Leo Pfeffer zum Rathaus gekommen, vor dem sich eine Menschenmenge aufgebaut hatte und ihm den Blick auf den Eingang verstellte. Er mußte einige Schritte zurücktreten, um besser sehen zu können, was sich da oben abspielte. Auf der Treppe hatten sich die Honoratioren der Stadt zum Empfang des Thronfolgers und seiner Gemahlin aufgestellt. In der Mitte, ihnen gegenüber, stand der Bürgermeister und um ihn herum die Stadträte – auf der einen Seite die Moslems mit ihren roten Fesses, offenen Röcken

und bauschigen Hosen, auf der anderen Seite die Christen im Frack und mit dem obligaten Zylinder in der Hand und am Rande einige orthodoxe Juden. Sie schauten alle ernst und würdig drein. Ein Photograph kämpfte auf einem Treppenabsatz um Platz für seinen Apparat samt Gestell, damit er diesen feierlichen Augenblick für immer auf seine Platte bannen könne. Neben ihm sah Leo Pfeffer die sonntäglich gekleidete Familie, die an diesem Morgen im Gänsemarsch unter seinem Fenster vorbeigezogen war. Auch sie sah mit ehrfurchtsvoller Miene auf den Bürgermeister, der in leicht geknickter, demütiger Haltung laut und skandierend sprach, als rezitiere er ein Gedicht, voller Stolz, es auswendig gelernt zu haben.

»...und ich schätze mich glücklich, daß Eure Hoheiten von unseren Antlitzen die Gefühle unserer Liebe und Ergebenheit, der tiefen Anhänglichkeit und unerschütterlichen Untertanentreue sowie unseres Gehorsams zu seiner Majestät unserem Kaiser und König und dem allerhöchsten Herrscherhause Habsburg-Lothringen ablesen können...«

Plötzlich unterbrach ihn eine barsche Stimme, die gewöhnt war zu befehlen und keine Widerrede duldete.

»Herr Bürgermeister!« rief sie dröhnend, als wolle sie bis zum letzten Winkel eines Kasernenhofs gehört werden. »Da kommt man nach Sarajewo, um einen Besuch zu machen, und man wirft auf einen Bomben! Es ist empörend!«

Der Bürgermeister knickte, als sei er von einer Kugel getroffen, noch mehr ein und sah stumm und hilflos auf den Erzherzog Franz Ferdinand, der nach diesem Zornesausbruch massig und drohend nach vorne gebeugt vor ihm stand. Leo Pfeffer hatte den Eindruck, daß der Bürgermeister und die um ihn versammelten lokalen Größen plötzlich um einige Schritte zurückwichen, obwohl sich eigentlich niemand gerührt hatte. Der Thronfolger schien mit seinen

auf militärische Art herausgebellten Worten einen weiten Raum um sich geschaffen zu haben.
Leo Pfeffer erhob sich auf die Zehen, um die Szene besser erfassen zu können. Der erste Mensch, der sich rührte, war die Herzogin. Sie beugte sich leicht zu ihrem Mann, legte ihm die Hand auf den Arm und flüsterte ihm etwas zu. Der Erzherzog schien kaum merklich zu nicken, es war nur ein Lufthauch, er lockerte seine Haltung und sagte zum Bürgermeister:
»So, jetzt können Sie sprechen.«
Der Bürgermeister war noch immer so erschrocken, daß er eine Weile brauchte, um sich zu sammeln. Leo Pfeffer wartete nicht ab, bis er wieder zu sprechen begann, sondern ging auf den Seiteneingang des Rathauses zu, in dem außer der Stadt- und Polizeiverwaltung auch die Staatsanwaltschaft und das Bezirksgericht untergebracht waren; auch sein Büro befand sich darin, gegenüber dem Wachzimmer. Irgend jemand mußte da sein, von dem er erfahren konnte, was vorhin am Kai passiert war. Während er einen Kreis um die Zuschauer herum machte, hörte er den Bürgermeister weiter deklamieren.
»... unsere tiefe Dankbarkeit für die allerhöchste Gnade und die väterliche Fürsorge treu zum Ausdruck bringen, welche Eure kaiserliche und königliche Hoheit seit jeher dem jüngsten Kleinode in der allerhöchsten Krone, unserem lieben Vaterlande Bosnien und Herzegowina und deren Hauptstadt Sarajewo bezeugt haben...«
Dann trat Pfeffer ins Gebäude und schloß die Tür hinter sich. So hörte er nicht mehr, was der Bürgermeister sagte, das heißt, er hörte nur sein aufgeregtes Geplapper, verstand aber die einzelnen Worte nicht, und das war ihm recht. Was sollte dabei außer den vorgestanzten Lobhudeleien schon herauskommen? Leo Pfeffer spürte, wie ihm die Röte ins Gesicht stieg, als habe er diesen für einen Staatsbeamten unziemlichen Gedanken laut ausgesprochen.
Im Gang, der zur großen Halle führte, von der aus man

durch die breite Eingangstür hinausblicken konnte, herrschte ein ziemliches Durcheinander. Polizisten und Beamte eilten umher, gingen in verschiedene Zimmer oder kamen heraus. Leo Pfeffer blieb unschlüssig stehen, den Panamahut in der Hand, den er beim Betreten des Gebäudes automatisch abgenommen hatte. Der Portier, der nicht auf seinem Posten bei der Eingangstür war, sondern, wahrscheinlich in Erwartung eines wichtigen Auftrags, mitten auf dem Gang stand, bemerkte ihn und stürzte aufgeregt auf ihn zu.

»Guten Tag, Herr Gerichtssekretär. Im Wachzimmer ... Im Wachzimmer ist er.«

Leo Pfeffer nickte zerstreut und ging in das Wachzimmer, in das ihn der Portier mit fuchtelnden Händen wies. Als er die Tür öffnete, stieß er auf einen jungen Polizisten, der sich ihm in den Weg stellte.

»Draußen bleiben!« herrschte er ihn an. »Hier darf niemand herein.«

»Aber der Herr Gerichtssekretär schon!« rief ihm der Portier über Pfeffers Schulter zu. »Er arbeitet hier.«

Bevor sich der junge Polizist entschließen konnte, wie er darauf reagieren sollte, kam Dr. Sertitsch, Pfeffers Mitarbeiter, auf ihn zu.

»Er heißt Nedeljko Tschabrinowitsch«, sagte er leise, als vertraue er ihm ein Geheimnis an. »Er ist neunzehn Jahre alt, wohnhaft in Sarajewo, von Beruf Typograph. Als Sozialist und Gewerkschaftsmitglied hat er vor zwei Jahren einen Streik organisiert und wurde darauf für fünf Jahre aus Sarajewo verbannt...«

Während er sprach, zog er Pfeffer an dem Polizisten, den er gar nicht beachtete, vorbei und ins Wachzimmer hinein. Leo Pfeffer ließ sich führen und versuchte währenddessen, den Raum zu überblicken. Auf der Bank unter dem vergitterten Fenster saß ein langaufgeschossener junger Mann mit

lebhaften schwarzen Augen und einem dünnen, dunklen Schnurrbart, unter dem sein Mund zu einem sonderbar verächtlichen Lächeln verzerrt war. Auf dem Kopf hatte er eine sportliche Mütze und schaute trotzig drein. Er saß aufrecht, was ihm sichtlich schwerfiel; sein Körper zitterte leicht, als habe er Fieber. Sein Gesicht war voller dunkler Flecke und Wunden, die notdürftig behandelt worden waren. Vor ihm stand breitbeinig und gedrungen, in einen dunkelgrauen Anzug gezwängt, der Polizeiinspektor Viktor Iwassiuk. Pfeffer konnte ihn nicht ausstehen, weil er zu jener Sorte Polizisten gehörte, die in jedem Menschen einen Verbrecher sahen, bis er einwandfrei bewiesen hatte, unschuldig zu sein. Aber auch dann trauten sie ihm nicht über den Weg. Etwas abseits, wahrscheinlich von Iwassiuk verdrängt, stand Dr. Sattler an die Wand gelehnt und zündete sich eine Virginier-Zigarre an. Er hatte im Augenblick nichts zu tun, da man ihn den jungen Mann nicht weiterbehandeln ließ. Sein Zwicker, den er bei der Arbeit immer aufsetzte, baumelte an der schwarzen Schnur, die an seinem Revers befestigt war; er hatte vergessen, ihn in die Ziertuchtasche zu stecken, in der er ihn sonst aufbewahrte.
An dem kleinen Tisch rechts saß Dr. Sutej, der junge Schriftführer, vor einer Schreibmaschine und sah erwartungsvoll auf Iwassiuk, der ihm offenbar diese erste Vernehmung diktierte. Außer ihnen befanden sich noch einige andere Polizisten in Uniform und in Zivil im Zimmer, die Pfeffer alle nicht kannte. Sie verhielten sich ruhig, um ihren Vorgesetzten bei der Arbeit nicht zu stören. Das eben hatte Leo Pfeffer getan, als er eintrat. Er spürte, wie sie ihn feindselig ansahen.
»Wird mir bitte endlich jemand erklären, was eigentlich geschehen ist?« fragte er lauter als notwendig, um sein Eindringen zu rechtfertigen.
Iwassiuk, der sich inzwischen umgedreht hatte und ihn, wie

es Pfeffer schien, aus seinen Schweinsaugen höhnisch musterte, kam auf ihn zu und begann in wohlüberlegten Sätzen zu erzählen, als diktiere er ein Protokoll.

»Die Automobilkolonne fuhr am Appellkai Richtung Rathaus. Als das Automobil, in dem sich seine kaiserliche Hoheit der Thronfolger und seine Gemahlin sowie General Potiorek und Graf Harrach befanden, am Haus des Advokaten Dimowitsch vorbeifuhr, warf der Inhaftierte eine entzündete Bombe ins Automobil, sie prallte aber zum Glück von dem hinteren Verdeck ab, fiel auf die Fahrbahn und explodierte erst, als das dritte Automobil hinter dem Thronfolger vorbeikam. Dabei wurden Oberst von Merizzi schwer und einige andere Personen leicht verletzt.«

Während Iwassuik sprach, ging Pfeffer langsam auf den jungen Mann zu, dessen Namen er sich nicht gemerkt hatte; er wollte sich jedoch keine Blöße geben, indem er danach fragte. Iwassiuk, der Pfeffer automatisch nachgegangen war, blieb hinter ihm stehen, aber das störte ihn nicht. Er hatte den Eindruck, als sei er ganz allein im Raum mit diesem jungen Mann, dessen schwarze Augen unter der Schirmmütze ihn mit einer scheuen Neugierde anblickten. Leo Pfeffer hätte ihm gern eine Menge Fragen gestellt, aber nicht hier in diesem Zimmer und nicht in diesem Augenblick. Außerdem hatte ihn niemand damit beauftragt, und er hatte nicht die Absicht, sich in die Arbeit seiner Kollegen einzumischen, obwohl das Ganze nur improvisiert zu sein schien.

Er wußte nicht, wie lange er schweigend so dagestanden war, als Dr. Sattler, offenbar von dem Wunsch getrieben, ihm zu helfen, zu ihm trat.

»Er hat Zyankali geschluckt«, sagte er. »Aber zu wenig davon erwischt. Er hat, wie ich erfahren habe, im Fluß den Mund ausgespült.«

»Er ist nach der Tat vom Kai in die Miljazka gesprungen

und hat sich bäuchlings ins Wasser gelegt«, fügte Iwassiuk erklärend hinzu. »Dort haben wir ihn erwischt.«
»Waren Sie dabei?« fragte ihn Pfeffer.
»Nein«, antwortete Iwassiuk verlegen. »Ich war hier vor dem Rathaus.«
Dr. Sattler hatte jetzt anscheinend gemerkt, daß sein Zwikker lose an der Schnur hing. Er fischte ihn mit der Linken und steckte ihn in die Ziertuchtasche, während er Pfeffer erklärte:
»Mund und Rachen sind verätzt, so daß er nur schwer reden kann. Ansonsten ist er vernehmungsfähig.«
»Er hat die Tat bereits gestanden!« rief Iwassiuk. »Ihr Schriftführer tippt gerade den Bericht.«
Pfeffer hatte recht mit seiner Vermutung, daß alles improvisiert war. Ein Polizeikommissar diktierte die Vernehmung einem Schriftführer des Bezirksgerichts, um seiner Interpretation die Aura der gerichtsnotorischen Endgültigkeit zu geben. Man würde das Ganze noch einmal machen müssen.
»Tschabrinowitsch ist vor einem Monat aus Belgrad gekommen«, berichtete Dr. Sertitsch sachlich. »Dort hat er eine Bombe von einem Komitadschi bekommen, von dem er nur den Beinamen ›Zigo‹ kennt. Das Attentat hat er aus anarchistischen Motiven begangen.«
»Es werden alle Sozialisten und Gewerkschaftler verhaftet«, mischte sich wieder Iwassiuk ein.
Leo Pfeffer hatte das dringende Bedürfnis, den Raum zu verlassen. Hier roch es förmlich nach Gewalt, und er verabscheute jede Art von Gewalt. Während er überlegte, wie er am besten den Rückzug antreten könnte, ging die Tür auf, und es erschien der Kreisgerichtspräsident Ilnitzky, ein kleiner Mann mit rundlichem Gesicht, das einen heiteren Eindruck machte, selbst wenn Ilnitzky von sehr ernsten Dingen sprach. Er trug den heute üblichen Frack und hielt

einen Zylinder in der Hand. Hinter ihm stand der Gerichtsadjunkt Dr. Martschetz, ein noch junger Mann mit länglichem Gesicht und dem melancholischen Blick eines Jagdhundes. Auch er trug einen dunklen Anzug.

Ilnitzky sah sich kaum im Zimmer um, er blickte nur kurz auf den inhaftierten Attentäter unter dem Gitterfenster und winkte dann Pfeffer zu sich. Leo Pfeffer war froh, endlich einen Vorwand zu haben, hinauszugehen. Als er auf den Gang trat, schloß Dr. Martschetz die Tür hinter ihm zu.

»Eine peinliche Sache ist das«, sagte Ilnitzky. »Sehr peinlich.« Sein Gesicht strahlte jedoch unveränderliche Heiterkeit aus. Der Gerichtsadjunkt Dr. Martschetz nickte verständnisvoll.

Ilnitzky, der es offenbar eilig hatte, zu einer wichtigen Verabredung zu kommen, setzte sich in Bewegung. Er ging auf den Haupteingang zu, durch den er auch hereingekommen war; er kannte wahrscheinlich den Seiteneingang gar nicht. Leo Pfeffer hatte Mühe, dem kleinen Mann zu folgen, der wie auf Schlittschuhen dahinlief.

»Sie werden als Untersuchungsrichter eingesetzt«, sprach Ilnitzky währenddessen in kurzen, abgehackten Sätzen, zwischen denen er immer wieder Pausen machte. »Fangen Sie bitte gleich mit der Arbeit an. Nehmen Sie sich, wen Sie brauchen. Sie haben meine volle Unterstützung.«

»Ich werde mit Dr. Sertitsch auskommen«, antwortete Leo Pfeffer und wies auf das Zimmer, aus dem sie gekommen waren.

»Wie Sie wollen. Aber nehmen Sie die Sache nicht auf die leichte Schulter.«

Sie standen schon vor der Tür, die Dr. Martschetz beflissen öffnete.

Als sie auf den Vorplatz getreten waren, auf dem vor kurzem der offizielle Empfang stattgefunden hatte und der nun ganz leer war, bis auf die vier Arbeiter in undefinierbarer schäbiger Kleidung, die den roten Teppich zusammenrollten, fügte Ilnitzky hinzu:

»Es handelt sich um ein Ereignis von unabsehbaren Folgen.«

»Ich werde mein Möglichstes tun«, wollte ihm Leo Pfeffer antworten – was hätte er sonst darauf sagen sollen? –, aber der kleine Mann hatte ihm schon den Rücken gekehrt, lief schnell die Treppe hinunter und stieg dort in einen Fiaker, der auf ihn wartete. Er wollte gerade losfahren, als ein loser Haufen Menschen auftauchte, dessen Kern eine Gruppe von Polizisten und Offizieren bildete. Sie schleppten mit blanken Säbeln in der Hand eine schmächtige Gestalt mit sich, auf die andere Teilnehmer dieser seltsamen Prozession mit Händen, Füßen oder Stöcken einzuschlagen versuchten. Es war eine Wiederholung der Szene, die Leo Pfeffer heute schon einmal gesehen hatte. Wenn man den Menschenhaufen so wogend näherkommen sah, konnte man schwer feststellen, ob die Säbel der Polizisten zum Schutz des Mißhandelten gezückt worden waren oder um ihm den Gnadenstoß zu geben.

Der Polizist, der dem Haufen voranging, trat auf Ilnitzky zu, der inzwischen wieder aus dem Fiaker ausgestiegen war, und schrie aufgeregt:

»Ein zweites Attentat ist verübt worden! Der Thronfolger ist verwundet!«

»Sie meinen seine kaiserliche Hoheit?« fragte Ilnitzky sinnlos.

Der Polizist sah ihn nur verdattert an und stieg die Stufen hinauf, um seine Kollegen im Rathaus zu alarmieren. Leo Pfeffer ging ihm nach.

»Veranlassen Sie sofort alles Nötige!« rief ihm Ilnitzky nach, doch schnell überlegte er es sich anders, überholte Pfeffer und trat als erster durch die große Glastür ins Rathaus, wo er selbst veranlassen konnte, was er für nötig hielt.

Es galt vor allem zu verhindern, daß die Menge ins Rathaus eindrang und den vermutlichen Attentäter dort womöglich lynchte. Aber die von dem vorausgeeilten Polizisten herbeigerufenen Kollegen drängten die paar aufgebrachten Männer, die zusammen mit der Polizeigruppe um den Inhaftierten eingedrungen waren, zurück, so daß keine Gefahr für den Gefangenen mehr bestand. Leo Pfeffer konnte den jungen Mann, den die Polizisten noch immer festhielten, erst jetzt richtig sehen. Es war ein schmächtiger Jüngling mit hellblauen Augen, die offenbar Mühe hatten, wahrzunehmen, was um ihn herum vorging. Sein Kopf war blutig und sein Gesicht voller dunkler Flecke. Er konnte sich auch kaum auf den Beinen halten. Wenn die Polizisten ihn losließen, würde er einfach wie ein leerer Sack zusammenfallen.

»Bringt ihn in die Ambulanz«, sagte Leo Pfeffer und zeigte ihnen die Tür, die schräg gegenüber vom Wachzimmer lag. Während sie den Mißhandelten zur Ambulanz schleppten, mußte dieser sich übergeben. Das geschah gerade, als Iwassiuk, Dr. Sertitsch und Dr. Sattler aus dem Wachzimmer herauskamen, um zu sehen, was dieser Tumult im Gang bedeutete.

»Das Schwein macht uns noch den ganzen Boden dreckig!« rief Iwassiuk und ging ein paar Schritte auf den zwischen zwei kräftigen Polizisten kläglich hängenden Inhaftierten zu, als wolle er ihn schlagen, blieb aber doch stehen. Wahrscheinlich schämte er sich, den völlig Wehrlosen zu mißhandeln.

3

Der junge Attentäter übergab sich noch einige Male in den weißen Eimer, den ihm Dr. Sattler vor die Füße gestellt hatte. In den jeweiligen Pausen wusch und verband ihm der Arzt die Verletzungen am Kopf und im Gesicht. Leo Pfeffer sah fasziniert zu, wie geschickt er mit seinen dicken Fingern eine Stelle auf dem Kopf des jungen Mannes rasierte, sie mit Desinfektionsmitteln reinigte und dann die Platzwunde mit einer krummen Nadel zusammennähte.
Der blasse, schwächliche Jüngling hatte sich anscheinend wieder gefaßt. Er saß aufrecht auf dem weißen Stuhl und sah ruhig vor sich hin. Der Raum war voller Menschen, aber er sah keinen von ihnen an. Einem Zeichner war es gelungen, sich unter den vielen Polizisten in den Ambulanzraum einzuschmuggeln. Jetzt versuchte er, mit flinker Hand ein Porträt des jungen Mannes zu zeichnen. Es gelang ihm, wie Leo Pfeffer bemerkte, nicht besonders gut, weil ihn die vielen Ellenbogen um ihn herum an der Arbeit hinderten. All die befugten und unbefugten Eindringlinge redeten durcheinander. Leo Pfeffer hörte ihnen nicht zu, er schaute Dr. Sattler an, der mit dem Zwicker auf der Nase und mit vorgewölbten Lippen arbeitete, was bei ihm offenbar ein Zeichen der Konzentration war.
Der Kreisgerichtspräsident Ilnitzky, der sich in einer Ecke mit dem plötzlich aufgetauchten Oberstaatsanwalt Holländer unterhalten hatte, trat auf Pfeffer zu und sagte:
»Beginnen Sie sofort mit dem Verhör.«
Leo Pfeffer sah sich hilflos im überfüllten Raum um und rief dann so laut er konnte:

»Ich bitte alle Anwesenden, den Raum zu verlassen!«
Doch niemand schien gewillt zu sein, seiner Aufforderung nachzukommen. Der kleine Kreisgerichtspräsident versuchte Pfeffer zu helfen, indem er alle Anwesenden ermahnte:
»Aber meine Herren, ich bitte Sie!«
Da auch seine Autorität offenbar nicht ausreichte, irgend jemanden in Bewegung zu setzen, schaute er hilfesuchend Iwassiuk an und fügte beinahe verzweifelt hinzu:
»Es müssen alle sofort den Raum verlassen.«
»Sie behindern die Ermittlungen!« schrie Iwassiuk den Zeichner an, packte ihn am Arm und begann ihn hinauszuschieben. »Verlassen Sie sofort den Raum.«
Erst jetzt begannen die Polizisten zu reagieren, die mit offenen Mündern oder mit finsterer Miene den schmächtigen Burschen anstarrten, der es gewagt hatte, auf seine kaiserliche und königliche Hoheit den Thronfolger zu schießen. Sie setzten sich auf einmal alle in Bewegung, da sie aber nicht wußten, wen sie hinauswerfen sollten und wen nicht, bewirkten sie in dem kleinen Raum nur ein großes Durcheinander.
Um diesem chaotischen Zustand ein Ende zu machen, sagte Pfeffer bestimmt:
»Ich bitte Sie, mich mit dem Attentäter allein zu lassen!«
Die Polizisten sahen ihn ungläubig an. Sie konnten es offenbar nicht fassen, daß sie plötzlich überflüssig sein sollten, begannen aber schließlich doch hinauszugehen.
»Wir wollen den Untersuchungsrichter arbeiten lassen«, sagte der Kreisgerichtspräsident Ilnitzky zu Iwassiuk, der noch zurückgeblieben war. Iwassiuk gehörte nicht zum Fußvolk, so daß man ihn nicht so ohne weiteres hinauskomplimentieren konnte. Pfeffer wollte ihn aber auf keinen Fall dabei haben. So sagte er:
»Ich brauche nur Dr. Sutej und Dr. Sattler.«

Iwassiuk stapfte widerwillig hinaus. Zurück blieben nur die beiden von Pfeffer genannten Männer sowie Ilnitzky und der Oberstaatsanwalt Holländer.
»Ich hoffe, ich werde laufend über die Ermittlungen informiert«, sagte Holländer und wandte sich ebenfalls zum Gehen.
»Selbstverständlich«, antwortete ihm Ilnitzky an Pfeffers Stelle und ging ihm nach.
Plötzlich trat eine Stille ein, in der man wieder atmen konnte. Pfeffer ging einige Schritte vor und legte seinen Hut, den er die ganze Zeit in der Hand gehalten hatte, auf den mannshohen Glasschrank, in dem verschiedene ärztliche Instrumente und Medikamente in peinlicher Ordung aneinandergereiht waren; er wußte nicht, wohin er ihn sonst hätte legen sollen.
Dr. Sutej setzte sich an den kleinen weißen Tisch, an dem gewöhnlich der Arzt saß, während er seine Patienten ausfragte und Rezepte schrieb, legte einen Schreibblock darauf, zückte einen Bleistift aus der Tasche und schaute erwartungsvoll auf Pfeffer. Bei diesen routinemäßigen Vorbereitungen für die Aufnahme des Vernehmungsprotokolls hatte er sorgfältig darauf geachtet, die Pistole des Attentäters nicht zu berühren, die irgend jemand auf das weiße Tischchen gelegt hatte.
Der junge Mann, der mit einer Art Neugier auf Pfeffer blickte, mußte sich plötzlich wieder übergeben. Als er sich über den Eimer vor seinen Füßen beugte, hielt ihm Dr. Sattler mit der rechten Handfläche die Stirn, damit er nicht umfalle. Der junge Mann bedankte sich mit einem scheuen Lächeln, als er sich wieder aufrichtete. Trotz Schüttelfrost, der seinen schwachen Körper leicht zittern ließ, versuchte er, Haltung zu bewahren.
»Er hat offenbar auch Gift geschluckt«, sagte Dr. Sattler, nahm seinen Zwicker ab und verstaute ihn in der Ziertuch-

tasche. »Die Verletzungen scheinen jedoch nicht schwer zu sein, ich konnte keine Fraktur feststellen, aber man weiß nie ... Er ist auf jeden Fall vernehmungsfähig.«
Er holte aus der Tasche ein längliches Lederetui, entnahm ihm eine Virginier-Zigarre und zündete sie umständlich an, nachdem er einen dünnen Halm aus ihr herausgezogen hatte. Er trat dabei etwas zur Seite, um Pfeffer Platz zu machen.
»Kannst du sprechen?« fragte Leo Pfeffer den jungen Mann, der einen Augenblick lang wie ein Häufchen Elend aussah, sich aber dann sichtlich zusammennahm, um ein schwaches »Ja« herauszubringen.
»Ich bin der Untersuchungsrichter Dr. Leo Pfeffer. Ich mache dich darauf aufmerksam, daß du auch im Vorverfahren gemäß Paragraph siebenundvierzig der Polizeiordnung das Recht hast, dir einen Verteidiger zu nehmen.«
Der junge Mann sah Pfeffer verständnislos an, sagte aber dann: »Ich brauche niemanden zu meiner Verteidigung.«
Sutej hatte sofort angefangen, mitzustenographieren, erinnerte sich an etwas und begann hastig in seinen Taschen zu kramen.
»Entschuldigen Sie bitte, ich habe meine Uhr vergessen«, sagte er und sah Pfeffer verlegen an.
Dr. Sattler reagierte schneller als Pfeffer. Er zog seine Taschenuhr, hielt sie ziemlich weit ab, er wollte wahrscheinlich nicht wieder den Zwicker hervorholen, und brummte, die Zigarre im Mundwinkel:
»Es ist Viertel nach elf.«
»Danke«, sagte Sutej und schrieb die Zeit auf.
Leo Pfeffer wurde erst jetzt bewußt, was alles passiert war, seitdem er vor weniger als zwei Stunden sein Haus verlassen hatte, um mit seiner Tochter einen sonntäglichen Spaziergang zu machen. Es kostete ihn Anstrengung, sich auf die Arbeit zu konzentrieren, die man ihm aufgehalst hatte.

»Du mußt bestimmt, deutlich und wahrheitsgemäß auf alle meine Fragen antworten.«
Der junge Mann nickte.
»Wie heißt du?«
»Gawrilo Princip.«
»Alter?«
»Neunzehn Jahre.«
»Geboren. Wann und wo?«
»Am dreizehnten Juli 1894 in Oblaj bei Grachowo.«
»Religion?«
»Griechisch-orientalisch.«
Der junge Attentäter sprach noch immer mit schwerer Zunge, aber mit jedem Satz ging es besser.
»Bist du verheiratet? Hast du Kinder?«
»Nein.«
»Des Schreibens kundig?«
Die blassen Lippen des Attentäters deuteten ein schwaches Lächeln an, als er die routinemäßige Frage, die Sutej für das Protokoll brauchte, bestätigte.
»Ja.«
Pfeffer fragte weiter:
»Beruf?«
»Student.«
»Wo?«
»Im ersten Gymnasium in Belgrad. Ich habe die achte Klasse absolviert.«
»Seit wann bist du in Belgrad in die Schule gegangen?«
»Seit dreieinhalb Jahren.«
»Und du warst die ganze Zeit in Belgrad?«
»Nein. Nur vier bis fünf Monate im Jahr, um mich für die Prüfungen vorzubereiten. Sonst war ich in Hadschitsch bei meinem Bruder.«
»Wann bist du nach Sarajewo gekommen?«
»Vor einem Monat.«

»Aus Belgrad?«
»Ja.«
»Wo hast du hier gewohnt?«
Zum ersten Mal antwortete Princip nicht sofort. Pfeffer sah ihm sofort an, daß er Bedenken hatte, geradeheraus zu sagen, wo er hier in Sarajewo wohnte. Was wollte er verbergen oder besser gesagt, wen wollte er schützen? Schließlich sagte Princip zögernd:
»Ich habe bei Stoja Ilitsch gewohnt. Oprkanjgasse drei.«
»Aus einem bestimmten Grund?«
»Ich habe bei ihr schon als Knabe gewohnt, als ich hier die Handelsschule besucht habe.«
Pfeffer wechselte rasch das Thema, um Princip nicht merken zu lassen, daß ihm die Geschichte mit der Adresse nicht geheuer vorkam.
»Wann hast du den Beschluß gefaßt, ein Attentat auf den Thronfolger Franz Ferdinand zu begehen?«
»Schon vor zwei Jahren habe ich beschlossen, ein Attentat auf irgendeine höhere Persönlichkeit zu begehen, die die österreichische Macht repräsentiert.«
»Aus welchen Motiven?«
»Ich habe es aus nationalistischen Gründen getan.«
»Von wem hast du die Waffe bekommen?«
Princip schaute auf die Pistole, die auf dem kleinen weißen Tisch lag.
»Von einem Komitadschi in Belgrad.«
»Wann?«
»Vor einem Monat.«
»Wo hast du schießen gelernt?«
»Der Komitadschi hat mir gezeigt, wie man mit der Pistole umgeht.«
»Hat er gewußt, was du vorhattest?«
»Nein.«
»Wie heißt dieser Komitadschi?«

»Das weiß ich nicht.«
Die Antwort kam viel zu schnell. Der junge Attentäter sagte nicht die Wahrheit, stellte Pfeffer automatisch fest.
»Warum hast du gerade auf seine kaiserliche und königliche Hoheit den Thronfolger geschossen?«
Pfeffer fiel es schwer, jedes Mal den vollen Titel des Thronfolgers herunterzuleiern, er mußte es aber wegen des Protokolls tun, obwohl er sich in dieser Hinsicht voll auf Sutej verlassen konnte. Der würde schon das Richtige, das heißt das Erwünschte schreiben, sollte er selbst es bei der Befragung auslassen.
»Weil er die höchste Macht verkörpert, deren entsetzlichen Druck wir Jugoslawen verspüren«, sagte der junge Attentäter. Es klang wie ein auswendig gelernter Satz. Er hörte sich ein bißchen abstrakt an, wie alle auswendig gelernten Sätze, obwohl sich der junge Mann offenbar etwas Konkretes darunter vorstellte. Pfeffer nahm sich vor, später darauf zurückzukommen. Im Augenblick spürte er jedoch plötzlich das Bedürfnis, sich zu setzen, er war die ganze Zeit auf den Beinen gewesen. Er sah sich um, holte einen Stuhl aus der Ecke und stellte ihn etwa zwei Meter vor Princip so auf, daß er sich rittlings darauf setzen konnte.
»Ich bin müde«, sagte er zu Dr. Sattler, der an die Wand gelehnt seelenruhig an seiner Zigarre paffte, stützte sich mit beiden Unterarmen auf die Stuhllehne und sah den Attentäter an, der sein Manöver mit dem Stuhl neugierig beobachtet hatte.
»Erzähl mir jetzt genau, was du heute morgen gemacht hast.«
Princip leckte sich die trockenen Lippen, als wolle er zu erzählen anfangen, sagte aber dann:
»Könnte ich bitte ein Glas Wasser haben?«
Leo Pfeffer stand halb auf und sah sich nach einem Glas um, doch Dr. Sattler drückte ihn mit einer Handbewegung auf den Stuhl zurück.

»Bleib nur sitzen. Das mach ich schon.«
Der Arzt holte aus dem Instrumentenschrank ein Glas, ging zur Wasserleitung in die Ecke, füllte es und ging zu Princip.
»Spülen Sie sich zuerst gründlich den Mund aus und trinken Sie nur zwei, drei Schlucke, nicht mehr.«
Princip befolgte den Rat des Arztes wie ein gelehriger Schüler. Während er sich den Mund ausspülte und dann nicht mehr als drei Schlucke Wasser trank, beobachtete ihn Pfeffer, auf die Stuhllehne gestützt. Dieser junge Attentäter hatte einen dünnen Bartflaum, wie schon der erste. Das erinnerte Pfeffer an seine eigene Jugend, in der er sich einen Schnurrbart hatte wachsen lassen, um sich ein männliches Aussehen zu geben, und mit Ungeduld darauf gewartet hatte, daß er dichter und kräftiger würde. Später, als der Bartflaum sich zu einem richtigen Schnurrbart entwickelt hatte, mußte er ihn abrasieren, weil seine junge Frau ihn nicht mochte. Er kratze sie beim Küssen, hatte sie behauptet, was sicherlich auch gestimmt hatte.
»Herzlichen Dank«, sagte Gawrilo Princip und reichte das leere Glas Dr. Sattler, der es auf den Instrumentenschrank stellte, neben Leo Pfeffers Panamahut.
Leo Pfeffer hielt es für angebracht, seine Aufforderung zu wiederholen:
»Erzähl mir jetzt genau, was du heute morgen gemacht hast.«
»Ich bin gegen neun Uhr zum Kai hinuntergegangen und habe dort den Gymnasiasten Spiritsch und den Sohn des Staatsanwalts Swara getroffen«, begann Gawrilo Princip. »Ich ging mit ihnen spazieren, um nicht aufzufallen. Im Gürtel hatte ich den Revolver, der geladen war.«
»Mit wieviel Patronen war er geladen?« fragte ihn Pfeffer.
»Mit sieben.«
»Wieso mit sieben? Im Magazin haben nur sechs Patronen Platz.«

»Sechs waren im Magazin und eine im Lauf.«
»Erzähl weiter.«
»Ich stand mit Spiritsch an der Lateinerbrücke – Swara mußte irgend etwas besorgen –, als man plötzlich weiter unten eine Bombe explodieren hörte. Ich lief bis zur Mitte des Kais, um zu sehen, was geschehen war. Ich wunderte mich über die Explosion, weil ich doch selbst die Absicht hatte, ein Attentat zu begehen. In dem allgemeinen Tumult konnte ich den Thronfolger nicht entdecken. Ich sah nur, wie die Automobile rasch weiterfuhren. Da ging ich auf der Lateinerbrücke auf und ab. Ich wußte nicht, was geschehen war.«
Princip verstummte, als habe er plötzlich den Faden verloren.
»Und was hast du dann gemacht?«
»Ich ging zum Geschäft Schiller, weil ich aus der Zeitung wußte, daß der Thronfolger dort vorbeikommen würde. Plötzlich hörte ich die Leute ›Hoch‹ rufen. Gleich darauf sah ich das erste Automobil. Ich versuchte, den Thronfolger zu erkennen. Ich kannte ihn von den Bildern aus den Zeitungen. Als das zweite Automobil näherkam, erkannte ich den Thronfolger, der darin saß. Ich sah auch eine Dame neben ihm sitzen und überlegte, ob ich schießen sollte oder nicht. In demselben Augenblick überkam mich ein eigenartiges Gefühl, und ich zielte vom Trottoir aus auf den Thronfolger. Das Automobil fuhr langsamer als bei der Biegung ...»
»Du hast also gezielt geschossen und nicht nur so aufs Geratewohl?«
»Wohin ich in diesem Augenblick gezielt habe, weiß ich nicht, aber ich weiß, daß ich auf den Thronfolger gezielt habe.«
Die Antwort war nicht gerade präzise. Aber wahrscheinlich waren alle emotionellen Handlungen nicht präzise, selbst

wenn sie im Namen einer höheren, dem Täter einleuchtenden Logik begangen wurden.
»Wie oft hast du geschossen?«
»Ich glaube, ich habe zweimal geschossen, vielleicht auch mehrere Male, ich war sehr aufgeregt. Ich weiß nicht, ob ich jemanden getroffen habe, weil im selben Augenblick die Leute über mich herfielen und auf mich einschlugen.«
»Hat dir jemand zu dieser Tat zugeredet?«
»Nein.«
»Du hast mit niemandem verabredet, gemeinsam mit ihm das Attentat zu begehen?«
»Nein. Ich habe auch niemandem erzählt, daß ich das Attentat begehen würde.«
Dr. Sertitsch betrat das Zimmer, kam auf Pfeffer zu, blieb hinter ihm stehen und wartete darauf, daß er reden könne, ohne zu stören. Pfeffer nahm seine Anwesenheit wahr, konzentrierte sich aber weiterhin auf Gawrilo Princip.
»Bist du Mitglied einer Vereinigung?«
»Nein. Ich verkehre überhaupt wenig mit Leuten. Wo ich hinkomme, hält man mich für einen Schwächling, für einen Menschen, der durch das übermäßige Studium der Literatur ganz durcheinandergeraten ist. Ich lasse die Leute in diesem Glauben und simuliere einen schwachen Menschen, obwohl ich es nicht bin.«
Leo Pfeffer hatte wieder den Eindruck, daß Princip ihm etwas einreden wollte, was nicht ganz stimmte. Der junge Mann konnte ihm doch nicht weismachen, daß er den anderen Burschen – wie hieß er noch? –, der die Bombe geworfen hatte, gar nicht kannte. Bevor Pfeffer jedoch weitere Fragen stellte, wandte er sich an Dr. Sertisch, der beharrlich verhalten hinter seinem Rücken atmete.
»Ja, bitte?«
»Sie werden in der Residenz des Landeshauptmanns erwartet.«

»So.«
»Herr Gerichtspräsident Ilnitzky hat persönlich telephoniert und mich beauftragt, es Ihnen auszurichten.«
Leo Pfeffer blieb nichts anderes übrig als aufzustehen. Er bat Dr. Sutej, seine Aufzeichnungen auf der Maschine zu tippen und Princip abführen zu lassen. Dann ging er hinaus. Als er an der Tür war, rief ihm Dr. Sutej nach:
»Ihr Hut, Herr Gerichtssekretär.«
Er drehte sich um und nahm seinen Panamahut entgegen. Dabei sah er, wie Dr. Sattler mit einer Spachtel Princips Zunge herunterdrückte, um ihm besser in den Rachen sehen zu können.
Draußen im Gang stieß Pfeffer auf Dr. Martschetz, der scheinbar ziellos auf und ab ging.
»Gut, daß ich Sie treffe«, sagte er zu ihm. »Ich wollte Sie bitten, bei dem Verhör des anderen Burschen dabei zu sein.«
Das melancholische Gesicht des Gerichtsadjunkten erhellte sich für einen Augenblick.
»Sie meinen Nedeljko Tschabrinowitsch?«
»Ja. Wir können die Sache nicht länger der Polizei überlassen, wir müssen sie der ordentlichen Gerichtsbarkeit zuführen. Sie verstehen, was ich meine.«
Dr. Martschetz freute sich offensichtlich, eine Aufgabe bekommen zu haben.
»Jawohl«, sagte er. »Wird gemacht.« Und schon schritt er entschlossen auf die Wachstube zu, in der immer noch Iwassiuk das Sagen hatte.
Pfeffer bat noch Dr. Sertitsch, sich im Namen der Justiz um alle anderen Verdächtigen zu kümmern, die, wie er befürchtete, ohne es offen auszusprechen, von der Polizei in ihrem Übereifer verhaftet worden waren, sowie um Zeugen, die sich mehr oder weniger freiwillig gemeldet hatten. Dann setzte er seinen Panamahut auf und ging hinaus.

Draußen wartete eine Kutsche auf ihn, die losfuhr, kaum daß er sich hineingesetzt hatte. Aus einem entgegenkommenden Fiaker winkte ihm ein gewisser Stark, der Stellvertreter des Staatsanwalts Swara, im Vorbeifahren. Pfeffer ließ anhalten.
»Seine Hoheit Erzherzog Franz Ferdinand ist verschieden!« rief ihm der noch junge Mann zu, der sich mit einem Backenbart à la Kaiser Franz Joseph größere Autorität zu verschaffen versuchte.
Leo Pfeffer erschrak.
»Das hat uns gerade noch gefehlt.«
Er wußte nicht, daß er es laut ausgesprochen hatte. Der Kutscher drehte sich um und fragte:
»Wie bitte?«
»Nichts», sagte Pfeffer. »Fahren Sie weiter.«

4

In der Residenz des Landeshauptmanns Potiorek, die, ein Überbleibsel der Türkenzeit, Konak genannt wurde, herrschte eine gedrückte Stimmung. Als Leo Pfeffer die Eingangshalle betrat, hatte er den Eindruck, in eine Friedhofskapelle geraten zu sein. Alle anwesenden Personen sprachen im Flüsterton oder schlichen geräuschlos umher. Es roch auch nach Blumen, aber anders als sonst, irgendwie schwerer, erdiger.

Leo Pfeffer erkannte unter einigen hohen Offizieren Chmielewski, den Chef der Justiz für Bosnien und Herzegowina. Der gebürtige Pole war ein großer Mann mit schlaffem Gesicht, der immer schlechter Laune war und mißmutig dreinschaute, weil er, wie Dr. Sattler Leo Pfeffer anvertraut hatte, an Hämorrhoiden litt. Leo Pfeffer nahm den Hut ab und verbeugte sich in seiner Richtung. Chmielewski nickte nur gequält. Er wandte sich an einen General, der neben ihm stand und nach den Zeichen an seinem Kragen Arzt war, und flüsterte ihm etwas zu. Der General nickte und kam auf Leo Pfeffer zu.

»Doktor Ferdinand Fischer, Leibarzt seiner kaiserlichen und königlichen Hoheit«, sagte er leise und machte die Andeutung einer Verbeugung.

»Doktor Leo Pfeffer«, antwortete ihm Pfeffer und verbeugte sich leicht, wie es bei einer Vorstellung üblich ist.

»Ich weiß. Sie sind der Untersuchungsrichter. Kommen Sie bitte mit.«

Der mittelgroße, drahtige Mann, der eine schmale Brille in goldener Einfassung trug, ging schnell zu einer Tür und

wartete dort, bis Leo Pfeffer, der ihm etwas benommen folgte, nachgekommen war. Er drückte auf die Klinke, trat ein und hielt die Tür für Leo Pfeffer offen.
Mitten im Zimmer standen zwei Feldbetten, auf denen der Erzherzog und links von ihm seine Gemahlin Sophie lagen. Obwohl er den Thronfolger nicht besonders mochte, war Leo Pfeffer doch betroffen, als er ihn mit wächsernem Gesicht vor sich liegen sah. Er war erstaunt darüber, daß auch die Herzogin von Hohenberg aufgebahrt lag. Kein Mensch hatte ihm gesagt, daß man auch auf sie geschossen hatte. Wann war das überhaupt geschehen? Und wer hatte es getan? Es konnte nur Princip gewesen sein.
Leo Pfeffer blieb mit dem Hut in der Hand stumm und mit leicht gebeugtem Kopf vor den Feldbetten stehen, als erweise er den Toten die letzte Ehre. Franz Ferdinand trug die Galauniform eines Kavalleriegenerals. Auf dem hohen Kragen leuchteten drei Sterne. Sein Hut, der auf einem Sessel neben dem Bett lag, war mit blaßgrünen Federn geschmückt. Leo Pfeffer hatte diesen Hut vor kurzem gesehen, als der Thronfolger sich in seinem Auto aufgerichtet hatte. Die Herzogin von Hohenberg hatte ein weißes Seidenkleid an, verziert von einer roten Schärpe, in der Blumen steckten. Leo Pfefer dachte unwillkürlich an die Rose aus Stoff, die seine Tochter heute morgen am Kleid getragen hatte. Auf dem Sessel neben dem Bett der Herzogin lag eine Pelzstola aus Hermelin, ein weißer, breitkrempiger Hut, ein dunkler Fächer – heute war es doch ziemlich heiß – und ein weißer Sonnenschirm. Über die Hutkrempe aus steifem Leinen kroch eine Fliege.
Als Dr. Fischer die Schweigeminute für verstrichen hielt, ging er zum Leichnam des Erzherzogs und zeigte Pfeffer das Einschußloch knapp über dem Rand des Kragens.
»Das Projektil ist hier eingedrungen«, sagte er sachlich.

Leo Pfeffer zückte ein kleines Notizbuch, in dem in einem eigens dafür gemachten Futteral ein schmaler Bleistift steckte, um ein Protokoll aufzunehmen. Da merkte er, daß ihm sein Hut im Weg war. Er wußte nicht, wohin damit. Aufsetzen konnte er ihn nicht, um sich die Hände frei zu machen. Schließlich legte er ihn auf ein Blumentischchen, wobei er die Vase etwas zur Seite schieben mußte. Warum rochen die Blumen anders in der Nähe der Toten als unter den Lebenden?

Dr. Fischer hatte aufgehört zu reden und beobachtete leicht konsterniert Leo Pfeffer bei seinem Hantieren mit dem Hut. Als der Hut endlich untergebracht war, fuhr Dr. Fischer fort:

»Das Projektil ist vermutlich in der Halswirbelsäule steckengeblieben. Die kaiserliche Hoheit hat stark geblutet.« Er deutete auf das getrocknete Blut am Kinn. »Ich nehme an, daß die Halsschlagader aufgerissen wurde. Das hat den raschen Tod herbeigeführt.«

Dr. Fischer machte eine Pause.

»Sie waren beide schon tot, als sie hier ankamen«, sagte er schließlich. »Alle unsere Bemühungen waren vergeblich.«

Er sah gedankenverloren zur Herzogin, trat dann an ihr Bett, beugte sich über sie und deutete auf ein kleines, blutdurchtränktes Loch, das sich unter der Achselhöhle in dem hellen Kleid befand.

»Die Herzogin wurde hier getroffen. Das Projektil drang in die Bauchhöhle. Innere Blutungen sind die Todesursache.«

Leo Pfeffer sah nur flüchtig hin, schrieb aber alles genau auf, in einer eigenen Kurzschrift, die nur er lesen konnte. Später würde er alles Dr. Sutej diktieren.

Dr. Fischer hielt seine Mission für beendet und ging zur Tür, Leo Pfeffer folgte ihm.

»Ihr Hut«, sagte Dr. Fischer und zeigte auf das Blumentischchen. Leo Pfeffer ging schuldbewußt – warum eigent-

lich? – zum Tischchen und holte seinen Hut. Um sich wieder zu fangen, sagte er:
»Ich finde vom juristischen Standpunkt aus gesehen eine Obduktion seiner kaiserlichen Hoheit nicht für unbedingt erforderlich. Der Täter hat seine Tat gestanden. Außerdem ist die Tatwaffe sichergestellt worden. Ich bestehe jedoch auf einer Obduktion der Herzogin von Hohenberg, weil bei ihr der Tathergang noch völlig unklar ist.«
»So«, sagte Dr. Fischer und öffnete die Tür, um Leo Pfeffer hinauszulassen. »Ich werde es weiterleiten.«
Er hatte gleich darauf Gelegenheit, Pfeffers Meinung weiterzugeben, denn sie stießen auf Chmielewski, kaum daß sie das Zimmer mit den beiden Toten verlassen hatten; er schien auf sie gelauert zu haben. Jetzt hörte er sich mit verdrossener Miene Dr. Fischers Bericht an und entschied kurz:
»Ich bin dafür, daß sowohl die kaiserliche Hoheit als auch die Herzogin obduziert werden. Wir müssen bei dieser Sache besonders gründlich und genau vorgehen. Wir müssen allerdings die hiezu erforderliche Genehmigung von allerhöchster Stelle abwarten. Wir werden sehen.«
Darauf wandte er sich an Leo Pfeffer.
»Graf Harrach ist bereit, Sie zu empfangen«, sagte er und verzog den Mund zu einem säuerlichen Lächeln, dessen Bedeutung Leo Pfeffer beim besten Willen nicht enträtseln konnte. Vielleicht hatte der oberste Chef der Justiz dieser südlichen k.u.k. Kolonie ganz einfach das Bedürfnis, von Zeit zu Zeit zu lächeln, um den Eindruck eines griesgrämigen Menschen, den er auf alle Gesprächspartner machte, zu kaschieren.
»Die Ordonnanz wird Sie zu ihm führen«, fügte er hinzu und drehte sich abrupt um.
So fand sich Leo Pfeffer in einem kleinen Salon dem Mann gegenüber, den er im Auto des Thronfolgers neben dem

Chauffeur flüchtig gesehen hatte. Jetzt konnte er deutlich seinen militärischen Rang ablesen. Der k.u.k. Kämmerer Graf Harrach war Oberstleutnant. Er saß steif in einem niedrigen Fauteuil und hatte, obwohl es sehr schwül war, nicht einmal seinen Kragenknopf geöffnet. Die Vorhänge waren zugezogen, so daß es im Salon beinahe so dunkel war wie im Totenzimmer. Durch einen Spalt zwischen den Vorhängen drang grelles Sonnenlicht herein, in dem Myriaden von Staubkörnern einen seltsamen Tanz aufführten.
Und das atmen wir ein, dachte Leo Pfeffer. Er verspürte das Bedürfnis, etwas zu trinken, um all diese vielen Staubkörner hinunterzuspülen.
Als hätte er Pfeffers Gedanken erraten, fragte Graf Harrach plötzlich:
»Möchten Sie eine Limonade?«
»Nein, danke«, sagte Leo Pfeffer. »Vielen Dank.«
Er wußte nicht, warum er das Angebot abgelehnt hatte, obwohl er doch so durstig war.
Er saß ebenfalls in einem kleinen Fauteuil, so daß sich seine Knie beinahe in der Höhe seiner Brust befanden. Darauf hatte er seinen Hut und sein kleines Notizbuch placiert. Wenn er schreiben wollte, war ihm schon wieder der Hut im Wege. Er stellte ihn verärgert auf den Boden, zog den Bleistift aus dem Futteral und wartete, daß der Graf zu sprechen beginne. Die Ordonnanz, die an der Tür mit steinerner Miene auf weitere Befehle geharrt hatte, eilte plötzlich herbei, hob den Hut auf und stellte ihn auf einen anderen Sessel.
»Wir brauchen Sie nicht mehr«, sagte Graf Harrach. »Sie können gehen.«
Der Soldat schlug die Haken zusammen, salutierte und ging hinaus.
»Können wir beginnen?« fragte Graf Harrach irritiert, als habe Pfeffer absichtlich eine Verzögerung verursacht.

»Ja, bitte.«
Graf Harrach lehnte sich zurück, schloß für einen Augenblick die Augen, als wolle er sich konzentrieren und begann dann zu erzählen.
»Wir fuhren über den Appellkai gegen das Rathaus zu, als plötzlich eine Detonation ertönte. Sie machte auf mich den Eindruck, als sei in der Pneumatik ein Defekt entstanden. So habe ich dem Chauffeur zugerufen: ›Bravo, jetzt können wir stehenbleiben.‹ Dann sah ich einen büchsenähnlichen Gegenstand zwischen mir und seiner Exzellenz Potiorek durchsausen. Ich habe ganz deutlich den Luftdruck gespürt. Als ich mich umdrehte, sah ich diesen Gegenstand über dem Kopf der Herzogin auf das zurückgeschlagene Verdeck fallen. Der Gegenstand schlug dort auf und fiel auf die Straße. Der Chauffeur gab Vollgas und das Automobil schoß nach vorne. In diesem Augenblick ertönte eine Detonation, die wie ein Kanonenschuß klang und von der die ganze Luft mit Pulverdampf erfüllt war. Bald danach ließ seine kaiserliche Hoheit anhalten, weil er merkte, daß die anderen Automobile uns nicht mehr folgten. Er bat mich nachzusehen, ob in den anderen Automobilen jemand getötet oder verletzt worden sei. Ich eilte zurück und konnte seiner kaiserlichen Hoheit melden, daß Oberstleutnant Merizzi ziemlich schwer, Graf Alexander Boos-Waldeck nur leicht verletzt sei. Das Automobil war durch die Explosion fahruntauglich geworden. Nach einer kleinen Pause setzten wir die Fahrt zum Rathaus fort.«
Während Leo Pfeffer automatisch alles aufschrieb, was Graf Harrach ihm berichtete, schaute er sehnsüchtig auf den Kristallkrug mit Limonade, der auf einem Silbertablett neben einigen glitzernden Gläsern auf einem runden Tisch links von ihm in der Nähe der Wand stand.
»Die ersten zwei Wagen, in denen die Detektive, der Polizeichef und der Bürgermeister saßen«, erzählte Graf Har-

rach indessen weiter, »waren vor uns beim Rathaus vorgefahren. Sie wußten dort nicht, was passiert war. Wie ich später erfahren habe, hielten die Herren die Explosion für einen Salutschuß.«

Leo Pfeffer konnte sich nicht mehr zurückhalten. Er stand langsam auf und deutete mit der Hand, in der er den Bleistift hielt, auf den Krug.

»Entschuldigen Sie bitte – darf ich ...«

Ohne die Reaktion des Grafen abzuwarten, ging er zum Tisch und goß sich ein Glas voll Limonade. Bevor er jedoch trank, hielt er inne und fragte:

»Darf ich Ihnen auch?«

»Nein, danke.«

Graf Harrach wartete geduldig auf Pfeffer wie auf ein ungezogenes Kind.

»Es ist so heiß«, sagte Leo Pfeffer entschuldigend und leerte das Glas in einem Zug. Dann kehrte er zu seinem Platz zurück. Als er sich wieder gesetzt hatte, fuhr Graf Harrach fort:

»Der Besuch im Rathaus verlief programmgemäß. Zwischen seiner kaiserlichen Hoheit und seiner Exzellenz Potiorek wurde eine Abänderung des weiteren Programms vereinbart. Aber ich war nicht dabei. Später habe ich erfahren, daß seine kaiserliche Hoheit beschloß, den verletzten Oberstleutnant Merizzi im Garnisonsspital zu besuchen. Die Hoheiten zeigten die größte Kaltblütigkeit. Nur äußerte sich seine kaiserliche Hoheit mir gegenüber: ›Heute werden wir noch ein paar Kugerln abkriegen.‹ Ich war auch von einem neuerlichen Attentat überzeugt und stellte mich auf dem Trittbrett des Automobils neben seine kaiserliche Hoheit, so daß sein ganzer Körper von links durch meinen gedeckt war.« Graf Harrach hielt kurz inne und sagte dann nachdenklich: »Doch die Schüsse kamen von der anderen Seite.«

Graf Harrach schaute eine Zeitlang schweigend drein, als fühle er sich schuldig, das nicht vorausgeahnt zu haben.

»Wie ist das passiert?« fragte Leo Pfeffer schließlich.

»Wir fuhren bis zur Lateinerbrücke und wendeten gegen die Franz-Joseph-Gasse ein. In diesem Moment hat seine Exzellenz, der Landeschef Potiorek, wahrscheinlich nach vorheriger Besprechung mit seiner kaiserlichen Hoheit, dem Chauffeur den Auftrag erteilt, zu reversieren, um den Weg längs des Appellkais zurückzunehmen. Naturgemäß blieb das Automobil während der Prozedur der Umschaltung zirka zwei, drei Sekunden stehen. Da ertönte von rechts aus dem Menschenspalier ein Schuß und einen Augenblick darauf ein zweiter aus unmittelbarer Nähe. Während das Automobil rasch reversierte, spritzte ein dünner Blutstrahl aus dem Mund seiner kaiserlichen Hoheit auf meine rechte Wange. Ich zog mit einer Hand ein Taschentuch, um das Blut vom Munde des Erzherzogs abzuwischen, als ihre Hoheit, die Herzogin rief: ›Um Gottes willen, was ist dir geschehen?‹ Gleich darauf sank sie vom Sitz herab und fiel mit dem Gesicht auf die Knie des Erzherzogs. Ich ahnte gar nicht, daß sie getroffen war, ich dachte, sie sei aus Schreck ohnmächtig geworden. Darauf sagte seine kaiserliche Hoheit: ›Sopherl, Sopherl, stirb mir nicht, bleib für meine Kinder.‹ Da ergriff ich den Erzherzog beim Rockkragen, um zu verhindern, daß sein Körper nach vorne sank und fragte ihn: ›Leiden Eure Kaiserliche Hoheit sehr?‹ Worauf er deutlich antwortete: ›Es ist nichts.‹«

Graf Harrach hatte große Mühe, seine Gefühle unter Kontrolle zu halten. Da seine Stimme gegen Ende seiner Schilderung immer schwächer geworden war, räusperte er sich, bevor er hinzufügte: »Nun verzog er etwas sein Gesicht und wiederholte sechs, sieben Mal, immer mehr das Bewußtsein verlierend, in immer leiserem Ton: ›Es ist nichts.‹«

5

Als Leo Pfeffer durch die Halle ging, begegnete er zum Glück keinem der hohen Herren, die ihn hätten aufhalten können. Er hatte keine Lust, noch länger in diesem düsteren Haus, in dem man nur flüsternd sprechen und wie ein Gespenst herumschleichen durfte, zu verweilen. Das Sonnenlicht draußen blendete ihn für einen Augenblick so stark, daß er auf den Stufen abrupt stehenblieb. Erst als er sich den breitkrempigen Panamahut aufgesetzt und sich so ein bißchen Schatten für seine Augen verschafft hatte, konnte er wieder normal sehen.
Im Hof standen einige Automobile herum. Die Chauffeure hatten im Schatten des Gebäudes Zuflucht gesucht und unterhielten sich leise mit einigen Bediensteten, die, da ihre Herrschaften nun tot waren, offenbar nichts mehr zu tun hatten. Ein Chauffeur saß auf dem Trittbrett seines Wagens und rauchte eine Zigarette. Es war das Automobil, an dem die Standarte mit dem Doppeladler angebracht war. Leo Pfeffer ging hin, um es sich aus der Nähe anzusehen und den Chauffeur zu befragen. Als der Mann ihn kommen sah, warf er schnell seine noch nicht zu Ende gerauchte Zigarette weg, stand auf und nahm seine Ledermütze ab, die er sich bequem in den Nacken geschoben hatte. Es war ein großer Mann mit rundem Gesicht und einem dichten dunklen Schnurrbart, der zu seinen hellen Augen nicht so recht paßte. Er trug schwere Schnürstiefel, eine helle Breecheshose und eine lange, doppelreihige Jacke aus dem gleichen Stoff, die große Knöpfe hatte und bis zum breiten Kragen geschlossen war.

»Ich bin der Fahrer seiner Exzellenz des Grafen Harrach«, sagte der Mann und deutete auf das Automobil. »Seine kaiserliche Hoheit hat das Automobil des Herrn Grafen benützt. Wir haben extra eine neue Lederpolsterung machen lassen und ...«
»Ich bin der Untersuchungsrichter Doktor Pfeffer«, unterbrach ihn Leo Pfeffer. »Ich möchte Ihnen ein paar Fragen stellen.«
Bevor er jedoch dazu kam, den jungen Chauffeur zu befragen, erschien im Hof der Gerichtsschreiber Heggenberger, ein kleiner, gedrungener Mann mit Hornbrille, die in der Sonne blitzte, als er beinahe im Laufschritt auf Leo Pfeffer zukam.
»Man hat eine Bombe gefunden«, meldete er atemlos. »Drüben am Kai. Vor dem Geschäft Schiller.«
»Ich komme gleich zurück«, sagte Leo Pfeffer zum Chauffeur. »Warten Sie hier auf mich.«
Als er einige Minuten später im Fiaker, mit dem Heggenberger ihn abgeholt hatte, zum Appellkai kam, sah Pfeffer vor dem Geschäft Schiller eine leergefegte Stelle, die von Polizisten umzingelt war. Rundherum standen Neugierige und starrten auf drei, vier Sandsäcke, die mitten auf der Straße standen. Sie deckten offenbar etwas zu. Leo Pfeffer stieg aus und wollte zu den geheimnisvoll aufgetürmten Säcken gehen, doch ein Polizeiwachtmeister hielt ihn zurück.
»Bitte tun Sie das nicht«, sagte er ängstlich. »Gleich kommt der Sprengmeister. Er wird das schon machen.«
Er zeigte auf einen alten, vierschrötigen Feldwebel, der aus dem Haustor neben dem Schillerschen Geschäft herauskam und mit gravitätischen Schritten auf die Sandsäcke zuschritt, so daß aus dem vollen Eimer, den er in der Rechten trug, Wasser auf die Straße schwappte. Als er den Haufen erreichte, schien die Menge unwillkürlich zurückzuwei-

chen. Er stellte den Eimer auf die Straße, schob zwei Säcke beiseite, bückte sich, griff ins Loch, zog die Bombe heraus und ließ sie behutsam ins Wasser gleiten. Dann richtete er sich auf und sah triumphierend um sich, als erwarte er Applaus. Doch nur ein einziger Zuschauer, ein mickriges, blaßes Männchen mit Schlapphut, das in der dritten Reihe stand, rief eher schüchtern: »Bravo!«

Leo Pfeffer stellte fest, daß sie sich ungefähr an der Stelle befinden mußten, von der aus Gawrilo Princip geschossen hatte. Hatte er einen Komplicen gehabt, der neben ihm gestanden war und die Bombe einfach fallengelassen hatte, da sie nach dem gelungenen Attentat nicht mehr gebraucht wurde?

Der Chauffeur hatte geduldig auf ihn gewartet. Jetzt stand er im Schatten bei den anderen und kam zum Auto, als er Pfeffer erblickte. Leo Pfeffer machte ihn darauf aufmerksam, daß er als Zeuge verpflichtet sei, nach bestem Wissen und Gewissen auf alle Fragen zu antworten, die reine Wahrheit zu sagen, nichts zu verschweigen und nur das zu sagen, was er erforderlichenfalls auch beschwören könne. Der Gerichtsschreiber Heggenberger holte einen Notizblock aus der Tasche, sah sich ratlos um und legte ihn schließlich auf die Motorhaube, um sich so eine feste Schreibunterlage zu verschaffen.

Den Chauffeur schien dieser plötzliche amtliche Ton etwas zu verwirren, er fing sich aber gleich und antwortete ohne zu zögern auf alle Fragen, wie ein braver Soldat, dem man während seiner Dienstzeit Gehorsam und adrettes Benehmen beigebracht hatte. Er hieß Leopold Loyka, Sohn des Karl, war achtundzwanzig Jahre alt, römisch-katholisch, von Beruf Chauffeur, ledig und unbescholten und wohnte in Wien IV, Favoritenstraße 16.

»Schildern Sie mir bitte, was sich bei der Fahrt ereignet hat«, sagte Leo Pfeffer.

»Also hier links saß seine kaiserliche Hoheit der Thronfolger und rechts neben ihm die Herzogin von Hohenberg«, begann Leopold Loyka und zeigte mit weit ausholenden Bewegungen auf die Sitze, von denen er sprach. »Ihnen gegenüber, hier auf dem kleinen Sitz, saß seine Exzellenz der Landeshauptmann Potiorek. Vorne neben mir ist seine Exzellenz Graf Harrach g'sessn. Als wir zur Post kamen, sind wir kurze Zeit stehengeblieben, weil der Thronfolger mit dem Postverwalter gesprochen hat. Als wir uns dann wieder in Bewegung g'setzt haben und von der Post dreißig Schritte entfernt waren, standen am Trottoir längs des Ufers zwei Jünglinge. Einer davon war schwarz, groß und trug eine Radfahrerkappe. Das war der, welcher dann ins Wasser g'sprungen ist. Der neben ihm war mittelgroß, auch schwarz.«

»Würden Sie die beiden Männer erkennen?«

Der Chauffeur hielt inne, dachte kurz nach und sagte dann: »Ich glaub' schon.«

»Erzählen Sie weiter.«

»Also dieser kleinere ist etwa vier Schritte von mir entfernt g'standen. Als er nur mehr einen Schritt entfernt war, schoß er auf den Thronfolger. Ich hab deutlich g'hört, wie die Kugel an meinem Ohr vorbeigesaust ist. Der Zweite, das heißt der Größere, hat im selben Moment die Bombe g'worf'n. Die ist rückwärts auf das herabgelassene Dach gefallen und ist von dort auf die Erde gesprungen, wo sie sofort explodiert ist. Ich hab schon beim ersten Schuß eine größere G'schwindigkeit eingeschaltet und bin bald vors Rathaus gekommen.«

»Hat Ihnen jemand nach dem Empfang im Rathaus gesagt, daß Sie nicht wie vorgesehen zum Nationaltheater, sondern ins Garnisonsspital fahren sollen?«

»Nein. Ich hab den Auftrag g'habt, immer dem Automobil des Bürgermeisters zu folgen«, antwortete der Chauffeur

und fügte dann entschuldigend hinzu. »Ich bin nicht ortskundig ...«
Während dieses Frage- und Antwortspiels war Leo Pfeffer näher an den Wagen herangetreten und besah ihn nun etwas genauer. Dabei entdeckte er ein Loch in der Karosserie, oberhalb der Sitzfläche. Er bückte sich und versuchte unwillkürlich, seinen Zeigefinger hineinzustecken, was natürlich nicht ging. Das Loch war zu klein.
»Das ist beim zweiten Attentat passiert«, erklärte der Chauffeur und öffnete die Tür, um Pfeffer das Einschußloch von innen zu zeigen, das man in der Lederpolsterung deutlich sehen konnte. »Hier ist die Kugel durchgedrungen und hat dann die Herzogin getroffen ... Durch die Karosserie durch.«
Leopold Loyka sah Pfeffer fragend an. Da Pfeffer darauf nichts zu sagen hatte, schloß der Chauffeur wieder die Tür. Er tat es behutsam, als habe er Angst, irgendwelche wichtigen Spuren zu verwischen.
»Schildern Sie mir das zweite Attentat«, forderte ihn Pfeffer auf.
»Wir fuhren mit größerer Geschwindigkeit über den Appellkai«, sagte Loyka. »Seine Exzellenz Graf Harrach hat sich hier auf der anderen Seite auf das Trittbrett gestellt, um mit seinem Körper die kaiserliche Hoheit zu schützen.« Er unterbrach seine Schilderung, ging um das Auto herum, stellte sich auf das Trittbrett und versuchte die Haltung des Grafen nachzuahmen. Er stand aufrecht, die Rechte auf die Tür gelehnt. »Etwa so.«
Er stieg wieder hinunter, kam zurück und fuhr fort zu erzählen. »Das erste Automobil ist bei der Brücke rechts abgebogen in die Franz-Joseph-Gasse. Der zweite Wagen mit dem Bürgermeister und dem Polizeichef ist ihm nachgefahren, und deshalb hab ich auch verlangsamt, und wie ich um die Ecke gebogen bin, schreit seine Exzellenz der Landes-

hauptmann ›Was ist denn das? Wir fahren ja falsch! Sie sollen über den Appellkai weiterfahren.‹ Ich hab davon nichts gewußt, kenn mich ja in der Stadt nicht aus. Also halt ich an, um zu reversieren. Plötzlich hör ich einen Schuß und schau zu dem Menschenspalier und seh den Jüngling mit dem Revolver, wie er ein zweites Mal schießt. Er war ganz nah.« Er deutete mit der Hand auf Pfeffer. »Genauso wie Sie jetzt dastehen. Er wollte sich in den Kopf schießen, aber die Leute haben ihn niedergeschlagen. Das hat sich alles furchtbar schnell abgespielt. Ich bin im Rückwärtsgang auf den Kai zurückgefahren und dann mit Vollgas zur Residenz, aber es hat nichts genützt. Beide Herrschaften waren schon tot, als wir hier angekommen sind.«

Er hörte auf und sah vor sich hin.

»Danke«, sagte Pfeffer. »Kommen Sie bitte morgen um zehn in mein Büro im Rathaus, damit Sie das Protokoll unterschreiben. Vielleicht werde ich Ihnen dann noch ein paar Fragen stellen.«

»Ich verstehe.« Leopold Loyka zog seine Handschuhe aus der Tasche seiner langen Jacke, als wolle er sie anziehen, um losfahren zu können, steckte sie aber gleich wieder zurück. »Ich werde kommen.«

Darauf nahm sich Pfeffer die anderen Chauffeure vor, die tatenlos im Hof herumstanden.

Der nächste hieß Karl Divjak, ein bartloser Jüngling von vierundzwanzig Jahren, gebürtig aus Triest und wohnhaft in Görz. Er fuhr das erste Automobil nach dem Thronfolger. Er habe zuerst einen Schuß wie aus einem Revolver gehört, habe jedoch geglaubt, ein Pneumatik sei geplatzt. Im selben Moment habe er gesehen, wie eine Bombe auf das herabgelassene Dach des Automobils des Thronfolgers gefallen sei, die der Thronfolger dann absichtlich oder unwillkürlich vom Dach hinuntergeworfen habe. Die Bombe sei auf die linke Seite des Trottoirs gefallen und dort explodiert.

Er habe nicht gesehen, von wem sie geworfen worden sei, auch nicht, wer vorher geschossen habe. Er habe lediglich gesehen, wie ein Jüngling auf die Kaimauer und von dort in die Miljazka gesprungen sei. Beim zweiten Attentat sei er nicht dabeigewesen.
Der siebenundzwanzigjährige, aus Graz stammende Oberleutnant Robert Grein, der beim zweiten Attentat hinter dem Automobil des Thronfolgers gefahren war, hatte gesehen, wie ein Jüngling rechts vom Automobil die Hand erhoben und in einem Winkel von fünfundvierzig Grad und in einer Entfernung von fünf, sechs Schritten auf den Thronfolger geschossen hatte. Er wußte nicht genau, ob er zwei oder vier Schüsse gehört hatte.
Die Bombe, die Tschabrinowitsch geworfen hatte, war unter dem Automobil explodiert, das der aus Wien gebürtige Chauffeur Max Thiel gelenkt hatte. Er hatte nur gesehen, wie der junge Mann in die Miljazka gesprungen war. In seinem Wagen war Oberst von Merizzi verwundet worden, den er geradewegs ins Spital gebracht hatte.
Leo Pfeffer war nicht allzu sehr enttäuscht von diesen unpräzisen, oberflächlichen und oft irreführenden Aussagen. Wer war zum Beispiel der Jüngling, der neben Tschabrinowitsch gestanden war und geschossen hatte und den Leopold Loyka gesehen haben wollte? Hatte überhaupt jemand geschossen, bevor Tschabrinowitsch seine Bombe auf das Automobil des Thronfolgers geworfen hatte? Er selbst würde sicherlich auch keinen besseren Zeugen abgeben, sollte er plötzlich Rechenschaft ablegen über all das, was er heute erlebt und gesehen hatte. Warum war er heute morgen nicht in die Berge gegangen, wie er es sich zunächst vorgenommen hatte? Wäre er nicht im verständlichen und völlig überflüßigen Eifer ins Rathaus gerannt, dann hätte man einfach einen anderen, den Nächstbesten genommen, um ihn mit dieser höchst unerfreulichen und verworrenen An-

gelegenheit zu betrauen. Jetzt hatte er den schwarzen Peter in der Hand und keine Möglichkeit, ihn jemand anderem unterzuschieben.

6

Als Leo Pfeffer in seinem kleinen Zimmer im Rathaus hinter seinem Schreibtisch saß, inmitten seiner Regale, die mit Druckschriften aller Art, Ordnern und Faszikeln vollgestopft waren, gewann er langsam seine Sicherheit zurück. Er fand zwar keine Antwort auf die vielen Fragen, die ihn beschäftigten, er war aber immerhin imstande, einigermaßen klar zu denken, nachdem er bisher durch einen wahren Nebel gewatet war. Zuerst bat er Dr. Sertitsch, der zu ihm gekommen war, um ihm die Protokolle der bisherigen Zeugenaussagen zu übergeben, endlich einmal festzustellen, wieviel Schüsse Princip aus seinem Revolver abgegeben hatte. Niemand, nicht einmal der Attentäter selbst, wußte genau, wieviele es gewesen waren.
Die zweite Frage, die sich zwangsläufig ergab, konnten nur die Attentäter beantworten, wenn sie es wollten, das heißt wenn es ihm gelang, sie zum Reden zu bringen. Leo Pfeffer wurde den Verdacht nicht los, daß die beiden Burschen Komplicen waren. Sie waren beide vor einem Monat aus Belgrad gekommen, sie hatten beide von einem Komitadschi Waffen bekommen – Princip einen Revolver und Tschabrinowitsch eine Bombe. Es war zu klären, wer die zweite Bombe hatte. Da sie beide aus Serbien kamen, mußte jemand von dort in die Sache verwickelt sein. Wer war es und in wessen Auftrag hatte er gehandelt? Dafür, daß die beiden Attentäter nicht im Einvernehmen waren, sprachen wiederum ihre Motive. Princip behauptete, das Attentat aus nationalistischen Gründen begangen zu haben, Tschabrinowitsch bekannte sich hingegen zum Anarchismus. Sie ka-

men auch aus verschiedenen Milieus. Tschabrinowitsch war gelernter Typograph und Princip Student. Leo Pfeffer fand sich wieder im Nebel. Das Vernünftigste war, sich schrittweise daraus zu befreien.
Er schickte Heggenberger, die Protokolle mit den Chauffeuren ins Reine zu schreiben und bat Dr. Sutej zu sich, der ihm das Protokoll der ersten Vernehmung in der Ambulanz sauber abgetippt und ins Deutsche übersetzt vorlegte. Pfeffer ließ gleich Princip kommen. Während er auf den jungen Attentäter wartete, diktierte er Dr. Sutej ein Schriftstück. Princip wurde von einem mit Gewehr und aufgepflanztem Bajonett bewaffneten Polizisten hereingeführt. Pfeffer las ihm das Schriftstück vor.
»Ich leite gegen dich die Voruntersuchung ein, wegen Verbrechens des Mordes, begangen dadurch, daß du heute in der Absicht, den Thronfolger Franz Ferdinand und seine Gemahlin, die Herzogin von Hohenberg zu töten, meuchlings auf sie aus einer Browning-Pistole aus unmittelbarer Nähe geschossen und beide getroffen hast, wodurch in kurzer Zeit der Tod eingetreten ist. Gleichzeitig verhänge ich gegen dich die Untersuchungshaft im Sinne der Paragraphen 189, 184, Punkt eins, zwei, drei des Strafgesetzes.«
Princip hörte sich alles ruhig an, ohne eine Miene zu verziehen. Nur bei der Erwähnung der toten Herzogin wurde sein Gesicht für einen Augenblick dunkler, als sei plötzlich ein Schatten darauf gefallen.
»Hast du etwas hinzuzufügen oder dich zu beschweren?« fragte ihn Pfeffer.
»Nein«, antwortete Princip kaum hörbar und fügte dann etwas lauter hinzu: »Es tut mir leid, daß ich die Herzogin getötet habe. Ich hatte nicht die Absicht, sie zu töten.«
Während er sprach, tippte Sutej seine Aussage auf der Schreibmaschine. Dann zog er das Blatt aus der Maschine, legte es auf Pfeffers Schreibtisch neben das Protokoll

und schob alle Papiere auf die Seite, an der Princip stand. »Unterschreiben Sie bitte hier«, sagte Sutej zu Princip. »Das eine ist das Protokoll der ersten Vernehmung und das andere der Text über die Einleitung der Voruntersuchung.« Princip ging zum Schreibtisch, und der Polizist folgte ihm auf dem Fuß, als habe er Angst, der ihm anvertraute Häftling könnte dort etwas anstellen oder gar verschwinden.
Pfeffer reichte dem jungen Attentäter eine Feder, die er vorher in die Tinte getaucht hatte, und beobachtete ihn dabei aufmerksam. Er konnte jedoch keine Gefühlsregung an ihm feststellen. Nur seine hellblauen Augen waren leicht getrübt, als sei er traurig – oder einfach müde.
Der junge Mann nahm die Feder, beugte sich über den Schreibtisch und unterschrieb die Papiere, ohne sie zu lesen.
Dann unterschrieben auch Pfeffer und Sutej, worauf Sutej die Papiere an sich nahm, sie zu seinem Tisch zurückbrachte und sich setzte.
Princip und der Polizist blieben abwartend stehen.
»Setz dich«, sagte Pfeffer zum jungen Attentäter.
Princip sah langsam um sich. Er brauchte eine Weile, bis er den Stuhl entdeckte, der hinter ihm und dem Polizisten stand. Der Polizist machte ihm nicht gerade begeistert Platz, damit er sich setzen könne, und pflanzte sich hinter ihm auf; er wollte den gefährlichen Burschen, der nun klein und schmal vor ihm saß, immer in Reichweite haben.
»Vor dem Geschäft Schiller, wo du auf den Thronfolger geschossen hast, haben wir eine Bombe gefunden«, sagte Pfeffer und stand auf. »Wer war dein Komplize mit der Bombe?«
»Ich habe Ihnen schon gesagt, ich habe das Attentat ganz allein begangen«, antwortete Princip beinahe gleichgültig. »Ich habe beim ersten Verhör vergessen zu sagen, daß mir der Komitadschi in Belgrad auch eine Bombe gegeben hat.

Ich habe sie heute zusammen mit dem Revolver im Gürtel getragen. Als mich die Leute nach dem Attentat angefaßt haben, ist sie herausgefallen.«
Pfeffer ging um den Tisch herum auf Princip zu.
»Kannst du mit einer Bombe umgehen?«
Princip sah ihn erstaunt an, erklärte aber gleich mit der Zuversicht eines fleißigen Schülers, der seine Lektion schon längst gelernt hat:
»Die Bombe hat eine Schraube, die entfernt werden muß. Dann muß man mit der abgeschraubten Bombe gegen einen harten Gegenstand schlagen. Man darf sie nicht gleich werfen, weil sie erst nach sechs bis acht Sekunden explodiert. Man muß langsam bis vier zählen, bevor man sie wirft.«
»Wer hat dir das beigebracht?«
»Der Komitadschi.«
Wie immer stenographierte Sutej mit, wahrscheinlich gleich in deutscher Übersetzung, um Zeit zu sparen. Princip konnte sicherlich ganz gut deutsch, so daß er die Protokolle kontrollieren konnte, bevor er sie unterschrieb, aber er machte bisher keinen Gebrauch davon, weil er offenbar Vertrauen zu Dr. Sutej hatte.
»Streitest du noch immer ab, bei irgendeiner Organisation zu sein oder gewesen zu sein?«
»Vor zwei Jahren war ich Mitglied eines Literaturvereins. Und zwar damals, als die Untersuchung gegen Milosch Pjanitsch und seine Kameraden geführt wurde. Ich bin damals als Zeuge einvernommen worden. Ich verkehre jedoch mit diesen Leuten nicht mehr, weil sie sich bei der Untersuchung nicht ernsthaft benommen haben.«
Pfeffer überlegte, ob er noch weitere Fragen stellen sollte, gab es aber auf. Das hatte im Augenblick keinen Sinn. Dazu brauchte er noch ein paar Anhaltspunkte.
»Sie können ihn wieder abführen«, sagte er zum Wachposten, der beinahe gleichzeitig Princip einen Stoß versetzte.

Princip stand auf, folgte aber dem Polizisten nicht gleich, der ihn am rechten Arm erfaßt hatte und ihn zur Tür zog, sondern sagte schnell:
»Ich möchte noch zu meiner früheren Aussage hinzufügen, daß ich als Schüler der Handelsschule nicht bei Stoja Ilitsch gewohnt habe, sondern gegenüber bei Sunditsch.«
Pfeffer ließ es sich nicht anmerken, daß er über diese Aussage erstaunt war.
»Gut«, sagte er scheinbar gleichgültig. »Noch etwas?«
»Nein.«
»Führen Sie ihn ab und bringen Sie mir gleich Nedeljko Tschabrinowitsch.«
Als sie draußen waren, wandte sich Pfeffer an Dr. Sutej.
»Veranlassen Sie bitte, daß alle Personen, die im Haus der Stoja Ilitsch wohnen, verhaftet werden und daß die Wohnung gründlich durchsucht wird.«
»Ich glaube, das hat schon Kommissar Iwassiuk veranlaßt.«
»So. Und woher hat er die Adresse bekommen?«
»Von mir. Er ist zu mir gekommen und hat sich das Protokoll angeschaut, kaum daß ich mit dem Tippen fertig war. Dann hat er sich die Adresse der Frau Ilitsch abgeschrieben.«
»Und als Gegenleistung hat er Ihnen eine Kopie der Tschabrinowitschvernehmung gegeben?«
»Eigentlich nicht. Aber ich kann gleich eine holen.« Dr. Sutej stand auf und wollte hinausgehen, doch Pfeffer hielt ihn zurück.
»Bleiben Sie nur. Tschabrinowitsch muß jeden Augenblick kommen. Ich möchte ihn lieber selbst befragen, statt alles aus zweiter Hand zu erfahren.«
»Wie Sie meinen«, sagte Dr. Sutej und setzte sich wieder an seinen Tisch. »Es tut mir leid.«
»Aber ich bitte Sie. Machen Sie sich nichts daraus. Ich habe mich nur über Iwassiuk geärgert, weil er überall seine Nase

hineinsteckt. Aber diesmal sind wir ihm um einige Längen voraus. Sie werden sehen.«

Darauf ging Pfeffer zum Fenster und sah hinaus, die Hände auf dem Rücken verschränkt. Er nahm Bewegungen im Hof wahr, schaute aber nicht hin. Er überlegte, wie er anfangen sollte. Währenddessen hörte er, wie Tschabrinowitsch hereingeführt wurde. In der Stille, die darauf entstand, hörte er das leise Rascheln der Papiere, die Dr. Sutej wie immer, wenn er verlegen war, völlig sinnlos auf seinem Tisch ordnete, und dann ein gekünsteltes Räuspern. Das mußte Tschabrinowitsch sein, dessen Kehle sicherlich sehr trokken war; er hatte ja heute morgen Zyankali geschluckt.

»Setz dich«, sagte Pfeffer und drehte sich um. »Seit wann kennst du Gawrilo Prinicip?«

Tschabrinowitsch, der sich gerade setzen wollte, richtete sich wieder überrascht auf. Er sah verwirrt drein, aber dann sprudelte es aus ihm heraus.

»Ich kenne ihn schon seit zwei, drei Jahren. Wir sind oft zusammengekommen. Später habe ich ihn in Belgrad getroffen und dann wieder hier in Sarajewo. Ich glaube nicht, daß Gawrilo dieselben anarchistischen Grundsätze hat wie ich. Wir haben darüber nie gesprochen. Er ist ein sehr verschlossener Mensch. Wenn wir uns getrofffen haben, haben wir nur über allgemeine Sachen gesprochen.«

Leo Pfeffer hatte den Eindruck, daß Tschabrinowitsch durch hastiges Reden etwas zu verbergen versuchte.

»Princip hat heute auf den Thronfolger und seine Gemahlin geschossen.«

»Ich weiß«, sagte Tschabrinowitsch. »Man hat es mir gesagt.«

Schon wieder war Iwassiuk Pfeffer zuvorgekommen und hatte ihm den Überraschungseffekt gestohlen.

»Über die Durchführung von anarchistischen Ideen und über Terrorismus haben wir nie gesprochen«, fuhr Tschabrinowitsch fort. »Ich weiß nicht, ob Princip heute in der gleichen Absicht gehandelt hat wie ich. Ich meine, wenn er das getan hat, dann ohne mein Wissen und ohne mein Einverständnis. Ich kann daraus nur schließen, daß wir ähnliche Ansichten haben.«

»Auch Princip kam vor einem Monat aus Belgrad. Auch er bekam eine Pistole von einem Komitadschi.«

»Ich habe keine Pistole bekommen. Außer der Bombe habe ich keine andere Waffe besessen.«

»Und was ist mit dem Gift?«

»Das Gift habe ich, wie ich schon gesagt habe, auch von ›Zigo‹ bekommen.«

»Was ist das für ein Spitzname ›Zigo‹? Ist er ein Zigeuner?«

»Nein. Wahrscheinlich heißt er Ziganowitsch oder so. Wir haben oft lange Gespräche geführt, denn auch er war revolutionär gesinnt wie ich. Ich habe gehört, daß dieser Ziganowitsch ein ganzes Arsenal von Bomben hat, und bevor ich nach Sarajewo gegangen bin, habe ich ihn gebeten, mir eine Bombe abzutreten. Er war sofort bereit.«

»Hat Ziganowitsch dir zugeredet, das Attentat zu begehen?«

»Nein. Der Gedanke an das Attentat ist bei mir nicht erst vor einem Monat gekommen. Schon seit etwa zwei Jahren trage ich ihn mit mir herum. Ich bin nämlich Anhänger der radikal anarchistischen Ideen. Man muß das heutige System durch Terror vernichten, um an dessen Stelle ein liberales System zu errichten. Ich hasse alle Vertreter des heutigen Systems, und zwar nicht diese oder jene Person als solche, sondern als Träger der Macht, die die Menschen unterdrückt.«

»Wie bist du zu dieser Auffassung gekommen?«

»Durch das Lesen sozialistischer und anarchistischer Schriften. Ich kann sagen, daß ich fast die ganze Literatur dieser Art durchgelesen habe, die ich bekommen konnte.«

Leo Pfeffer spürte plötzlich, daß er müde war. Er hatte das Verhör stehend und ohne sich zu rühren geführt, um Tschabrinowitsch keine Zeit zum Überlegen zu lassen. Er mußte auch müde sein, seine Schultern hingen schlaff herunter. Als Pfeffer ihn ansah, straffte er sich schnell; er wollte sich vor dem Untersuchungsrichter keine Blöße geben.
Inzwischen war es langsam dunkel geworden. Wie konnte Dr. Sutej nur im Dämmerlicht schreiben? Und war er überhaupt bei diesem schnellen Frage- und Antwortspiel mitgekommen? Leo Pfeffer ging zu seinem Schreibtisch, schaltete die Tischlampe mit dem grünen Porzellanschirm ein und setzte sich.
»Machen Sie Licht«, sagte er zum Wachmann, der mit unbeweglichem Gesicht hinter Tschabrinowitsch stand. »Der Schalter ist neben der Tür.«
Der Wachmann drehte sich schwerfällig um und schaltete das große Licht ein.
»Du kannst dich setzen«, sagte Pfeffer zu dem jungen Mann, der heute morgen eine Bombe auf das Automobil des Thronfolgers geworfen hatte, ohne zu bedenken, daß er dabei außer dem ausersehenen Opfer noch viele andere Menschen töten könnte. Zum Glück hatte er nur einige verwundet. Leo Pfeffer hätte ihn gern gefragt, ob er sich darüber freute, daß alles halbwegs glimpflich ausgegangen war, zumindest bei seinem eigenen Mordversuch. Stattdessen sagte er nur:
»Erzähl mir ganz genau, wie du das Attentat heute vormittag begangen hast.«
»Ich habe das alles schon heute mittag erzählt.«
»Das macht nichts. Erzähl es noch einmal, schön der Reihe nach.«
Leo Pfeffer hatte wieder das Gefühl, als sei das alles, was er gerade erlebte, nicht wirklich. Er war nur Zeuge eines seltsamen Traumes, der bald zu Ende gehen mußte.

Der junge Mann, der artig vor ihm saß, preßte die Lippen aufeinander und starrte in die Luft.
»Ich bin sehr zeitig aus dem Haus gegangen«, sagte er schließlich und lächelte. Er schien wie unter einem Zwang von Zeit zu Zeit grundlos lächeln zu müssen. Doch diesmal hatte er einen Grund dafür. »Unser Hund ist mir nachgelaufen, und als ich das bemerkt habe, bin ich mit ihm noch einmal zurückgegangen, um ihn nach Hause zu bringen.«
»Hast du da die Bombe bei dir gehabt?«
»Ja.«
»Wo hast du sie bis dahin versteckt?«
»Bei uns zu Hause, in der Franz-Joseph-Gasse, im Hof, unter einem Stein.«
»Was hast du dann mit der Bombe gemacht?«
»Ich habe sie unter die linke Achsel gesteckt und habe dann nach einem geeigneten Platz gesucht, von dem aus ich sie werfen könnte. Nach einem kurzen Spaziergang habe ich vor dem Hotel ›Kaiserkrone‹ meinen ehemaligen Schulkollegen Tomo Wutschinowitsch getroffen. Er ist jetzt in einer Eisenbahnwerkstatt als Schlosser beschäftigt.«
»Hast du ihm erzählt, was du vorhattest?«
»Nein, nein, ich habe ihm nichts davon erzählt. Ich habe ihn doch seit Jahren nicht gesehen. Ich habe ihm nur gesagt, daß ich Sarajewo verlassen werde und schlug ihm vor, auf den Zirkusplatz zu gehen und uns dort photographieren zu lassen. Er war damit einverstanden, und so haben wir uns auf dem Zirkusplatz beim Photographen Joseph Schrei photographieren lassen und zwölf Bilder bestellt.«
»Wozu hast du die Photographien gebraucht?«
»Ich weiß nicht. Ich wollte, daß nach meiner Tat wenigstens meine Photographie als Andenken bleibt.«
In jedem Attentäter steckte anscheinend, aus welchem Grund auch immer er mordete, der gute alte Herostrat, der vor zweitausend Jahren den Tempel in Ephesus in Brand ge-

steckt hatte, weil er unbedingt in die Geschichte eingehen wollte. Das war ihm ja auch gelungen. Leo Pfeffer hielt sich jedoch zurück, über den jungen Burschen, der offenbar langsam Vertrauen zu ihm gefaßt hatte und beinahe unbefangen dahererzählte, ein Urteil zu fällen. Dafür kannte er ihn noch viel zu wenig.

»Was hast du dann getan?«

»Dann bin ich wieder zum Kai gegangen. Ich habe gewußt, daß der Thronfolger dort vorbeifahren wird. Schließlich habe ich die Stelle unweit der Tschumurijabrücke gewählt, gegenüber vom Geschäft des Viktor Rupnik. Dort habe ich gewartet, daß die Automobile vorbeifahren. Gegen zehn Uhr kamen sie endlich daher. Als ich das Automobil mit dem Thronfolger bemerkte, holte ich die Bombe hervor und schlug mit der Kapsel gegen den Elektrizitätsmast. Dann warf ich die Bombe in das Automobil des Erzherzogs und sah, daß sie dort abprallte und auf die Straße fiel. Ich habe noch gehört, wie sie explodiert ist, aber ich habe nicht gesehen, ob die Bombe etwas angerichtet oder jemanden verletzt hat, weil ich gleich in die Miljazka gesprungen bin. Ich wollte mich sofort vergiften, ich habe in der linken Hand das Papier mit dem weißen Pulver gehabt, und wie ich die Bombe geworfen habe, ist mir das meiste davongeflogen. Es war auf dem Boden verstreut, das habe ich erst nachher bemerkt ...«

»Was für ein Gift war das?«

»Das war Zyankali. Ich habe den Rest in den Mund genommen und bin in die Miljazka gesprungen. Mein Mund hat sehr gebrannt, und ich habe mich auf den Bauch gelegt und Wasser aus dem Fluß getrunken. Als er uns die Bomben und das Gift gab, hat Ziganowitsch gesagt, es würde sofort wirken ...«

Leo Pfeffer horchte auf. Tschabrinowitsch hatte in der Aufregung über das Gift, das nicht viel wert gewesen war, plötzlich in der Mehrzahl gesprochen, ohne überhaupt zu merken, daß er sich verraten hatte. Leo Pfeffer ließ ihn deshalb ausreden.

»Einige Detektive sind mir nachgesprungen und haben angefangen, mich zu schlagen. Während sie mich zur Polizei geführt haben, haben auch andere Personen auf mich eingeschlagen.«

»Du hast vorhin ›Bomben‹ gesagt und ›wir‹ – du hast in der Mehrzahl gesprochen«, sagte Pfeffer scheinbar gleichgültig und sah den jungen Attentäter aufmerksam an, um feststellen zu können, wie er darauf reagierte. Tschabrinowitsch erblaßte leicht und schaute einen Augenblick verwirrt drein. Er hatte sichtlich Mühe, sich den Ärger über den Fehler, den er gemacht hatte, nicht anmerken zu lassen.

»An der Stelle, von der aus Princip geschossen hat«, bohrte Pfeffer weiter, »haben wir noch eine Bombe gefunden, von demselben Typ wie deine. Wer war außer dir und Princip noch in die Sache verwickelt?«

»Ich weiß nicht, woher die anderen Bomben stammen, die Sie gefunden haben«, antwortete Tschabrinowitsch, der sich wieder in der Hand hatte. »Ich habe sie nicht dort hingebracht. Ich habe lediglich eine Bombe in das Automobil des Thronfolgers geworfen, in der Absicht, ihn und den Landeshauptmann Potiorek zu töten, weil sie die größten Feinde der Slawen und besonders der Serben sind. Ihnen haben die Serben in Bosnien und in der Herzegowina den Ausnahmezustand zu verdanken.«

Leo Pfeffer hatte das Gefühl, daß es wenig Sinn hätte, weitere Fragen an den jungen Mann zu stellen, der nach den letzten Sätzen wieder eine trotzige Haltung eingenommen hatte.

»Sie können ihn abführen«, sagte er zum Wachmann, der müde an der Wand lehnte, dann erinnerte er sich, daß er etwas Wichtiges vergessen hatte. »Einen Augenblick noch.«

Er stand auf, holte aus dem Regal das Strafgesetzbuch, blätterte kurz darin und leierte dann herunter, an Tschabrinowitsch gewandt, der sich, durch den plötzlichen Abbruch der Vernehmung überrascht, schon aufgerichtet hatte.
»Ich leite gegen dich die Voruntersuchung wegen Versuchs des Verbrechens des Meuchelmordes nach den Paragraphen 9, 209 und 210, Punkt eins des Strafgesetzes, ein, begangen dadurch, daß du am 28. Juni 1914, in der Absicht, seine kaiserliche und königliche Hoheit den Thronfolger Franz Ferdinand und die Herzogin von Hohenberg sowie den Gouverneur Potiorek zu töten, in ihr Automobil eine Bombe geworfen hast, die nur zufällig aus dem Automobil gefallen und später explodiert ist, wodurch mehrere andere Personen teils schwer, teils leicht verwundet wurden, ferner weil du dem Gawrilo Princip und Genossen geholfen hast, das Attentat tatsächlich auszuführen. Gleichzeitig verhänge ich über dich die ordentliche Untersuchungshaft nach den Paragraphen 189 und 184, Punkt zwei, drei und fünf, römisch zwei, wogegen du dich beim Kreisgericht beschweren kannst.«
»Ich habe nicht die Absicht, mich zu beschweren«, sagte Tschabrinowitsch ruhig.
»Das ist deine Sache. Du kannst es dir noch überlegen, bis das Protokoll abgeschrieben und dir zur Unterschrift vorgelegt wird. Kannst du deutsch?«
»Ja, freilich.«
»Gut. Dann kannst du kontrollieren, was in der deutschen Übersetzung steht. Führen Sie ihn ab.«
»Ich glaube Ihnen«, sagte Tschabrinowitsch, bevor ihn der Wachmann hinausschob.
Leo Pfeffer ärgerte sich, daß er die Geduld verloren hatte. Vielleicht hätte er aus dem Burschen noch ein paar wichtige Tatsachen oder wenigstens Hinweise herausholen können. Vielleicht wollte ihn Tschabrinowitsch mit seiner Behaup-

tung, er glaube ihm, nur in Sicherheit wiegen, um ihn besser hereinlegen zu können. Leo Pfeffer hielt ihn aber nicht für so raffiniert. Der junge Mann schien im Großen und Ganzen ehrlich zu sein. Das galt auch für Gawrilo Princip. Beide Attentäter bekannten sich rückhaltlos zu ihrer Tat, sie versuchten nur, ihre Komplizen sowie ihre eventuellen Hintermänner zu schützen. Er müßte sich die beiden noch einmal vornehmen, und zwar schnell, um ihnen keine Zeit zu lassen, irgenwelche irreführenden Geschichten zu erfinden. Er wollte gerade Gawrilo Princip kommen lassen, als ein übermüdeter Dr. Sertitsch hereinkam und ihm mitteilte, daß man ihn, Pfeffer, wieder einmal in der Residenz des Landeshauptmanns erwarte. Diesmal nahm er Dr. Sutej mit, nicht so sehr, weil er ihn dort als Protokollführer brauchen könnte, er wollte in diesem kalten Haus einfach nicht allein sein.

7

Es war schon Nacht, als Pfeffer und Sutej in der düsteren Residenz des Landeshauptmanns Potiorek ankamen. Man hatte, wahrscheinlich aus falscher Pietät, kein helles Licht in der Eingangshalle angemacht, so daß alle Menschen, die dort in Gruppen herumstanden oder hin- und hergingen, wie Schemen aussahen. Sie trugen auch alle dunkle Anzüge, so daß sich Leo Pfeffer in seinem hellen Leinenanzug, der dazu noch zerdrückt war, völlig deplaciert vorkam. Deshalb sagte er entschuldigend und auf seinen Anzug zeigend, als der oberste Chef der Justiz, Chmielewski, zusammen mit dem Kreisgerichtspräsidenten Ilnitzky auf ihn zukam und ihn, wie es ihm schien, strafend anblickte:

»Ich bin leider nicht dazugekommen ...«

»Sie werden mir jeden Tag um zwölf und um achtzehn Uhr über den Stand der Ermittlungen Bericht erstatten«, unterbrach ihn Chmielewski, ohne auf Pfeffers Rechtfertigung einzugehen.

»Mein Bericht und eine Abschrift der Vernehmungsprotokolle werden jeden Tag nach Wien gebracht. Wir müssen schnellstens Beweise für die Verantwortung der Serben liefern. Die Sache ist doch klar: die Spur führt nach Belgrad. Wer hat diesen Bürschchen die Bomben in die Hand gedrückt? Wer hat ihnen das Schießen beigebracht? Wer hat ihnen den Auftrag gegeben, ein Attentat auf seine kaiserliche Hoheit zu begehen? Liefern Sie mir die Antworten auf diese Fragen!«

Pfeffer hatte erwartet, daß Chmielewski ihn nach den Ergebnissen der allerersten Ermittlungen fragen werde,

doch er schien gar nicht neugierig zu sein; er hatte sich schon eine feste Meinung über die beiden Attentate gebildet.
»Die serbische Regierung steht hinter dem Meuchelmord!« fügte Chmielewski mit einer durch nichts begründeten, aber um so festeren Gewißheit hinzu, wandte sich von Pfeffer ab und ging mit Ilnitzky, der ihm wie ein treues Hündchen folgte, auf eine der vielen Türen zu. Der Staatsanwalt Swara, der in einer Ecke gestanden war, kam ihnen entgegen und wollte Chmielewski etwas fragen, doch der oberste Chef der Justiz in Bosnien winkte nur unwillig ab und verschwand. Pfeffer dachte einen Augenblick daran, daß er Swara wohl deshalb so unfreundlich behandelte, weil dessen Sohn heute morgen mit Princip spazierengegangen war. Aber Princip hatte doch ausdrücklich betont, er habe den jungen Swara, den er von der Schule her kannte, nur als Tarnung benützt.
Als habe er gespürt, daß Pfeffers Gedanken mit ihm beschäftigt waren und er sich wegen dieser abfälligen Behandlung rechtfertigen müsse, kam Swara zu ihm und sagte:
»Wir warten auf die Genehmigung der Hofkanzlei für die Obduktion seiner kaiserlichen Hoheit.«
»Sie ist noch immer nicht erteilt?«
»Nein. Der Landeschef Potiorek kümmert sich jetzt persönlich darum.«
Der Chauffeur Leopold Loyka kam herein und ging auf Pfeffer zu, der wahrscheinlich der einzige Mensch in der Halle war, den er kannte.
»Entschuldigen Sie bitte, Herr Doktor«, sagte er und nahm Haltung an. »Könnten Sie mir sagen, wo ich seine Exzellenz den Grafen Harrach finden kann?«
»Das weiß ich nicht genau«, antwortete Pfeffer. »Als ich ihn zuletzt gesehen habe, war er in einem Salon irgendwo dort in der linken Ecke.«

»Ich bringe ihm nämlich die letzte Photographie seiner kaiserlichen Hoheit, um die er mich durch seine Ordonnanz geschickt hat.«
Er zeigte Pfeffer die Photographie, die der aufgeregte Photograph heute vormittag vor dem Rathaus aufgenommen haben mußte. Darauf waren der Thronfolger und die Herzogin in dem Augenblick zu sehen, in dem sie die Rathaustreppe zu ihrem Automobil hinunterschritten. Der Erzherzog und die Herzogin schauten auf die Menge, der Erzherzog grüßte lässig mit der weiß behandschuhten Rechten, und die Herzogin lächelte zum Abschied. Zwei der türkisch gekleideten Honoratioren mit Fes im linken Spalier grüßten militärisch, und zwei ihrer Kollegen in Zivil drückten würdig ihre Zylinder an die Brust.
»Unglaublich«, sagte Swara. »Zuerst das ...« Er zeigte auf die Photographie. »Und dann das.« Jetzt zeigte er auf die zwei Feldbetten, auf denen der Thronfolger und seine Gemahlin zuletzt aufgebahrt gewesen waren und die man nun in die Halle gestellt hatte; wahrscheinlich hatte man für die beiden Toten bessere Betten im Haus gefunden.
Als Leopold Loyka gegangen war, setzte sich ein alter, müde gewordener Oberst auf den Rand eines der Feldbetten; in der Halle gab es keine Sitzgelegenheit, so daß alle die ganze Zeit stehen mußten. Ein livrierter Diener eilte zu dem grauhaarigen Offizier und flüsterte ihm etwas zu. Der Oberst richtete sich erschrocken auf und ging verlegen in eine Ecke, um sich in einer Gruppe von Offizieren zu verstecken, die mit dem Rücken zu ihm gestanden waren und so seinen Fauxpas nicht bemerkt hatten.
»Ich verstehe nicht, warum man nicht auch diesmal Soldaten entlang des Kais aufgestellt hat wie damals, als der Kaiser hier zu Besuch war«, sagte Pfeffer zum Staatsanwalt Swara. »Wo noch dazu so viele da sind wegen der Manöver.«

Swara sah sich kurz um, er wollte anscheinend keine anderen Zuhörer haben, kam ganz nahe an Pfeffer heran, neigte seinen schmalen Kopf mit sorgfältig gezogenem Scheitel vertraulich nach vorne und sagte ganz leise:
»Das ist eigentlich am Protokoll gescheitert. Wenn seine kaiserliche Hoheit hier allein gewesen wäre, dann hätte man sicherlich ihm zu Ehren ein militärisches Spalier errichtet. Mit ihm ist aber auch die Herzogin gekommen und hat damit dem ganzen Besuch sozusagen einen privaten Charakter gegeben.«
»Sie meinen«, fragte Pfeffer ebenso leise und kam sich wie ein Verschwörer vor, »daß man dem Erzherzog den militärischen Schutz entzogen hat, nur weil er mit der ehemaligen Gräfin Chotek und jetzigen Herzogin Hohenberg in einer morganatischen Ehe lebt?«
»Ich meine gar nichts«, erwiderte Swara leise. »Ich erzähle Ihnen nur, was ich gehört habe. Der Erzherzog konnte im Feld während der Manöver mit allen militärischen Ehren rechnen, die ihm als Thronfolger von kaiserlichem Geblüt gebühren, aber nicht hier in Sarajewo, wo seine Gemahlin dabei war. General Potiorek wollte die Soldaten nach Sarajewo beordern, er wurde aber aus Wien zurückgepfiffen.«
»Sie werden doch nicht behaupten, daß die beiden nur wegen der strikten Einhaltung des spanischen Zeremoniells umgebracht wurden?«
»Ich habe nichts behauptet«, flüsterte Swara ängstlich. »Bitte behandeln Sie das, was ich Ihnen gesagt habe, streng vertraulich.«
»Das ist doch selbstverständlich«, sagte Pfeffer beruhigend. Es war ohnehin besser, den absurden Verdacht für sich zu behalten, daß der Erzherzog und die Frau, die er geliebt und trotz aller Widerstände geheiratet hatte, nur deshalb sterben mußten, weil der Wiener Hof eine tschechische Gräfin

Chotek bis zuletzt für nicht gleichberechtigt und daher auch für nicht schutzbedürftig hielt.
»Nach dem ersten Attentat hätte man auf keinen Fall wieder auf die Straße gehen dürfen«, sagte Swara, um das Gespräch wieder zum Ausgangspunkt zurückzuführen.
»Seine kaiserliche Hoheit bestand aber darauf, Oberstleutnant Merizzi im Spital zu besuchen.«
»Wieso hat der Herr Polizeipräsident nichts davon gewußt?«
»Bei der Rückfahrt ist das Automobil des Polizeipräsidenten – dem alten Programm folgend – in Richtung Korso abgebogen«, erklärte ihm Pfeffer. »Auch dem Chauffeur hat niemand etwas von der Änderung der Route gesagt.«
»Unglaublich.« Swara schüttelte den Kopf. »Das zweite Attentat wäre also nicht passiert, wenn man die Herren im ersten Automobil von dem Wunsch seiner kaiserlichen Hoheit, den verwundeten Oberstleutnant Merizzi im Spital zu besuchen, rechtzeitig, das heißt vor der Abfahrt vom Rathaus, verständigt hätte.«
»Ja, das haben meine bisherigen Untersuchungen bestätigt. Seine kaiserliche Hoheit hat nur mit dem Landeschef Potiorek über die Änderung des Besuchsprogramms gesprochen, und der Landeschef hat es niemandem weitergesagt, nicht einmal dem Grafen Harrach, der in ihrem Automobil mitgefahren ist.«
Der Staatsanwalt Swara schüttelte wieder den Kopf, ohne etwas zu sagen; er hatte heute schon zu viel ausgeplaudert.
»Der Polizeipräsident hätte sich eigentlich nach dem ersten Attentat von sich aus im Rathaus erkundigen müssen, ob alles beim alten Programm bleiben sollte«, fügte Pfeffer hinzu. »Aber er hat es nicht getan.«
Der Gouverneur für Bosnien und die Herzegowina, General Potiorek, erschien in einer Tür, die in die Halle führte. Er stand mit aufgeknöpftem Uniformrock und zerzausten

Haaren, blaß und verfallen einige Augenblicke lang auf der Schwelle, sah sich aus trüben Augen ratlos um und entdeckte schließlich in einer Nische Dr. Fischer, der stehend über ein Blumentischchen gebeugt Schafskäse von einem kleinen Teller aß. Das erinnerte Pfeffer daran, daß er seit heute morgen nichts gegessen hatte. Aber er verspürte merkwürdigerweise keinen Hunger.

General Potiorek winkte Dr. Fischer mit einer müden Geste zu sich. Dr. Fischer ließ sein karges Mahl stehen und verschwand mit dem Gouverneur im anderen Zimmer. Bald jedoch kehrte er zurück, begleitet von mehreren Dienern, die Wassereimer, Waschbecken und weiße Tücher trugen, und ging in das mittlere Zimmer. Als einer der Diener, mit Handtüchern beladen, ihm zuvorkam und die Tür öffnete, konnte man den toten Thronfolger und neben ihm seine tote Gemahlin auf zwei breiten Betten inmitten von Blumen aufgebahrt sehen.

»Die Genehmigung für die Obduktion scheint eingetroffen zu sein«, sagte Swara und ging der seltsamen Prozession nach. Pfeffer folgte ihm, in der Annahme, man habe ihn kommen und dann so lange warten lassen, damit er dabei sein könne. Als sie jedoch als letzte ins Zimmer hineingehen wollten, tauchte vor ihnen plötzlich Chmielewski auf, er mußte schon drinnen gewesen sein, sah sie von oben herab strafend an und machte ihnen die Tür vor der Nase zu.

Leo Pfeffer wäre am liebsten nach Hause gegangen, er mußte aber mit Swara noch eine halbe Stunde ausharren, ehe Chmielewski herauskam und sie mit ungnädiger Miene entließ.

Als Pfeffer nach Hause kam, war es beinahe Mitternacht. In der Wohnung war es dunkel. Er machte im Vorzimmer das Licht an und ging in den Salon, wo er sich erschöpft in einen Fauteuil setzte. Dann bemerkte er, daß er seinen Hut noch immer in der Hand hielt, er hatte aber keine Kraft mehr,

hinauszugehen, um ihn im Vorzimmer abzulegen. So saß er im schwachen Licht, das von draußen hereindrang, den Hut auf den Knien, unfähig, an irgend etwas Konkretes zu denken.
Da erschien in der anderen Tür seine Frau mit aufgelösten Haaren und im Nachthemd, um das sie einen leichten Schal gebunden hatte; auch in der Nacht war es noch ziemlich warm.
»Ich habe dich kommen gehört«, sagte sie und kam zu ihm. »Hast du etwas gegessen?«
»Nein.«
Sie nahm ihm den Hut aus der Hand und ging hinaus. Pfeffer blieb unbeweglich sitzen.
Bald kam sie zurück, mit einem Tablett, das sie auf das runde Tischchen zu seiner Rechten neben dem Fauteuil stellte. Sie knipste die Stehlampe mit dem gelben Seidenschirm hinter seinem Rücken an.
»Wir haben heute Wiener Schnitzel gehabt«, sagte sie, aber das wußte er schon; sie aßen jeden Sonntag mittag Wiener Schnitzel, die ihre Kinder sehr gern hatten. »Ich habe nur mit Müh und Not etwas für dich aufgehoben.«
»Ich habe keinen Hunger.«
»Iß doch wenigstens ein Stück. Ich habe ein paar saure Gurken dazu gebracht. Der Salat schaut nicht mehr gut aus.«
Er drehte den Fauteuil um und zwang sich zum Essen. Bevor er jedoch den ersten Bissen tat, trank er ein Glas Rotwein, den ihm seine Frau auf dem Tablett bereitgestellt hatte. Sie setzte sich in einen Sessel ihm gegenüber und sah ihm zu.
»Warst du bis jetzt im Büro?«
»Nein. Im Konak. Die Leichen des Thronfolgers und der Herzogin wurden seziert.«
Er bemerkte, wie sie leicht erschrak.
»Warst du dabei?«

»Nein. Ich bin für die hohen Herrschaften nicht würdig genug ... Schon gar nicht in dieser Aufmachung.«
»Und ihr habt schon alle drei Attentäter?«
»Wieso drei?«
»So steht es in der Zeitung. Hast du die Sonderausgabe nicht gesehen?« Sie wollte aufstehen, um die Zeitung zu holen, doch Pfeffer winkte müde ab.
»Bleib nur. Ich glaube auch, daß es mindestens drei waren, aber wir haben erst zwei von ihnen.«
»Die Zeitungen schreiben, daß Serbien schuld ist ...«
Er wollte ihr darauf antworten, aber da war er schon eingeschlafen.

ZWEITER TEIL

1

Als Leo Pfeffer nach einem kurzen, traumlosen Schlaf aufwachte, war es drei Uhr morgens. Durch die Fenster drang schon ein fahles Licht herein, so daß er sich zurechtfinden konnte. Er saß im Fauteuil, mit einer karierten Kinderdecke zugedeckt, die ihm offenbar seine Frau gebracht hatte. Auf dem Tischchen vor ihm stand das Tablett mit dem halb aufgegessenen Wiener Schnitzel, sauren Gurken und der Rotweinflasche, die Mara dagelassen hatte, in der Annahme, daß er Hunger haben würde, wenn er aufwachte. Er hatte tatsächlich Hunger. So aß er das Schnitzel zu Ende, trank ein Glas Wein dazu und brachte das Tablett in die Küche. Er wollte schon ins Schlafzimmer und ins Bett gehen, aber dann entschied er, daß es keinen Sinn hatte, seine Frau zu stören und sie womöglich noch zu wecken, er mußte ohnehin in zwei Stunden aufstehen. Deshalb kehrte er in den Salon zurück, setzte sich in den Fauteuil, legte die Kinderdekke wieder über die Knie, im Morgengrauen war es doch frisch, und versuchte zu schlafen. Aber er blieb hellwach.
Das Attentat, das, einem Sommergewitter gleich, plötzlich über Sarajewo hereingebrochen war, sowie die Vernehmungen der beiden Attentäter zwangen ihn, über Dinge nachzudenken, die er bisher als gegeben angenommen hatte. Zum Beispiel über seine Herkunft und die Welt, in die er durch den Willen seines Vaters und seiner Mutter hineingeboren worden war.
Leo Pfeffers Vorfahren waren Juden, die auf ihren jahrhundertelangen Irrfahrten nach Deutschland und, von dort vertrieben, nach Ostpolen geraten waren. Leo Pfeffer wußte

nicht, wie das Kaff hieß – es lag irgendwo zwischen Lemberg und Brody –, in dem sie weiß Gott wie lange als armselige Gewürzkrämer ihr Dasein gefristet hatten. Daher der Name Pfeffer. Er wäre wahrscheinlich auch dort zur Welt gekommen und in der Tradition der orthodoxen Juden aufgewachsen, die untereinander Jiddisch, ein altertümliches Deutsch vermischt mit hebräischen Ausdrücken, sprachen, wäre es seinem Großvater nicht eingefallen, wieder westwärts zu ziehen. Fern der zufälligen Heimat und der Geborgenheit einer Gemeinschaft, die sich wegen der Verfolgungen, die sie erdulden mußte, für auserwählt hielt, entfremdete sich Samuel Pfeffer immer mehr von seinem ursprünglichen Glauben und paßte sich allmählich seiner neuen Umgebung an. Er war über Budapest und Wien nach Esseg geraten, wo er einen bescheidenen Gewürzladen eröffnete und bald eine Halbjüdin heiratete.
Leo Pfeffer konnte nie herausfinden, was seinen Großvater bewogen hatte, sich in reiferen Jahren taufen zu lassen, er wurde dadurch weder reicher noch angesehener, aber vielleicht wollte er seinen Kindern eine bessere Zukunft sichern. Er konnte sich vorerst nicht entscheiden, ob er Katholik oder Protestant werden sollte, aber dann entschied er sich für den Katholizismus, schließlich war eine christliche Religion so gut wie die andere. Ein Christ hackt dem anderen kein Auge mehr aus, muß er sich gedacht haben. Er war jedoch über die diebische Freude des Priesters, eine verirrte Seele der heiligen Ordnung zugeführt zu haben, so erschrocken, daß er nie mehr in die Kirche ging. Sein Sohn, der bei der Taufe den Namen Joseph bekam, wurde katholisch erzogen, blieb aber auch nur ein kleiner Gewürzkrämer wie sein Vater (man nannte das jetzt Gemischtwarenhändler), obwohl er eine Christin geheiratet hatte. Der Aufstieg in eine höhere Klasse war dem Enkel vorbehalten. Er war nach dem Willen seines Großvaters Samuel, der nun

Wilhelm hieß, dazu ausersehen, ein Staatsbeamter zu werden und so den Schutz des großen, gütigen Kaisers voll und ganz zu genießen.
Der junge Leo Pfeffer gab sich redlich Mühe, die Erwartungen, die man in ihn gesetzt hatte, zu erfüllen. Er paßte sich seiner Umgebung an und fühlte sich durchaus als Kroate, ohne zu merken, daß seine Familie durch diese bewußt herbeigeführte Wandlung vom Regen in die Traufe geraten war. Sie hatten nur die Zugehörigkeit zu einem verfolgten und unterdrückten Volk gegen die Zugehörigkeit zu einem anderen rechtlosen Volk eingetauscht. Die Kroaten, die einst einen eigenen Staat besessen hatten, waren nur mehr Anhängsel des Königreichs Ungarn, obwohl sie der Dynastie Habsburg-Lothringen immer wieder ihre Treue bewiesen hatten im Kampf gegen verschiedene Feinde des österreichischen Erzhauses, zuletzt 1848 gegen die aufständischen Ungarn und das revolutionäre Bürgertum Wiens. Der damals noch junge Monarch Franz Joseph, der in diesem Jahr den Thron bestiegen hatte und es also wissen mußte, wie alles verlaufen war, bedankte sich jedoch schlecht für diese tätig erwiesene Treue der Kroaten. Er schloß später mit den Ungarn ein Abkommen, nach dem er ihnen die Hälfte seines Reichs überließ, darunter die ganze pannonische Ebene samt vielen Serben, die ihm ebenso wie die Kroaten treu gedient hatten, und ganz Kroatien. So wurden die Ungarn zu neuen, gleichberechtigten Herren der slawischen Bevölkerung im Süden der nunmehrigen Doppelmonarchie. Und sie benahmen sich wie wirkliche Herren, so daß sie bald bei ihren neuen Untertanen Unmut und Widerstand hervorriefen.
Leo Pfeffer hatte selbst in Agram als Student des ersten Semesters eine spektakuläre Szene erlebt, die für die Stimmung in Kroatien typisch war. Kaiser Franz Joseph kam zu Besuch in die Hauptstadt Kroatiens, dessen König er war.

Aus diesem Anlaß wurde die Stadt mit kroatischen und ungarischen Fahnen geschmückt. Eine Studentenabordnung empfing den Monarchen in nationaler »illyrischer« Tracht und mit feierlich erhobenen Säbeln, unter denen er hindurchschritt, bevor er die Universität betrat. Dieselben Studenten hoben wenig später eine ungarische Fahne auf ihre Säbel, zerrissen und verbrannten sie vor dem Denkmal des Banus Jelatschitsch, der einst mit kroatischen Truppen nach Wien geeilt war, um dem Kaiser in Bedrängnis zu helfen. Es war ein Protest gegen die Politik des ungarischen Statthalters Khuen-Hederváry, der in Kroatien eine rücksichtlose Magyarisierung betrieb. Doch dieses flammende Zeichen des Unmuts hinterließ bei Franz Joseph keinen besonderen Eindruck, so daß alles beim alten blieb.

Ein ungarischer Kommilitone Pfeffers, der durch seine zynischen Aperçus bekannt war, formulierte einmal in Weinlaune die Politik des österreichischen Erzhauses folgendermaßen: »Unterdrücken und unterdrücken lassen.« Die Kroaten waren danach ausersehen, von den unterdrückten Ungarn unterdrückt zu werden, denen sie mehr als die Hälfte ihrer staatlichen Einnahmen für den Schutz, die Verwaltung und andere Kosten abzuführen hatten. Die Proteste der Kroaten gegen dieses in ihren Augen ungerechte Schicksal nahmen mit der Zeit schärfere Formen an, aber da war Pfeffer schon in Bosnien, das der Doppelmonarchie durch die Gunst der Umstände in den Schoß gefallen war.

Dieses seltsame, exotische Land im Herzen der Balkanhalbinsel war bis vor fünunddreißig Jahren türkischer Besitz. Ein Aufstand der Bevölkerung gegen ihre Herrscher rief einen Krieg hervor zwischen der Türkei einerseits und Serbien und Montenegro andererseits, die ihren slawischen Brüdern beistehen wollten. Die beiden kleinen Staaten erlitten Niederlagen. Trotzdem verloren die Türken Bosnien, das nach dem in Berlin geschlossenen Frieden auf dreißig

Jahre Österreich-Ungarn zur Verwaltung übergeben wurde. Wie junge Engländer und Franzosen in ihre Kolonien gingen, um eine Karriere anzufangen, so zogen viele junge Menschen aus allen Teilen der Monarchie nach Bosnien – Tschechen, Slowaken, Ruthenen, Polen, Rumänen, Ungarn, Slowenen und natürlich Kroaten und Serben, die sich dort am leichtesten zurechtfinden konnten, weil sie die Sprache der Bevölkerung beherrschten. Die Amtssprache war jedoch deutsch, und alle höheren Beamten waren Deutsch-Österreicher oder Ungarn. Um so mehr brauchte man die jungen Kroaten und Serben als Vermittler zwischen den Behörden und den provisorischen Untertanen, die es zu befrieden und zu zivilisieren galt, wie es bei manchen feierlichen Anlässen so schön hieß. Der junge Gerichtsadjunkt Leo Pfeffer nahm jedoch seine Aufgabe ernst, und das machte ihn bei seinen Vorgesetzten nicht gerade beliebt.
Zu Anfang seiner Dienstzeit in Bosnisch-Petrowatz machte der damalige Gouverneur von Bosnien und der Herzegowina, General Albori, eine Inspektionsreise durch das ihm anvertraute Gebiet. In Drwar, wo sich das große Sägewerk Steinbeiss befand, übergab ihm ein Bauer eine Beschwerde über den dortigen Bezirkshauptmann. Er strafe die Bauern aus der Umgebung aus geringfügigen Gründen, führte der Bauer aus, und kommandiere sie dann während ihrer Strafverbüßung als unbezahlte Arbeitskräfte zum Bau der Straße ab, die von der Stadt zum Sägewerk führte. Der Gouverneur schickte diese Beschwerde dem Staatsanwalt in Bihatsch, der sofort Anklage wegen Verleumdung einer Amtsperson gegen den Bauern erhob. Der Bauer kam mit dieser Anklageschrift zum Gericht und bat um Hilfe. Leo Pfeffer machte ein Protokoll und führte an, daß der Beschwerdeführer bereit sei, den Wahrheitsbeweis anzutreten. Darauf beauftragte das Bezirksgericht Pfeffer mit der Untersuchung. Die Zeugenaussagen bestätigten die Be-

hauptung des Bauern. Um den Wahrheitsbeweis zu untermauern, forderte Pfeffer die Rechnungen über den Straßenbau zur Einsicht an. Stattdessen bekam er vom Staatsanwalt die telegraphische Aufforderung, ihm alle Unterlagen über diesen Fall zu schicken. Bald darauf erhielt der Bauer den Bescheid, daß man das Verfahren gegen ihn eingestellt habe. Der Bezirkshauptmann wurde versetzt und ein höherer Beamter der Bezirkshauptmannschaft pensioniert. Es war zwar nicht ganz so zugegangen, wie es in einem Rechtsstaat hätte zugehen sollen, aber der bosnische Bauer bekam doch recht, und Leo Pfeffer war froh, seiner Arbeit einen konkreten Sinn abgewonnen zu haben, gerade hier in Bosnisch-Petrowatz. Denn in diesen abgelegenen Ort war er strafversetzt worden.

Seine Karriere hatte zunächst sehr verheißungsvoll beim Kreisgericht Bihatsch angefangen. Wie es sich für einen anpassungwilligen jungen Juristen gehörte, wurde er Mitglied des dortigen Beamtenvereins. Sein Präsident war der ungarische Baron Collas, der auch innerhalb des Vereins, dessen Mehrheit aus Beamten slawischer Herkunft bestand, ausgesprochene Herrenallüren an den Tag legte; in seinen Augen war Bosnien nur eine Kolonie, und alle Slawen, die aus anderen Gegenden der Monarchie stammten und sich hier in der Verwaltung tummelten, waren nur untergeordnete Helfershelfer, also eine Art bessere Domestiken der legitimen Herrscher. Deshalb überredeten zwei jüngere Kroaten, ein Tscheche, ein Ruthene, ein Slowake und ein Serbe die übrigen älteren Beamten slawischer Herkunft, den Vorstand des Vereins abzuwählen.

Der neue Vorstand, dessen Präsident Leo Pfeffer wurde, verwandelte den Verein in einen Beamten-Leseraum. Zu Weihnachten reichte der frisch gewählte Vorstand die neuen Statuten ein. Das war zuviel. Schon im Januar nächsten Jahres wurde der ganze Vorstand dieses von den Slawen beherrschten Leseraums telegraphisch in verschiedene Orte versetzt. Trotzdem beharrten die in Bihatsch verbliebenen slawischen Beamten auf ihrem Leseraum, so daß die Deutsch-Österreicher und die Ungarn einen Herrenklub gründen mußten, um sich von den anderen deutlich abzuheben.

Solche Herrenklubs gab es dann überall in Bosnien, auch in Sarajewo, wo Pfeffer später Mitglied wurde, ohne sich jedoch am Vereinsleben aktiv zu beteiligen. Nach den schlechten Erfahrungen in Bihatsch hatte er es vorgezogen, sich ganz seiner Arbeit zu widmen, zumal seine sowie die Familie seiner jungen Frau über seine strafweise Versetzung nach Bosnisch-Petrowatz erschrocken und sehr beunruhigt gewesen waren. Er tröstete sich mit dem Gedanken, es gäbe keine schlechten Gesetze, alles hänge nur von deren Anwendung ab, und er wollte dafür sorgen, daß sie gerecht und ohne Rücksicht auf Herkunft und Ansehen der beteiligten Personen angewandt wurden, in der festen Überzeugung, daß er auf diese Weise durchaus im Sinne seines höchsten Auftraggebers, seiner apostolischen Majestät des Kaisers handelte. Er nahm sich vor, sich in diesem künstlich errichteten Gebäude häuslich niederzulassen, obwohl die Welt um ihn herum immer unruhiger wurde.

Die nachfolgende junge Generation in Kroatien reagierte auf den zunehmenden Druck der ungarischen Reichshälfte nicht nur mit symbolischen Protestgesten wie zu Pfeffers Zeiten. Eine wesentliche Verschärfung der Beziehungen zwischen den Herren und ihren Untertanen hatte die Annexion Bosniens und der Herzegowina hervorgerufen. Obwohl alle wußten, daß die österreichisch-ungarische Monarchie 1908 nach Ablauf des vom Berliner Friedenskongreß auf dreißig Jahre befristeten Mandats die ihr anvertrauten Gebiete annektieren würde, gab es doch negative Reaktionen, vor allem in Serbien, wo man auf eine endgültige Befreiung der serbischen Bevölkerung Bosniens gehofft hatte. In aller Eile wurden Komitees der »Narodna Odbrana« (Volksverteidigung) gebildet, die mit Spenden verschiedener Provenienz Tausende von Freischärlern, die sich Komitadschi nannten, mit Waffen ausrüsteten und ihnen militärischen Unterricht vermittelten. Als sich die Bevölkerung Bosniens dann doch nicht erhob, sondern ruhig blieb – sie konnte sich nach der Jahrhunderte währenden türkischen Herrschaft doch etwas freier fühlen –, und die serbische Regierung unter dem Druck der Großmächte die Annexion akzeptierte, gab sich auch der kriegerische Verein »Volksverteidigung« friedlich und widmete sich mehr den kulturellen Aufgaben, das heißt der Propagierung der Einheit aller Serben und Südslawen.

Der erste, der diesen notgedrungen abgeschlossenen Waffenstillstand brach, war Bogdan Scherajitsch, ein fünfundzwanzigjähriger bosnischer Student und schwärmerischer Geist, der nach der Behauptung der untersuchenden Polizeiorgane niemals intime Erfahrungen mit Mädchen gemacht hatte und in Serbien im Annexionsjahr zum Komitadschi ausgebildet worden war; er feuerte am 15. Juni 1910, dem Eröffnungstag des bosnischen Landtags, fünf Pistolenkugeln auf den Gouverneur General Wareschanin ab und schoß sich darauf die sechste und letzte Kugel in den Kopf, in der Annahme, sein Attentat sei geglückt. General Wareschanin blieb am Leben, trat jedoch bald zurück, aus Angst vor weiteren Attentaten, wie man in national gesinnten Kreisen behauptete. Scherajitsch wurde zum Idol der Jugend, die sein Grab auf dem Friedhof der Selbstmörder immer wieder mit frischen Blumen schmückte.

Die Sarajewoer Polizei behauptete auch, Scherajitsch habe die Absicht gehabt, Kaiser Franz Joseph bei seinem Besuch in der Hauptstadt Bosniens zu ermorden, und sei mit geladener Pistole in der Tasche während der Parade am Kai spazierengegangen, er habe jedoch beim Anblick des greisen, zittrigen Monarchen sein Vorhaben aufgegeben, weil er ihm leid getan habe. Deshalb habe er einige Monate später auf den General Wareschanin geschossen, ohne ihn allerdings tödlich zu treffen.

Die vier anderen Attentäter, die sich in der nächsten Zeit in Agram an zwei Gouverneuren Kroatiens versucht hatten, waren auch vom Pech verfolgt. Anfang 1912 wurde Slavko Edler von Zuvaj zum Gouverneur von Kroatien ernannt. Seine erste Tat nach der Ernennung war die Schließung des kroatischen Landtags. Nach der Protestkundgebung aller oppositionellen Parteien in Sarajewo kam es zu Demonstrationen, bei denen die Polizei brutal vorging und einen Schüler, der Mohammedaner war, schwer verwundete. In Bosnien wurde bald darauf der Ausnahmezustand ausgerufen, um jegliche öffentliche Veranstaltung der Opposition zu unterbinden. In Agram stürmte die Polizei die von Studenten errichteten Barrikaden an der Universität und schloß die Gymnasien für einen Monat, um den Streik der Schüler zu vereiteln. Anfang April wurde die kroatische Verfassung aufgehoben und der Gouverneur Zuvaj zum Kommissar ernannt. Seine erste Tat als Kommissar war die Aufhebung der Pressefreiheit. Einige Tage später schoß auf der Straße der Student Jukitsch auf ihn, verfehlte ihn, verwundete aber tödlich einen hohen Mitarbeiter des Kommissars und tötete auf der Flucht noch einen Polizisten. Ein halbes Jahr später unternahm ein Student namens Planinschtschak ein Attentat auf den Kommissar, das ebenfalls mißlang. Slavko Edler von Zuvaj bekam nach diesen beiden Mordversuchen offenbar Angst und trat schleunigst einen längeren Urlaub an, von dem er nicht mehr auf seinen gefährlichen Posten zurückkehrte.

Inzwischen war der Balkankrieg ausgebrochen, in dem die vereinigten kleinen Länder Serbien, Bulgarien, Griechenland und Montenegro binnen kurzer Zeit das einst mächtige osmanische Reich schlugen und ihm die seit vielen hundert Jahren unrechtmäßig besetzten Gebiete entrissen. Es gab noch einen Nachfolgekrieg zwischen Serbien und Bulgarien um die Teilung der Beute, aber das verminderte nicht die Begeisterung der südslawischen Bevölkerung für das siegreiche Serbien, von dem sie wenigstens eine moralische Unterstützung in ihrem Kampf um Selbständigkeit innerhalb der österreichisch-ungarischen Doppelmonarchie erwartete.

Im Sommer des vergangenen Jahres trat Zuvaj zurück, und an seiner Stelle wurde Baron Skerletz zum neuen Kommissar Kroatiens ernannt. Am 18. August, dem Geburtstag des Kaisers Franz Joseph, schoß Stjepan Dojtschitsch auf ihn in dem Augenblick, in dem Skerletz nach der feierlichen Messe die Agramer Kathedrale verließ. Die Schüsse trafen aber nicht. Dojtschitsch, der eigens aus Amerika gekommen war, um dieses Attentat zu verüben, erklärte später vor Gericht, in Amerika gäbe es fünftausend junge Kroaten, die bereit seien, seinem Beispiel zu folgen. Obwohl es gegen Ende des Jahres zu einem Kompromiß mit der Opposition kam, der Kommissar Skerletz sich wieder Gouverneur nannte, neue Wahlen ausgeschrieben wurden und der kroatische Landtag wieder zusammentrat, fuhren die ungarischen Herren mit ihrer sturen Politik der Magyarisierung fort. Vor einem Monat wurde vor dem Agramer Theater der Student Wladimir Schäffer verhaftet, weil man bei ihm eine Pistole gefunden hatte. Baron Skerzletz war gerade im Begriff, das Theater zu verlassen.

Leo Pfeffer hatte das alles aus der sicheren Obhut seines Amtszimmers im Rathaus erlebt. Er war nicht dabei gewesen, aber er hatte es aus Zeitungen, Broschüren und Büchern erfahren, die auf seinem Schreibtisch täglich frische Stapel bildeten und mit der Zeit die Wände seines Zimmers beinahe bis zur Decke füllten. Sie hätten ihm sicherlich keinen Platz mehr zum Atmen übriggelassen, hätte er sie nicht von Zeit zu Zeit, von Räumungswut gepackt, zusammen mit Dr. Sertitsch und Dr. Sutej ausgemistet. Er ließ nur die von ihnen liegen, die er sorgfältig studieren mußte, weil der Staatsanwalt sie verboten hatte. Leo Pfeffers Aufgabe war es, festzustellen, ob das Verbot zu Recht bestand, und dann entweder dem Kreisgericht zu empfehlen, das Verbot aufzuheben, oder den jeweiligen verantwortlichen Redakteur, Herausgeber oder Verleger unter Anklage zu stellen. Sein Kompaß dabei war das Pressegesetz, das trotz mancher Einschränkungen ziemlich locker war. Wer es verstand, die paar juristischen Klippen zu umgehen oder seine Gedanken an den heiklen Stellen etwas verklausuliert auszudrücken, konnte praktisch alles sagen. Doch die Zeit der geschliffenen Rededuelle schien vorbei zu sein. Man ging allenthalben zu Taten über, man führte Kriege, veranstaltete kriegsdrohende Manöver, verhängte den Ausnahmezustand über ein Volk oder ein ganzes Land, man schoß auf Kommissare und Gouverneure und warf Bomben auf kaiserlich-königliche Hoheiten.

Das hätte Pfeffer nicht sonderlich gestört, er war daran gewöhnt, sich zu beherrschen, um seine nach Anpassung drängende Familie nicht zu enttäuschen. Jetzt aber war der blutige Kampf in seine intimste Sphäre eingedrungen, er konnte sich nirgends mehr verstecken. Er hatte auch nicht mehr vor, sich zu verstecken.

Da es mittlerweile taghell geworden war, stand er auf. Er mußte sich waschen und rasieren und wollte den Anzug wechseln, bevor er an seine neue Aufgabe heranging, auf eine unendliche Reihe von Fragen eine halbwegs klare Antwort zu finden.

»Wir werden sehen«, sagte er zu sich, als er hinausging.

2

Es war halb sechs, als Leo Pfeffer die Straße vor seinem Haus betrat. So früh war er noch nie ins Büro gegangen. Seine Frau war beinahe wach geworden, als er aus dem Schrank im Schlafzimmer einen anderen Anzug und frische Wäsche geholt hatte, er hatte sie jedoch mit einem flüchtigen Kuß auf die Wange beruhigt und sie weiterschlafen lassen; er hatte schon gefrühstückt, einen starken türkischen Kaffee, den er sich selbst gebraut hatte, und ein Stück Milchbrot, das vom sonntäglichen Frühstück übriggeblieben war, so daß sie nichts mehr für ihn tun konnte. Für die Kinder war es noch tiefe Nacht, jetzt, da die lang ersehnten Schulferien begonnen hatten; in ihrem Zimmer rührte sich nichts.
Auch die Straße war noch ruhig. Um die Ecke kamen ihm nur zwei junge Burschen entgegen. Sie hatten weiße Schürzen und trugen, einer hinter dem andern gehend, ein langes Brett auf ihren Köpfen, das sie mit den Händen abstützten. Das Brett war voll runder Brotlaibe, die noch warm sein mußten. Leo Pfeffer sah ihnen verwundert nach, wie sie, mit ihren Pantoffeln klappernd, in denen ihre bloßen Füße steckten, auf das Geschäft der Brüder Jowitschitsch zugingen, an dessen Portal noch immer die beiden Fahnen – die österreichische und die serbische – hingen. Am Kai jedoch sah er nur schwarz-gelbe Fahnen sowie zwei schwarze an zwei Bankgebäuden. In der Auslage eines Teppichgeschäfts erblickte er das vom Trauerflor umrahmte Bild des Thronfolgers. Vielleicht war es das Geschäft, in dem der Erzherzog vorgestern eingekauft hatte.
Der beinahe leere Kai kam Leo Pfeffer fremd vor. Ein paar

Straßenkehrer fegten mit ihren großen Besen Papierfetzen und weggeworfene Zigarettenschachteln von der Straße, einige Polizisten standen Posten an den Stellen, an denen gestern geschossen worden war, und einige blasse, verschlafene Männer strebten eilig irgend einem ihnen fremden Ziel zu. Auch Leo Pfeffers Ziel war ihm fremd. Er schritt durch eine fremde Stadt auf ein fremdes Büro zu, in dem er den Mord an einem fremden Potentaten zu untersuchen hatte, der vermutlich von mehreren fremden Burschen begangen worden war.

Der Gang im Rathaus war voll. Viele junge Menschen saßen eng zusammengedrängt und von Polizisten bewacht auf den Bänken oder standen rauchend herum. Sie sahen alle blaß und übernächtig aus und blickten ängstlich oder gleichgültig auf, als er sich an ihnen zu seinem Büro vorbeidrängte, vor dessen Tür zwei mit Gewehren bewaffnete Gendarmen standen. Als Leo Pfeffer näherkam, sah der eine von ihnen den anderen fragend an. Der andere deutete ihm mit kurzem Kopfnicken an, Pfeffer vorbeizulassen. Pfeffer blickte die beiden erstaunt an und betrat sein Büro.

Unter seinen Akten und Faszikeln fühlte er sich etwas heimischer. Er legte den Hut ab, diesmal hatte er den grauen Filzhut mitgenommen, um seine beginnende Glatze zu verdecken, ging langsam zum Fenster und schaute hinaus. Auch unter seinem Fenster standen zwei mit Gewehren und aufgepflanzten Bajonetten bewaffnete Gendarmen. Einer von ihnen drehte sich, halb zur Seite gewandt, eine Zigarette. Leo Pfeffer sah ihm zu, wie er sie, leicht nach vorne gebeugt, anzündete, einen tiefen Zug tat und sie darauf in seiner hohlen Handfläche verbarg.

Pfeffer wandte sich wieder um und setzte sich an seinen Schreibtisch, auf dem noch die Papiere lagen, die Dr. Sertitsch gestern hingelegt hatte. Ehe er dazu kam, sie anzuschauen, kam Dr. Sertitsch herein und brachte neue

Schriftstücke. Er wirkte abgehetzt und noch sehr verschlafen. Auch die leicht gekräuselte Strähne seines blonden Schopfs, die ihm immer unternehmungslustig auf die Stirn fiel, wirkte an diesem Morgen irgendwie welk und kraftlos.
»Wir sind umzingelt«, sagte Leo Pfeffer und zeigte mit der einen Hand aufs Fenster und mit der anderen auf die Tür. »Das hat der Landeschef Potiorek persönlich angeordnet. Und noch einiges mehr. Zu unserer Sicherheit, wie es heißt.«
»So. Nehmen Sie bitte Platz.«
Dr. Sertitsch legte das Bündel Schriften auf den Tisch neben den anderen Aktenhaufen, setzte sich auf den Besucherstuhl und sah Pfeffer müde an.
»Wir müssen uns darauf gefaßt machen, daß wir in der nächsten Zeit wenig schlafen werden«, sagte Leo Pfeffer. »Wenn wir überhaupt dazu kommen.«
»Ich weiß«, antwortete Dr. Sertitsch und seufzte schicksalsergeben.
»Sagen Sie, lieber Mirko, was ist denn alles da drinnen?«
Pfeffer zeigte auf die beiden Aktenstapel, die vor ihm lagen.
Dr. Sertitsch schien erfreut, daß Pfeffer ihn beim Vornamen angesprochen hatte, holte diensteifrig einen Zettel aus der Tasche und sagte:
»Also da sind einmal die Aussagen der vier Chauffeure, die Heggenberger ins reine geschrieben hat. Sie sind noch nicht unterschrieben.«
»Die vier Männer kommen um zehn hierher, um sie zu unterschreiben. Könnten Sie das bitte übernehmen?«
»Gern.«
»Man muß sie auch mit den Attentätern konfrontieren.«
»Aber die Attentäter sind heute nacht in das Gefängnis des Garnisonsgerichts überstellt worden – aus Sicherheitsgründen.«
»Dann muß man halt mit den vier Chauffeuren hinfahren. Einer von ihnen wird doch sein Automobil dabeihaben.

Und wenn nicht, dann nehmen Sie einen Fiaker. Ich werde schon dort sein. Es gibt nämlich einige Unstimmigkeiten in ihren Aussagen. Außerdem kann ich bei dieser Gelegenheit noch ein paar Fragen an Tschabrinowitsch stellen.«

»Ich werde mit den vier Chauffeuren zum Garnisonsgericht kommen, sobald sie hier eintreffen.«

Leo Pfeffer war froh, daß ihn Dr. Sertitsch nicht gefragt hatte, wie und woher er ins Garnisonsgericht zu kommen beabsichtigte, denn er wußte es selbst noch nicht; er wollte sich nur ein bißchen Bewegungsfreiheit verschaffen.

»Bitte sorgen Sie dafür, daß auch Dr. Sutej hinkommt. Wir werden ihn brauchen.«

»In Ordnung. Noch etwas?«

»Nein, fahren Sie fort mit Ihrem Bericht.«

Dr. Sertitsch sah ihn verwirrt an. Er war so verschlafen, daß er nicht wußte, was Pfeffer von ihm erwartete.

»Was steht noch da auf Ihrem Zettel?«

»Ach ja. Wir haben gestern einige Zeugen einvernommen, aus der Begleitung seiner kaiserlichen Hoheit, sowie einige Zuschauer und Passanten.« Dr. Sertitsch legte den Zettel auf den Tisch, um die Namen vorzulesen, die darauf verzeichnet waren.

»Schon gut. Ich werde mir das gleich ansehen. Wer hat die Einvernahmen gemacht? Sie haben vorhin ›wir‹ gesagt.«

»Die hohen Herrschaften hat Herr Gerichtssekretär Dr. Zahradka einvernommen und die Straßenzeugen Kollege Kvapil. Ich hoffe, Sie haben nichts dagegen.«

»Im Gegenteil. Man hätte keine besseren Kollegen für diese Aufgaben finden können.«

Pfeffer hätte am liebsten hell aufgelacht, es ziemte sich aber nicht, bei einer so ernsten Angelegenheit zu lachen. Zahradka war ein älterer Gerichtsbeamter, der stets einen schwarzen Anzug trug und seine Gesprächspartner mit leidender Miene ansah, als wolle er ihnen kondolieren. Er war in diesem Augenblick der richtige Mann, sich mit den Grafen und Freiherren aus der Umgebung des ermordeten Thronfolgers zu unterhalten. Auf andere Art war der Gerichtsauskultant Kvapil dafür geeignet, die Leute aus dem Volk zu befragen. Der junge Mann hatte eine lustige Igelfrisur, hellblaue, vertrauenerweckende Augen und große Ohren, die auch die kaum wahrnehmbaren Zwischentöne aufzunehmen bereit waren.

»Ich fürchte, wir werden mit den beiden allein nicht mehr auskommen«, sagte Dr. Sertitsch. »Die Polizei hat heute Nacht halb Sarajewo verhaftet.«

»Dann müssen wir noch einige Kollegen hinzuziehen. Was machen im Augenblick Ansion und Plasnik?«

»Das weiß ich nicht genau. Sie sind mit irgendwelchen zivilen oder kriminellen Fällen beschäftigt, die sie zu Ende führen müssen, damit die Anklage erhoben werden kann.«

»Das hat Zeit. Ziehen Sie sie von ihren Fällen zurück und betrauen Sie sie mit den Einvernahmen. Dieses Attentat ist im Augenblick der einzige Fall, den wir bis zur endgültigen Klärung zu bearbeiten haben.«

»Wie Sie meinen.«

»Ich werde das schon mit dem Gerichtspräsidenten Ilnitzky regeln – oder mit unserem obersten Vorgesetzten Chmielewski. Ich muß ihm ohnehin heute Rapport erstatten. Was macht Martschetz?«

»Er weicht diesem Iwassiuk nicht von der Seite.«

»Das ist gut so. Er soll diesem Kosaken nur auf die Finger schauen.«

Darauf schwiegen sie beide. Pfeffer nahm an, daß der junge, müde dreinblickende Gerichtsauskultant genau so wie er an den wilden Iwassiuk dachte, der endlich einmal Gelegenheit bekommen hatte, sich auszutoben. Er stammte aus der Ukraine und wurde deshalb »der Kosak« genannt.

»Wenn Sie mich nicht mehr brauchen, werde ich an die Ar-

beit gehen«, sagte Dr. Sertitsch schließlich und richtete sich halb auf.
»Ja, gehen Sie nur.«
Leo Pfeffer war froh, den Zeugen seiner Ratlosigkeit loszuwerden, die ihn angesichts des undurchdringlichen Gestrüpps der unsicheren Fakten überkommen hatte. Er ergriff mit beiden Händen die Akten, die vor ihm lagen, als seien sie sein einziger Halt. Doch die Zeugenaussagen, die er las, waren nur dazu angetan, ihn noch mehr zu verwirren.
Die ziemlich ausführliche »Wahrheitserinnerung« des Landeschefs und Feldzeugmeisters Oskar Potiorek, die Zahradka aufgenommen hatte, enthielt nur die »Wahrheit« eines sechzigjährigen Generals, der in seiner eigenen, völlig abgeschlossenen Welt lebte.
»Als wir auf der Fahrt vom Defensionslager zum Rathaus bereits über das neue Gebäude der österreichisch-ungarischen Bank und das Internat des Lehrerseminars hinaus waren«, hatte er dem geduldigen und verständnisvollen Zahradka erzählt, »bemerkte ich auf der in der Fahrtrichtung rechts liegenden Kaipromenade eine ziemlich große Lücke in den Volksmassen und glaube bestimmt angeben zu können, in der Mitte dieser Brücke nur zwei nebeneinanderstehende schwarz gekleidete Männer gesehen zu haben, von denen der eine mir eher den Eindruck eines älteren weißbärtigen, als den eines jungen Mannes machte. Von der Persönlichkeit des zweiten Mannes habe ich gar keinen näheren Eindruck. Ich deutete in diesem Moment gerade nach rechts rückwärts, um seine kaiserliche Hoheit auf das fünfzehnte Korpskommando aufmerksam zu machen, was früher nicht geschehen war, weil mich seine kaiserliche Hoheit eben über die gerade vor uns liegende, auf der gelben Bastion stehende Prinz-Eugen-Kaserne befragt hatte.
In diesem Moment, als ich mit meiner Brust den früher er-

wähnten zwei Männern sozusagen gerade gegenüber war, hörte ich eine leichte Detonation, wie aus einer Kinderknallpistole, und sah unmittelbar hinter dem Rücken ihrer Hoheit der Herzogin, die dem Attentäter ihre rechte Seite zukehrte, einen Gegenstand in der Höhe ihres Nackens langsam vorbeifliegen, den ich als einen bräunlichen kleinen Zylinder – etwa so aussehend wie eine Schrotpatrone Kaliber zwanzig – bezeichnen möchte. Ich sah dieses Fliegen so deutlich, und es erfolgte so langsam, daß es meines Erachtens keine Kugel gewesen sein kann, die aus einer normal geladenen Pistole abgeschossen worden ist.
Gleichzeitig soll, wie mir Exzellenz Graf Harrach sagte, bei meiner linken Achselhöhe ein Geschoß vorbeigeflogen sein. Ich habe davon gar nichts bemerkt und hatte in diesem Augenblick überhaupt noch nicht den Eindruck eines Attentats, sondern nur den einer Kindermutwilligkeit. Wenige Sekunden nachher wurde aber wieder aus der Gegend jener zwei Männer ein kleines Paket gegen das Auto geworfen, welches hinter demselben vor dem nachfolgenden Auto auf den Boden gefallen sein muß. Wieder wenige Sekunden später hörte ich eine dumpfe, augenscheinlich von einer Bombe herrührende Explosion.«
Obwohl sich der alte Haudegen auch beim zweiten Attentat mit seiner Brust dem Attentäter gegenüber befunden und in seine Richtung geschaut hatte, war er nicht imstande, die Person zu identifizieren, die geschossen hatte. Bei der entscheidenden Frage, warum die Insassen des die Kolonne anführenden Automobils von der Änderung der Route, von der er allein nach dem Gespräch mit dem Thronfolger gewußt hatte, nicht unterrichtet worden waren, versagte er vollkommen. Er vermerkte lediglich, daß »das voranfahrende Auto, in welchem sich der Bürgermeister und der Regierungskommissar Dr. Gerde befanden, ungeachtet der von seiner kaiserlichen Hoheit getroffenen eben erwähnten

Entscheidung doch in die Franz-Joseph-Straße eingebogen war.« Leo Pfeffer war der letzte, der dem mächtigen Landeshauptmann vorhalten würde, daß er durch seine Schlamperei oder greisenhafte Zerstreutheit einen wesentlichen Beitrag zum Gelingen des Attentats geleistet hatte.

Dr. Andreas Freiherr von Morsey, sechsundzwanzig Jahre alt, aus Hohenberg in der Steiermark stammend, katholisch, Leutnant der Reserve und Konzeptspraktikant, war ein Mann der Tat. Als er beim ersten Attentat gesehen hatte, wie ein Mann nach einer schußähnlichen Detonation ins Wasser sprang, stürzte er mit gezogenem Säbel aus dem Auto, es war das vierte oder das fünfte in der Kolonne, versuchte einen Mann zu überreden, dem im Wasser liegenden Attentäter in den Kopf zu schießen, und begleitete schließlich die Polizisten mit dem Verhafteten bis zur nächsten Brücke, damit er nicht entkommen könne. Beim zweiten Attentat sprang er schon nach dem ersten Schuß aus dem fahrenden Auto und lief auf den Mann zu, der von den Passanten umzingelt war und einen Revolver in der Hand hielt. Da sich der Mann heftig wehrte, versetzte er ihm zwei starke Hiebe auf den Kopf. Nach dem ersten Schuß wollte er rasch hintereinander zwei bis drei weitere, auffallend schwache Schüsse gehört haben. Der Rest seines Berichts war ebenso hieb- und stichfest wie seine Taten.

»Wie ich dem Attentäter die zwei Hiebe versetzte«, gab er zu Protokoll, »standen rechts und links neben mir zwei Zivilisten, von denen einer mir zurief, und zwar in deutscher Sprache: ›Rühren Sie ihn nicht an.‹ Dann hat er noch etwas Serbisch gesprochen, was ich jedoch nicht verstand, da ich der Sprache nicht mächtig bin. Ich habe mit meinem Säbel einige kräftige Hiebe um mich herum geführt und rief: ›Wer mich anrührt, stirbt.‹ Man hat nämlich auch auf meinen Helm geschlagen und ist derselbe von mehreren kräftigen Hieben verbogen. Ich habe einem in der Nähe Stehenden,

den ich für einen Polizeileutnant hielt, zugerufen ›Verhaften Sie ihn‹ und zeigte auf den Schläger mit dem Säbel. Ich glaube auch, daß ich diesen Mann mit meinem Säbel verletzt habe, was ich jedoch nicht sicher weiß. Der mir zugerufen hatte, rühre ihn nicht an, glaube ich, ist auch verhaftet worden. Es war ein jugendlicher Mann von achtzehn-, zwanzig Jahren, ziemlich groß, soweit ich mich erinnere, mit schwarzem, weichem Hut und magerem Gesicht. Der zweite Zivilist war auch ein jugendlicher Mann, sein Gesicht habe ich mir aber nicht gemerkt, da er sofort verschwand. Auch habe ich mehrere Rufe aus der Menge gehört ›Schauen Sie, daß Sie weiterkommen‹, und zwar in deutscher Sprache. Hierauf habe ich mich ins Auto gesetzt und bin in den Konak gefahren, wo der Tod der Hoheiten konstatiert wurde.«
Dazu hatte Dr. Sertitsch handschriftlich hinzugefügt:
»Der erste Bursche wurde an Ort und Stelle verhaftet. Er heißt Ferdinand Behr und ist Mittelschüler. Der zweite wurde von einem Zeugen erkannt, als er in der orthodoxen Kirche im Chor sang, in dem er sich zu verstecken versuchte. Auch er wurde verhaftet. Er heißt Mihailo Puschara und ist Angestellter im Rathaus. Beide befinden sich in Polizeigewahrsam.«
Pfeffer beschloß, der Sache nachzugehen, obwohl er nicht an eine allgemeine Verschwörung glaubte, die bis ins Rathaus reichte, und machte eine entsprechende Notiz in seinem Taschenbuch. Dann las er weiter.
Karl Freiherr von Rumertskirch, siebenundvierzig Jahre alt, Geheimer Rat, Major außer Dienst und Obersthofmeister, wohnhaft in Wien, katholisch, sprang schon nach dem ersten Schuß aus dem Auto und lief nach vorne zu den Hoheiten, um zu sehen, ob ihnen etwas passiert sei. Während er lief, glaubte er noch zwei bis drei Schüsse gehört zu haben. Den Attentäter hatte er nicht gesehen, da er mit den verwundeten Hoheiten beschäftigt war.

Dr. Karl Bardloff, achtundvierzig Jahre, wohnhaft in Graz, katholisch, Oberst des Generalstabs und Flügeladjutant seiner kaiserlichen Hoheit, der im dritten Auto gefahren war, wurde von einem Teil der durch die Bombendetonation zerschlagenen Glasscheibe unter dem rechten Arm getroffen. Beim zweiten Attentat hatte er wenig gesehen, weil er sofort von seinem Auto hinuntergesprungen und auf das Auto seines höchsten Herrn zugelaufen war.

Erik Edler von Merizzi, einundvierzig Jahre, gebürtig aus Laibach, wohnhaft in Sarajewo, Oberstleutnant des Generalstabskorps, der im Garnisonsspital einvernommen worden war, glaubte einen Freudenschuß zu hören, als Tschabrinowitsch seine Bombe gegen den Elektrizitätsmast schlug. Als das Auto, in dem er saß, in der Höhe des israelitischen Tempels war, hörte er auf einmal eine Detonation und empfand einen Schlag auf den Hinterkopf. Die mitfahrende Gräfin Lanyus machte ihn darauf aufmerksam, daß er stark blutete. Er habe den Täter nicht gesehen, erklärte er schließlich, und wolle sich dem Strafverfahren nicht anschließen.

Graf Alexander Boos-Waldeck, vierzig, geboren in Hallein bei Salzburg, wohnhaft in Görz St. Peter, Oberleutnant der Reserve und Grundbesitzer, der zusammen mit Merizzi gefahren war, wurde beim ersten Attentat an der linken Schulter und auf dem linken Oberarm leicht verwundet. Er hatte sonst nicht viel gesehen.

Um so mehr wollten einige Zeugen aus dem Volk wahrgenommen haben, vor allem die Angehörigen des weiblichen Geschlechts unter ihnen. Anna Blaschun, vierunddreißig Jahre, Witwe und Hotelköchin, katholisch, stand beim ersten Attentat auf dem Trottoir unter den Kastanien in Gesellschaft einer Freundin, deren Mutter und deren zwei Kindern. Da die Kinder ungeduldig waren und weinten, gingen sie auf und ab spazieren. Als die lang erwarteten Automobile näherkamen, sah Anna Blaschun auf der gegenüberliegenden Seite des Kais zwei junge Männer, die an der Mauer lehnten und rauchten. Sie wollte dann bemerkt haben, wie einer von diesen zwei jungen Leuten einen ziemlich langen Gegenstand in der Hand hielt, den der andere mit einem Streichholz anzündete. Als das Automobil des Thronfolgers gerade anhielt, um die vorausfahrenden Automobile vorzulassen, warf einer der beiden Burschen den angezündeten Gegenstand in das Automobil des Thronfolgers. Der Gegenstand fiel auf den Sitz, gerade zwischen den Thronfolger und seine Gemahlin. Sie fing ihn auf und warf ihn aus dem Automobil. Darauf übernahm der genannte Jüngling von dem anderen einen anderen Gegenstand und warf ihn wieder gegen das Automobil des Thronfolgers. Aber Anna Blaschun sah nicht, wohin er gefallen war, weil gleich darauf eine Detonation erfolgte. Dabei wurde sie auf der rechten Brustseite und am rechten Ellbogen getroffen. Auch das kleine Kind ihrer Freundin, das sie in den Armen hielt, erlitt Kratzwunden im Gesicht.

Bei der Gegenüberstellung mit einigen Verhafteten erkannte Anna Blaschun Nedeljko Tschabrinowitsch als den jungen Mann, der den Gegenstand in das Automobil geworfen hatte, und den Lehramtskandidaten Bogdan Mirkowitsch als den zweiten jungen Mann, der dabei in seiner Gesellschaft war. Mirkowitsch bestritt entschieden, überhaupt am Kai gewesen zu sein, und Tschabrinowitsch erklärte, ihn gar nicht zu kennen und am Kai in Gesellschaft von Moritz Alkalaj gewesen zu sein.

Leo Pfeffer machte sich wieder eine Notiz und seufzte. Wie lange würde er nur brauchen, bis er in dieser verworrenen Geschichte die Spreu von dem Weizen getrennt hatte? Deshalb überflog er die Aussagen der Mara Skorup nur, einer fünfzigjährigen Witwe, die am Fuß verwundet, und der dreiunddreißigjährigen Gattin des Advokaten Dimowitsch,

die am Kinn und an der Stirn verletzt wurde, die vom zweiten Stock ihres Hauses am Kai hinuntergeschaut und dabei etwas beobachtet hatte, was Pfeffer in Unruhe versetzte.
»Eine Viertelstunde vor der Ankunft der Automobile bemerkte ich, wie zwei Jünglinge ganz langsamen Schritts von der Tschumurija-Brücke kamen«, sagte sie aus. »Einer von ihnen trug einen dunklen Anzug und eine Sportkappe, ich glaube von dunkler Farbe, mit schwarzem Schild, der zweite war ungefähr von gleicher Statur, trug einen grauen Anzug und auf dem Kopf einen Fes. Beide waren mager, ich taxierte sie auf ungefähr sechzehn Jahre. Gegenüber dem Fenster, an dem ich mich befand, steht eine große eiserne Säule. Rechts von dieser Säule setzten sich die beiden Jünglinge auf die Ufermauer. Von mir aus gesehen saß rechts der Attentäter, von dem ich später gehört habe, daß er Tschabrinowitsch heißt, und links saß der mit dem Fes auf dem Kopf. Ich habe mich noch gewundert, daß die beiden gerade in der stärksten Sonne saßen. Sie fielen mir besonders auf, weil auf der anderen Seite des Kais, soweit ich blicken konnte, kein Mensch anwesend war.«
Demnach schien der Kai so gut wie gar nicht bewacht worden zu sein. Leo Pfeffer klappte den Aktendeckel zu und stand auf. Er konnte nicht untätig hier herumsitzen und Protokolle lesen, in denen die Ereignisse jeweils aus einem engen Blickwinkel geschildert wurden. Er mußte etwas unternehmen, wenn er mehr erfahren wollte.

3

Während er sich durch den überfüllten Gang, in dem es nach Angst und Schweiß roch, zu Iwassiuks Büro durchkämpfte, verlor er etwas von seinem Elan. Was suchte er eigentlich bei diesem brutalen Kosaken, der in ihm den Juden witterte und ihn ebenso wenig mochte wie er ihn? Aber da hatte er schon angeklopft und die Tür geöffnet, hinter der ein Polizist stand und ungerührt zuschaute, wie ein unrasierter und übernächtigter Iwassiuk mit seinen behaarten Armen – er hatte die Hemdsärmel aufgekrempelt – herumfuchtelte und einen jungen Mann anschrie:

»Und das soll ich dir glauben!«

Der junge Bursche, der kaum älter als sechzehn oder siebzehn war, duckte sich in Erwartung eines Schlags der behaarten Hand. Doch der Schlag blieb aus. Iwassiuk hatte Pfeffer bemerkt und dem Burschen nur einen leichten Stoß versetzt.

»Warte draußen!«

Als der Bursche ihn erstaunt ansah, fügte er hinzu:

»Wir sind noch nicht fertig miteinander. Führen Sie ihn ab.«

Der Polizist ergriff den Burschen am linken Arm und schob ihn hinaus.

»Wo ist Dr. Martschetz?« fragte Pfeffer. Er hatte ihm doch ausdrücklich gesagt, er solle Iwassiuk nicht aus den Augen lassen.

»In irgendeinem der Zimmer«, antwortete Iwassiuk und machte eine vage Geste. »Wahrscheinlich verhört er einen

der Verhafteten. Wir haben, wie Sie sehen, viel zu tun. Soll ich ihn suchen?«
»Nein, danke. Ich werde ihn schon selbst finden.«
»Kann ich etwas für Sie tun?« fragte Iwassiuk mit gespielter Freundlichkeit, ging hinter seinen Schreibtisch, auf dem in ziemlicher Unordnung Bücher und Papiere herumlagen, und blieb dort stehen.
»Was haben Sie in der Wohnung gefunden, in der Gawrilo Princip gewohnt hat?« fragte ihn Pfeffer.
»Die Frau, bei der er das Zimmer gemietet hat, heißt Stoja Ilitsch.«
»Ich weiß.«
»Sie ist Witwe und lebt davon, daß sie Zimmer an Studenten vermietet. Eine ziemlich armselige Bude. Bei Princip ist ihr natürlich nichts Besonderes aufgefallen. Wir haben sie auf jeden Fall mitgenommen.«
Iwassiuk nahm ein Buch von dem Stapel, der auf seinem Schreibtisch lag.
»Das ist das einzige, was wir in Princips Zimmer gefunden haben – serbische Gedichte.«
Leo Pfeffer nahm automatisch das Buch entgegen – es war ein Gedichtband des bekannten serbischen Dichters Milan Rakitsch – und begann darin zu blättern. Er kannte die meisten der in dieser Sammlung abgedruckten Gedichte schon. Einige patriotische Verse nahmen sich seltsam aus inmitten der düsteren Stimmung der übrigen Gedichte, die voller Melancholie und Todessehnsucht waren. Princip hatte das Gedicht über ein armseliges, zerschundenes Pferd unterstrichen, dessen Los es war, ewig in einem engen Kreis herumzutrotten und so ein Wasserschöpfrad zu betätigen.
»Princip wurde ordnungsgemäß am 15. Juni angemeldet.«
»Und warum wurde er nicht ordnungsgemäß polizeilich überprüft?« fragte Pfeffer und legte das Buch auf Iwassiuks Schreibtisch. »In der amtlichen Aussendung wurden An-

fang dieses Monats bezüglich der Sicherheitsvorkehrungen anläßlich des Besuchs seiner kaiserlichen Hoheit genaue Anweisungen an die Polizeiorgane gegeben. Und darin heißt es unter anderem, daß ausnahmslos alle Personen, die ab 15. Juni von auswärts nach Sarajewo kommen, von der Polizei zu überprüfen sind.«

»Ich kämpfe ja ständig gegen diese Schlamperei hier!« rief Iwassiuk wütend und fügte dann ironisch hinzu: »Außerdem wurde die Sicherheit des Thronfolgers unseren ungarischen Kollegen anvertraut. Weil sie sich hier so gut auskennen. Jedenfalls haben dreißig Detektive aus Budapest die Sache in die Hand genommen.«

Die Fahrlässigkeit mit dem Meldezettel hat doch nichts damit zu tun, dachte Leo Pfeffer, sagte aber nichts. Es hatte keinen Sinn, mit Iwassiuk um des Kaisers Bart zu streiten. Auf einmal kam es ihm unsinnig vor, überhaupt hierhergekommen zu sein. So drehte er sich um und schritt auf die Tür zu. Als er schon dort war, rief ihm Iwassiuk nach:

»Ich habe auch den Sohn der Witwe Ilitsch – Danilo Ilitsch – verhaftet.«

Pfeffer blieb stehen, wandte sich halb um und sah Iwassiuk überrascht an. Ja natürlich. Er hatte vergessen, daß er selbst den Auftrag gegeben hatte, Princips Mitbewohner zu verhaften.

»Er bewohnte das Zimmer neben Princip«, sprach Iwassiuk indessen weiter und deutete auf die anderen Bücher, die auf seinem Schreibtisch lagen. »Er ist schon etwas belesener als unser junger Held.« Er nahm einzelne Bücher in die Hand und las die Titel: »Bakunin: ›Die Pariser Kommune und die Staatsidee‹, Oscar Wilde: ›Gedanken über Kunst und Kritik‹, Kropotkin: ›Die gegenseitige Hilfe‹ ...«

»Wo ist er?« frage Leo Pfeffer.

Iwassiuk hörte abrupt auf zu lesen und sah auf.

»Wo soll er schon sein? Hier in der Wachstube. Falls man

ihn noch nicht ins Militärgefängnis abtransportiert hat – zu seinen Kumpanen.«
»Ich will ihn sehen. Sofort.«
»Wie Sie wünschen, Herr Gerichtssekretär«, sagte Iwassiuk, warf die Bücher achtlos auf den Schreibtisch und stapfte hinaus.
Während sich Iwassiuk energisch den Weg durch den Gang bahnte, indem er die herumstehenden Verhafteten, aber auch Polizisten ziemlich grob beiseiteschob, erklärte er Pfeffer, der ihm dicht folgte:
»Der gute Ilitsch war Lehrer, hat aber den Dienst bald quittiert. Dann war er hier in Sarajewo bei der serbischen Bank beschäftigt, aber auch diese Arbeit hat ihm nicht behagt. So ist er vor einem Jahr nach Serbien gezogen.»
»Wann ist er zurückgekommen?«
»Ich mache mir da meine eigenen Gedanken. Aber fragen Sie ihn doch selbst.«
Sie waren mittlerweile bei der Wachstube angelangt. Iwassiuk riß die Tür auf und schaute hinein.
»Er ist noch da«, sagte er zu Pfeffer und ließ ihm den Vortritt.
Pfeffer betrat die Wachstube und sah auf der Bank unter dem Fenster einen hageren Mann mit dunklen Augen und kurzgeschnittenen Haaren sitzen. Als der Mann die beiden bemerkte, machte er Anstalten, aufzustehen.
»Bleiben Sie sitzen«, sagte Pfeffer.
Der Mann setzte sich wieder und sah Pfeffer fragend an.
»Ich bin der Untersuchungsrichter Pfeffer, ich möchte Sie aber im Augenblick nicht vernehmen, sondern Ihnen nur ein paar Fragen stellen.«
»Bitte«, sagte der Mann tonlos. Er war offenbar wie alle Menschen in diesem Gebäude unausgeschlafen und müde.
»Sie waren doch Lehrer?«
»Ja.«
»Warum haben Sie den Dienst quittiert?«

»Weil ich mich in den Dörfern, in die man mich geschickt hat, nicht wohlgefühlt habe.«
»Was haben Sie dann gemacht?«
»Ich fand eine Anstellung bei der serbischen Nationalbank hier in Sarajewo, wo meine Mutter und ich wohnen.«
»Aber Sie sind dann nach Serbien gegangen. Warum?«
»Ich wollte einen Posten als Lehrer finden und ganz nach Serbien übersiedeln. Ich habe gehofft, dort besser leben zu können als hier.«
»Und was ist aus deinen Hoffnungen geworden?« rief Iwassiuk, der lauernd neben Pfeffer stand.
Danilo Ilitsch antwortete nicht ihm, sondern Pfeffer:
»Ich habe keine Stellung als Lehrer finden können. Es war Krieg. So habe ich zuerst in Nisch und dann in Belgrad als Krankenwärter gearbeitet.«
»Und was hast du bei der serbischen Armee gelernt?« meldete sich wieder Iwassiuk, und wieder sprach Ilitsch nicht zu ihm, sondern zu Pfeffer.
»Ich bin als Krankenwärter häufig mit verwundeten Soldaten zusammengekommen«, sagte er ruhig, »aber keiner von ihnen hat mir zugeredet, der Armee beizutreten. Ich habe mit niemandem politisiert. Als Lehrer habe ich mich mehr mit den Fragen der Volksbildung befaßt.«
»Wir kennen diese Art von Volksbildung«, warf Iwassiuk wieder ein.
»Wir haben bei Ihnen eine Menge anarchistischer und sozialistischer Schriften gefunden«, sagte Pfeffer sachlich.
»Bombenwerfen versteht ihr unter Kultur!« brummte Iwassiuk vor sich hin.
»Ich habe mir meinen Lebensunterhalt mit Übersetzungen verdient«, sagte Ilitsch. »Meistens für Zeitschriften. Ich habe übersetzt, was man mir gegeben hat.«
Ilitsch versuchte nun, Pfeffers Blick auszuweichen, schaute Iwassiuk an und fügte hinzu:

»Ich interessiere mich, wie schon gesagt, nicht für Politik.«
»Für wie blöd hältst du uns eigentlich?!« schrie ihn Iwassiuk an.
Pfeffer hatte das Gefühl, daß er sich schnell einschalten müßte, um das Gespräch wieder auf eine sachliche Ebene zurückzuführen. Dieser Iwassiuk war noch imstande, mit seinen sinnlosen Interventionen alles zu verderben. Je schärfer er vorging, desto verstockter wurde Ilitsch.
»Seit wann kennen Sie Gawrilo Princip?« fragte er.
Danilo Ilitsch sah überrascht auf, antwortete aber gleich darauf in einem ruhigen und sachlichen Ton:
»Seit meiner Studienzeit, also seit 1908 oder 1909. Er war damals Student an einer Schule in Sarajewo, ich weiß nicht, ob es ein Gymnasium oder eine Realschule war, aber ich glaube, es war ein Gymnasium. Er war kein ordentlicher Student, sondern hat, soweit mir bekannt ist, nur die Prüfungen abgelegt.«
»Wo hat er zu dieser Zeit gewohnt?«
»Entweder in Hadschitsch, wohin er immer wieder fuhr, weil er dort Verwandte hatte, oder in Sarajewo, ich weiß aber nicht bei wem.«
»Waren Sie mit ihm befreundet?«
»Das kann man nicht sagen. Wir haben uns nur selten getroffen, meistens auf der Straße, wo wir uns immer nur kurz unterhielten. Wir waren nie lange zusammen. So haben wir zum Beispiel nie größere Spaziergänge außerhalb der Stadt zusammen gemacht.«
»Sind Sie denn nie in irgendeinem Lokal zusammengekommen?«
»Soweit ich mich erinnere nein. Es kann aber sein, daß ich ihn einmal zufällig im Kaffeehaus ›Kairo‹ in der Theresiengasse getroffen haben, weil ich dort Stammgast bin.«
»Und Sie haben sich nie länger mit Princip unterhalten?«
»Nein.«

»Auch nicht in der Zeit, in der er bei Ihnen gewohnt hat?«
»Er hat nicht bei mir gewohnt, sondern bei meiner Mutter. Er hat ihr sieben Gulden für einen Monat bezahlt. Sie lebt davon, daß sie Zimmer an Studenten vermietet.«
»Sie wollen doch nicht behaupten, daß Sie nie mit ihm zusammengekommen sind, während Sie beide unter einem Dach gewohnt haben?«
»Ich habe Princip kaum gesehen. Er ist immer spät nach Hause gekommen, als ich schon geschlafen habe. Und dann ist er meistens weggegangen, während ich noch im Bett war.«
»Aber ab und zu haben Sie ihn doch gesehen?«
»Ja, aber nur flüchtig.«
»Und Sie haben weder jetzt noch in früheren Jahren über seine politischen Ansichten gesprochen?«
»Ich kann mich absolut nicht erinnern, worüber wir bei unseren zufälligen Begegnungen gesprochen haben, aber das eine kann ich mit Bestimmtheit sagen: Wir haben nie politisiert oder sozialpolitische Fragen erörtert, denn ich habe mich nie mit Politik befaßt. Ich habe keine Ahnung, was für Ideen und was für Ideale Princip hat.«
»Ideale!« schrie Iwassiuk. Er konnte sich nicht mehr beherrschen und ging auf Ilitsch los, der ihn mit einer Mischung aus Verwunderung und Angst ansah. »Ich werde dir gleich erklären, was für Ideale dein Kumpan hat!«
Er war drauf und dran, sich mit geballten Fäusten auf Ilitsch zu stürzen, doch Pfeffer stellte sich ihm in den Weg.
»Lassen Sie das!«
Iwassiuk hätte ihn am liebsten über den Haufen gerannt, aber dann beherrschte er sich mit Mühe und Not.
»Ich werde ihn später verhören«, sagte Leo Pfeffer beruhigend. »Überlassen Sie das mir. Herr Ilitsch untersteht von nun an dem Kreisgericht. Ihre Arbeit ist in diesem Fall beendet.«

Iwassiuk musterte Ilitsch kurz mit seinen Schweinsaugen, die vor kalten Wut noch schmäler erschienen, und ging stampfend hinaus.
Auch Pfeffer verließ die Wachstube, ohne Ilitsch eines weiteren Blicks zu würdigen. Er ärgerte sich nicht nur über Iwassiuk, der ihn durch seine Wutausbrüche gestört, sondern auch über Ilitsch, der ihm auf eine sehr plumpe Art einen Bären aufzubinden versucht hatte. Er konnte ihm doch nicht weismachen, daß er sich nie mit Politik beschäftigt habe, ihm, Pfeffer, der erst vor kurzem, ja, erst vor ein paar Tagen den Namen Danilo Ilitsch unter einem sehr scharfen politischen Leitartikel gelesen hatte. Die betreffende Zeitung mußte noch in seinem Büro sein.
Als er sein Büro betrat, saß Sertitsch an seinem Schreibtisch und ihm gegenüber eine herausgeputzte Dame mit tiefschwarzen Augen, die gerade einen Satz zu Ende sprach:
»... war ich in einem Gespräch mit seiner Exzellenz Baron Rumertskirch und habe überhaupt nicht bemerkt, daß jemand eine Bombe geworfen hat.«
Sertitsch wollte Pfeffer seinen Platz überlassen, doch Pfeffer winkte ab. Er war nur hereingekommen, um die Zeitung mit dem Artikel von Danilo Ilitsch zu suchen.
»Darf ich vorstellen«, sagte Sertitsch noch immer halb erhoben. »Untersuchungsrichter Dr. Pfeffer. Gräfin Wilma Laniyus, Hofdame bei ihrer Hoheit ... bei der verstorbenen Herzogin Sophie von Hohenberg.«
Die etwa dreißigjährige Gräfin streckte Pfeffer ihre Hand zum Handkuß entgegen, Pfeffer beugte sich jedoch nur zerstreut darüber, so daß die junge Hofdame sie beleidigt zurückzog und sich an Sertitsch wandte:
»Kann ich fortfahren?«
»Ich bitte darum«, sagte Dr. Sertitsch höflich und mit einem Seitenblick auf Pfeffer, der ihm aufmunternd zunickte, sich darauf umdrehte und zu den Regalen an der Wand ging.

Während Pfeffer in den großen Stapeln von Zeitungen nach dem Leitartikel von Danilo Ilitsch suchte, plapperte die junge Gräfin im leichten Konversationston drauflos:
»Dann geschah also die Explosion – schrecklich laut – ich glaub, daß ich seither ein bißchen schlechter hör. In unserem Automobil sind sämtliche Glasscheiben zersprungen, ich habe hier an der Wange geblutet. Das Auto selbst wurde unten verbogen, und in dem Moment wurde mir erst klar, daß ein Attentat verübt wurde. Auch Oberst Merizzi wurde verwundet. Ich habe den Wurf der Bombe nicht bemerkt und könnte auch nicht angeben, wer der Attentäter war, zumal ich in Sarajewo fremd bin und die Verhältnisse in der Stadt nicht kenne ...«
Leo Pfeffer hatte endlich die Zeitung gefunden, die er gesucht hatte. Es war »Die Glocke«, eine sozialisische Wochenschrift, die erst vor kurzem zu erscheinen begonnen hatte. Er faltete die paar Nummern zusammen, nahm noch einige Exemplare der sozialistischen Zeitung »Die Stimme der Freiheit«, die daneben lag, steckte das ganze Paket unter den linken Arm, nahm seinen Hut vom Haken und versuchte unauffällig hinauszugehen. Vor der Tür stehend, sagte er leise:
»Entschuldigen Sie mich bitte.«
Doch die schwarzäugige Hofdame, die mit einem unverkennbar ungarischen Akzent sprach, schenkte ihm keine Beachtung. Während er den Hut in die linke Hand drückte, die beinahe steif hinunterhing, und die Tür öffnete, hörte er sie noch sagen:
»Aber Sie haben den Attentäter schon gefaßt, nicht wahr?«
Pfeffer ging hinaus.

4

Leo Pfeffer hatte sich vorgenommen, systematisch vorzugehen. Da er das Gefühl hatte, daß Tschabrinowitsch das schwächste Glied in der Kette war, wollte er zuerst noch einmal mit ihm sprechen. Bevor er jedoch ins Garnisonsgefängnis fuhr, das sich am anderen Ende der Stadt befand, wollte er noch zwei Dinge erledigen: sich einmal das Café Tschabrinowitsch ansehen und die Photographien abholen, die sich der junge Attentäter hatte machen lassen, damit man sich an ihn erinnern könne.

Als er das überfüllte Rathaus verließ und, den Hut auf dem Kopf und das Bündel Zeitungen unter dem Arm, überlegte, ob er einen Fiaker nehmen oder lieber zu Fuß gehen sollte, sah er, wie eine Gruppe Jugendlicher das Polizeigebäude gegenüber verließ. Sie wurde von zwei Burschen angeführt, die ein von schwarzem Flor umrahmtes Bild trugen. Es handelte sich sicherlich um eine Trauerkundgebung für den ermordeten Thronfolger, die von der Polizei genehmigt werden mußte. Da Pfeffer der Menge nicht begegnen wollte – er fühlte sich im Gedränge äußerst unbehaglich –, nahm er doch einen der Fiaker, die man in der Nähe des Rathauses immer finden konnte.

Er hatte nicht erwartet, das kleine, bescheidene, ja ärmlich wirkende Kaffeehaus beinahe zerstört vorzufinden. Die beiden Fensterscheiben waren zerbrochen, und die zersplitterte Eingangstür war durch einen schräggestellten und eingeklemmten Stuhl versperrt. Pfeffer lockerte den Stuhl, schob ihn beiseite und trat ein.

Auch innen sah das Café ziemlich desolat aus, obwohl das Ärgste offenbar schon weggeräumt war. Eine junge Kellnerin mit hochgesteckten, zu einem Knoten gebundenen brünetten Haaren, schaufelte vor der Theke die zusammengekehrten Glassplitter in einen Eimer. Die Theke hatte auch einige Beulen abbekommen, und die bunte Reklame für irgendein Bier, die an der Wand dahinter mit Reißnägeln befestigt war, hing als ein Fetzen herunter. Als die Kellnerin bemerkte, daß jemand eintrat, drehte sie sich um und sagte:
»Wir haben heute geschlossen.«
Sie sah älter aus als sie sicherlich war. Die vielen Stunden, die sie ständig im verrauchten Lokal verbringen mußte, hatten nicht nur auf ihrem altklugen Gesicht Spuren hinterlassen, sondern auch in ihrer Stimme; sie klang brüchig.
Leo Pfeffer stellte sich vor. Sie sagte:
»Ach so, Sie sind vom Gericht. Und ich dachte, Sie wären von der Polizei.«
»Ist da ein Unterschied?«
»Ich weiß nicht.«
»Was ist denn hier passiert?«
»Der alte Tschabrinowitsch hat durchgedreht. Seinen eigenen Sohn hat er einen Bastard geschimpft, aber die Leute haben nicht auf ihn gehört. Sie wollten alles kaputtschlagen. Das waren auch keine Leute aus unserer Gegend. Das habe ich sofort bemerkt. Fremde waren das. Wenn der Alte keine guten Beziehungen zur Polizei hätte, hätten sie ihn glatt umgebracht. So kam dann doch endlich die Polizei.«
»Wann war das?«
»Gestern abend. Sie haben dann den Alten mitgenommen, anstatt die Krakeeler zu verhaften. Und dabei arbeitet er für die Polizei. Das weiß ganz Sarajewo. Ich habe genug. Ich gehe zurück aufs Land. Hier ist kein Platz mehr für Serben.«
Da Leo Pfeffer darauf nichts sagte und sie anscheinend

Angst bekommen hatte, in ihrer Offenherzigkeit etwas zu weit gegangen zu sein, fragte sie:
»Möchten Sie nicht doch etwas trinken?«
»Ja, einen Kaffee.«
»Ich werde gleich Wasser aufstellen«, sagte sie und machte Anstalten, hinauszugehen.
Um nicht viel Zeit zu verlieren, rief er ihr nach:
»Nein, lassen Sie das, geben Sie mir lieber einen Schnaps.«
Er hatte noch nie so früh Schnaps getrunken. Aber das spielte unter diesen Umständen keine Rolle. Während sie ihm an der Theke einen Schnaps einschenkte, setzte er sich auf einen Stuhl, der noch ganz zu sein schien, legte die mitgebrachten Zeitungen auf den Tisch und seinen Hut darauf.
»Schenken Sie sich auch einen ein«, sagte er zu ihr. »Und setzen Sie sich hierher zu mir.«
Sie stellte das Tablett mit zwei Schnapsgläsern auf den Tisch, setzte sich auf den Stuhl ihm gegenüber und strich verlegen mit ihren geröteten Händen den Rock glatt. Er fragte sie:
»Wann haben Sie den jungen Tschabrinowitsch das letzte Mal gesehen?«
»Gestern früh. Er hat sich von allen feierlich verabschiedet. Er geht wieder nach Belgrad, hat er gesagt. Es gab wieder einen fürchterlichen Streit mit dem Vater. Der Alte wollte neben der serbischen Fahne – wegen dem Nationalfeiertag – auch die österreichische Fahne aufhängen, wegen dem Besuch des Thronfolgers. Nedeljko wollte das nicht zulassen. Er hat die Fahnenstangen versteckt und wollte sie nicht herausrücken, und der Alte hat getobt. Früher hat ihn der Alte oft verprügelt, aber jetzt hat er sich nicht mehr getraut.«
Die junge Kellnerin stockte, sah vor sich hin und sagte plötzlich:
»Aber Sie haben noch gar nicht Ihren Schnaps getrunken.«
Leo Pfeffer griff nach dem Glas und kippte den Schnaps in einem Zug hinunter.

»Was war weiter?«

»Nedeljko verteilte sein Hab und Gut und nahm Abschied«, fuhr sie fort. »Seinen beiden Schwestern gab er je fünf Kronen, seiner Großmutter zwanzig Kronen, und der Mutter hinterließ er seine Uhr und das Taschenmesser ... Er war ein komischer Kauz. Mir hat er ein Büschel Vergißmeinnicht geschenkt. Er hat mich auf die Wange geküßt und gesagt: ›Nimm dieses Geschenk von mir, denn ich gehe fort, und wer weiß, ob du mich jemals wiedersiehst.‹«

Sie machte wieder eine Pause, in der sie nachdenklich an ihrem Glas nippte. Dann sah sie Pfeffer fragend an, der ihr aufmunternd zunickte.

»Er ist immer sehr spät nach Hause gekommen und hat hier unten allein gegessen«, sagte sie. »Ich habe ihm Gesellschaft geleistet, und wir haben oft noch stundenlang geplaudert. Er hat sehr unter seinem Vater gelitten. Der Alte hat ihn schon ein paar Mal hinausgeworfen ... Der Junge war dauernd auf der Flucht ... Er ist nur wegen seiner Mutter und wegen seiner Schwestern immer wieder zurückgekommen ...«

Die junge Kellnerin verstummte wieder und begann ihr noch halbvolles Schnapsglas zu drehen. Leo Pfeffer wollte sie nicht noch einmal ermuntern, ihm weiter über Nedeljko Tschabrinowitsch zu erzählen. Er mußte weiter. Bevor er jedoch aufbrach, wollte er sich endlich die Zeitungen anschauen, die er mit sich schleppte.

»Geben Sir mir bitte noch einen Schnaps. Sie haben hoffentlich nichts dagegen, daß ich noch eine kurze Weile hierbleibe?«

»Warum sollte ich etwas dagegen haben«, sagte das Mädchen, das nach seiner Aufforderung automatisch aufgestanden war.

»Sie können ruhig weiter aufräumen, während ich hier lese.«

Die Kellnerin sah ihn verwundert an, sie konnte es offenbar nicht fassen, daß er in dieser ungemütlichen Umgebung noch länger verweilen wollte, brachte ihm aber beflissen seinen Schnaps und ging an die Arbeit. Während sie mit den klirrenden und knirschenden Glasscherben umging und mit dem Besen auf dem Boden herumkratzte, vertiefte er sich in seine Lektüre.

»Die Glocke« war offensichtlich ein »Gesinnungsorgan«, ein dünnes, bescheiden aufgemachtes Wochenblatt, in dem sich eine Gruppe junger, unzufriedener Sozialisten mit der ihrer Meinung nach falschen Politik ihrer Parteiführung kritisch auseinandersetzte. Der verantwortliche Redakteur hieß Jowan Smitran, der Hauptmitarbeiter, der sich in jeder Nummer, manchmal auch mehrere Male zu Wort meldete, war Danilo Ilitsch. Er lieferte sogar Leitartikel, die bei einem so kleinen Blatt gewöhnlich für den Herausgeber oder für den Chefredakteur reserviert blieben.

»Selbst die demokratischste Partei unter uns, die sozialdemokratische, unterscheidet sich durch ihr internationales Tun nicht von anderen bürgerlichen Parteien«, schrieb er in der Nummer vom 24. Mai 1914. »Im Sinne der Parteiregeln ist die Partei nicht auf föderalistischer Basis von unten nach oben organisiert, sondern gerade umgekehrt von oben nach unten, nach den Prinzipien des Zentralismus und der Hierarchie wie die katholische Kirche. Die zentrale Parteileitung hat absolute Macht über die Mitglieder, die sich ohne ein Wort des Widerspruchs unterordnen müssen, so daß sogar das leiseste Zeichen der Kritik unmöglich ist. Wir wissen, wieviele aktive Mitglieder ausgeschlossen wurden, weil sie mit einem Mitglied der Führung nicht völlig übereinstimmten; sie wurden sogar aus den Gewerkschaften ausgeschlossen – obwohl die Partei keinen Einfluß auf die Gewerkschaften haben sollte –, um jene Arbeiter zu bändigen, die frei auszusprechen wagten, was sie über die gemeinen Gesten so mancher ›Bosse‹ dachten. Ein paar Führer beherrschen die Partei und lenken sie nach eigenen Ansichten und eigenen Interessen. Wer ihnen nicht folgen will, wird aus der Partei im ›Interesse der Parteidisziplin‹ ausgeschlossen. Und so ist diese Partei auf undemokratischen, konservativen, ja autokratischen Prinzipien aufgebaut. Als dann solche Praktiken in Pamphleten und Zeitungen angegriffen wurden, verteidigten sich die Führer, selbstverständlich auf plumpe Weise und ohne Erfolg. Der Sozialismus in Bosnien ist heute im Zustand der Krise, die besten Mitglieder ziehen sich von der Partei zurück, und die Arbeitermassen verfallen in Lethargie und werden entmutigt. Die Fahne der Freiheit, Gleichheit und Brüderlichkeit ist beschmutzt, die Führung besteht heute aus einigen geldschaufelnden Bossen.«

»›Die Glocke‹ stellt sich die Aufgabe, ein Organ des Fortschritts, der Prinzipien und Methoden der wahren Demokratie zu sein«, schrieb Ilitsch am Schluß seines Artikels. »Von dieser Plattform aus werden wir unser ganzes öffentliches Leben gnadenloser Kritik unterziehen, wobei wir besonders darauf achten werden, die demokratischen Ideen nicht zu verletzen. Wir werden den Konservativismus und die Reaktion im Staat und unter den politischen Parteien entlarven und aufzeigen. Und so werden wir viel für die demokratische Erziehung unseres Volkes, besonders der Arbeiterklasse tun. Sie müssen den falschen Führern, die sich an ihren mit so viel Blut verdienten Löhnen bereichern, den Rücken zeigen.«

Am 15. Juni, also kaum zwei Wochen vor dem Attentat auf den österreichischen Thronfolger, veröffentlichte Ilitsch wieder einen Leitartikel unter dem Titel: »Unser Nationalismus«, der Leo Pfeffer bezeichnend zu sein schien. Es war eine Antwort an die »Arbeiter-Zeitung«, das Organ der serbischen Sozialdemokraten in Belgrad, von der »Die Glokke« der »nationalistischen Tendenzen« bezichtigt wurde. »In unserer letzten Nummer veröffentlichten wir die Meinung von Marx über die Balkanvölker«, schrieb der gewesene Lehrer und jetzige Wortführer der sozialdemokratischen Dissidenten. »Er sprach sich gegen die Kolonialpolitik der Unterdrückung und für die Autonomie eines jeden Volkes und für sein Selbstbestimmungsrecht aus. Die Führer unserer sozialistischen Bewegung griffen diese Ansicht, die Karl Marx vertritt, an und erklärten öffentlich, wir Bosnier sollten glücklich sein, daß wir eine Kolonie sind. Es ist befremdend, daß die Worte des österreichischen Außenministers mit den Ansichten unserer ›Führer‹ übereinstimmen, daß nämlich Albanien die Autonomie bekommen sollte, während sie uns Südslawen dieses Recht absprechen.«

Leo Pfeffer wunderte sich, daß der Staatsanwalt da nicht hellhörig geworden war. Er hätte ihm sicherlich geraten, diese Nummer der Zeitung nicht beschlagnahmen zu lassen, weil die fraglichen Stellen für eine Anklage nicht ausgereicht hätten, aber sie hätten wenigstens darüber diskutieren müssen. Wahrscheinlich hielt Swara das Ganze für eine Auseinandersetzung unter den Sozialdemokraten, die ihm, dem christlich-sozial und vaterländisch gesinnten Staatsbeamten nur angenehm sein konnte.

Was diesen Danilo Ilitsch betraf, so nahm Pfeffer an, daß er mit den Attentätern nicht unter einer Decke steckte. Ein Mann, der schrieb, warf seiner Meinung nach keine Bomben. Aber Ilitsch hatte mit Princip nicht nur über harmlose Dinge gesprochen, wie er ihm einzureden versucht hatte. Und dann die faustdicke Lüge, er interessiere sich nicht für Politik! Was wollte er damit bezwecken? Er konnte doch nicht gehofft haben, daß man ihm blind Glauben schenken und ihn so mir nichts dir nichts nach Hause schicken würde, obwohl er mit dem Attentäter Tür an Tür gewohnt hatte!

Leo Pfeffer trank seinen Schnaps aus, raffte die Zeitungen zusammen, warf ein paar Münzen auf den Tisch und verließ das halb verwüstete Lokal des Polizeispitzels Tschabrinowitsch, dessen Sohn Nedeljko vor kaum vierundzwanzig Stunden eine Bombe gegen das Automobil des Erzherzogs Franz Ferdinand geschleudert hatte. Der Fiaker, den er gebeten hatte, auf ihn zu warten, war noch da, er hatte sich nur vorsichtshalber von dem zerstörten Lokal etwas entfernt.

Der Photograph Joseph Schrei war gerade dabei, in seinem Atelier am Zirkusplatz ein junges Paar aufzunehmen. Ein Soldat stand steif hinter einem Biedermeierfauteuil, in dem eine junge Frau saß und ein kleines Kind in den Armen hielt; die Rechte des Soldaten umfaßte schützend oder besitzergreifend die Schulter der Frau. Beide sahen sie mit großen, leeren Augen vor sich hin, aus Angst, auch nur die geringste Bewegung mit ihren Lidern zu machen und so das Bild zu verderben. Hinter ihnen war auf einem Paravent die Ecke eines bürgerlichen Salons mit Zimmerpalme gemalt.

Der Photograph, ein grauhaariges Männchen in schwarzer Samtjacke und mit Künstlermähne, der hinter dem mit schwarzem Tuch verdeckten Apparat stand, unterbrach seine Arbeit. Er hatte gerade unter das schwarze Tuch schlüpfen wollen, als Pfeffer eintrat.

»Ich stehe Ihnen sofort zur Verfügung, mein Herr«, sagte er beflissen. »Würden Sie bitte dort einen Augenblick Platz nehmen?« Er deutete mit der Hand hinter die Pappwand mit der aufgemalten Zimmerpalme.

Pfeffer trat gehorsam hinter den Paravent, hinter dem zwei weitere, schon ziemlich abgenützte Biedermeiersessel um ein Tischchen gruppiert standen. Er hatte keine Lust, sich zu setzen, sondern sah sich die Photographien an, die mit Reißnägeln an der Wand befestigt waren. Während er die vielen Gesichter von jungen und alten Menschen, Zivilisten

und Soldaten, Hochzeitspaaren und Jagdgesellschaften betrachtete, hörte er Joseph Schrei reden.
»Nicht so ernst bitte ... Das hier ist doch keine Beerdigung ... Ein kleines Lächeln ... Ja ... Das Kinn ein wenig höher ... höher ... ja, ... Achtung! ... Nicht bewegen ... So, fertig. Danke schön. Vielen Dank ... Morgen gegen Mittag bitte ... Auf Wiedersehen. Kompliment ...«
Gleich darauf erschien der Photograph hinter dem Paravent und sagte mit erwartungsvollem Lächeln:
»So, da bin ich schon. Womit kann ich Ihnen dienen?«
»Gestern früh hat sich ein junger Mann bei Ihnen photographieren lassen. Nedeljko Tschabrinowitsch.«
Die übertriebene Freundlichkeit verschwand plötzlich von Joseph Schreis Gesicht.
»Sind Sie Reporter? Ich habe alle Rechte.«
»Nein, ich bin Untersuchungsrichter.«
Der Photograph sah Pfeffer ungläubig an. Leo Pfeffer seufzte, zückte seine Brieftasche und zeigte ihm seinen Ausweis.
»Entschuldigen Sie bitte«, sagte Joseph Schrei unterwürfig, »aber Sie müssen verstehen ...« Er schüttelte seine grauen Haare, die ihm in langen Locken bis zum Samtkragen seiner Jacke reichten.
»Also das war so ein netter Junge, ich kann es einfach nicht glauben ... Dem anderen hätte ich das eher zugetraut.«
»Welchem anderen?«
»No dem, der die Photographien dann abgeholt hat«, antwortete Joseph Schrei und fügte nachdenklich hinzu: »Ich dachte, Sie sind ein Reporter ... Um ehrlich zu sein, habe ich einen Ansturm von Zeitungsleuten erwartet ... Mir scheint, die haben keine Ahnung.«
Pfeffer strengte sich an, sich an den Namen des anderen Burschen zu erinnern, von dem ihm Tschabrinowitsch erzählt hatte, aber er fiel ihm nicht ein.

»Wann hat der andere die Photographien abgeholt?«
»Gestern nachmittag. Hat man ihn denn noch nicht verhaftet? Der rennt zum Schluß noch mit seiner Bombe herum.«
»Haben Sie Bomben bei den beiden gesehen?«
»Das nicht. Aber man weiß nie ...«
»Zeigen Sie mir endlich die Photographie.«
Joseph Schrei setzte sich in Bewegung.
»Ich habe keine Photographie. Ich kann Ihnen nur die Platte zeigen.«
Er verschwand hinter der Pappwand. Pfeffer ging ihm nach. Sie trafen einander auf dem halben Weg im Atelier. Pfeffer nahm die Negativ-Platte und schaute sie sich gegen das Licht an. Neben einem beinahe schelmisch lächelnden Tschabrinowitsch – der Streich mit der Photographie machte ihm offenbar Spaß – stand ein blonder Bursche und schaute todernst drein. Er hatte ein Muttermal oder eine Narbe auf der linken Wange. Hinter ihnen sah man die Salonecke mit der Zimmerpalme. Joseph Schrei hatte seinen Kunden anscheinend nicht viele Hintergründe zu bieten. Während Pfeffer die Platte betrachtete, plapperte das Männchen mit der Künstlermähne und Samtjacke vor sich hin:
»Sie können sichs gern anschauen, aber aus der Hand geb ich sie nicht. Absolut nicht. Ich habe noch nie Platten aus der Hand gegeben.«
»Bis wann kann ich die Photographien haben?«
»Wie viele?«
»Einige ... fünf.«
»In einer halben Stunde.«
Pfeffer reichte ihm die Platte.
»Das macht vier Kronen aus.«
»Ich werde sie abholen«, sagte Leo Pfeffer, zahlte und ging hinaus.
Er bat den Fiaker, noch auf ihn zu warten und betrat ein

kleines Kaffeehaus, in dem Mohammedaner, die auf niedrigen Schemeln hockten und von Zeit zu Zeit Kaffee schlürften, um die Wette zu rauchen schienen. Man konnte kaum sehen wegen des vielen Rauchs, der durch die offene Tür in den hellen Tag hinausquoll. Als Pfeffer die Schwelle überschritt, verstummte das Gespräch für einen Augenblick, schwoll aber gleich wieder an, nachdem die Insassen den Neuankömmling als harmlos eintaxiert hatten. Pfeffer bestellte sich einen Kaffee und setzte sich an ein Tischchen in der Nähe der Tür.

Er würde zu spät ins Garnisonsgefängnis kommen, wo man ihn um zehn Uhr erwartete. Er saß in Kaffeehäusern, fuhr mit dem Fiaker, bestellte überflüssige Photographien und vergeudete Geld, das man ihm vielleicht gar nicht oder nur widerstrebend und nach langwierigen bürokratischen Prozeduren zurückerstatten würde.

Er tat das alles, um sich einen Aufschub zu verschaffen, er wußte nur nicht wofür.

Während er langsam den heißen und sehr süßen Kaffee schlürfte, las er in der »Glocke« einen Artikel Danilo Ilitschs über den russischen Dichter Leonid Andrejew.

»Die meisten seiner Geschichten tragen zur Lösung sozialer und philosophischer Probleme bei«, schrieb Ilitsch. »Seine Liebe zur Humanität, seine aufgeklärten und liberalen Ansichten, sein Protest gegen die Tyrannei, die in seinem Land herrscht – das sind die Hauptgründe seines literarischen Erfolgs in Rußland. Am liebsten porträtiert er die Helden aus der ›Periode der Befreiung‹, Revolutionäre, mit denen er an der Revolution aktiv teilgenommen hat. Mit besonderer Vorliebe, großem Realismus und künstlerischer Kraft beschreibt er die tiefe geistige Krise und die Wandlungen in der Seele dieser großen Idealisten und Apostel der Freiheit. Sein bestes Werk ist ›Die Geschichte der sieben Gehängten‹. Hier versucht Andrejew, die Lösung des Pro-

blems zu finden: den Tod zu besiegen, den Tod im Zeichen eines höheren Ziels zu bewältigen.«
Pfeffer erwischte sich dabei, daß er, die Zeitung auf den Knien, schon seit einer geraumen Weile auf seine leere Tasse starrte, als wolle er aus dem Kaffeesatz sein Schicksal lesen. Er konnte doch unmöglich seine Zeit hier vertrödeln, während man sicherlich schon überall nach ihm suchte.
Als er die Photographien abholte, waren sie noch naß. Er steckte sie zwischen seine Zeitungen und fuhr endlich ins Garnisonsgefängnis.
Unterwegs sah er, daß am Gebäude der serbischen Nationalbank die Auslagenscheiben zertrümmert waren. Das Mobiliar, das man durch die gähnenden, von Polizisten bewachten Löcher sehen konnte, sah auch ziemlich beschädigt aus. Vor dem Eingang lag auf der Straße ein umgeworfener und vollständig auseinandergenommener Fiaker wie das von den Aasgeiern abgenagte Gerippe eines riesigen, verendeten Tiers.
Hundert Meter weiter stieß er auf eine aufgebrachte Menge, in der er die zwei Burschen erkannte, die heute früh das mit schwarzem Flor umrahmte Bild des Thronfolgers getragen hatten. Jetzt hielten sie Eisenstangen in den Händen, schlugen damit die Tür eines Blumengeschäfts ein, und kein Mensch hinderte sie daran. Im Gegenteil, die sie umgebende Menge spornte sie noch johlend an. Im Inneren des Ladens sah man eine blasse Frau, die sich zwischen den Blumenstöcken an der Wand ängstlich duckte. Pfeffer erschrak, als plötzlich jemand von der anderen Seite, auf die er nicht schaute, in seinen Fiaker sprang. Er beruhigte sich, als er in dem Mann, der sich über ihn beugte, den Polizeiassessor Bogojetwitsch erkannte, mit dem zusammen er in Bosnisch-Petrowatz Dienst gemacht hatte. Er erkannte ihn an dem mächtigen Schnurrbart, den Bogojewitsch in der Tradition seiner serbischen Vorfahren trug.

»Die sind ja alle verrückt geworden«, rief er.
»Es scheint so«, bestätigte Pfeffer.
»Die gehen von einem serbischen Geschäft zum anderen, zertrümmern die Einrichtungen, bedrohen und verletzen die Inhaber und plündern oder vernichten die Waren.«
»Ich weiß.«
»Man muß doch etwas dagegen unternehmen.«
»Gewiß.«
»Aber ich bin allein da.«
»Vor der Bank stehen zwei Polizisten.«
Bogojewitsch sprang aus dem fahrenden Fiaker auf die Straße und lief auf die serbische Nationalbank zu. Pfeffer ließ anhalten. Er fuhr erst weiter, nachdem er sich vergewissert hatte, daß es dem großgewachsenen Serben in der Uniform eines österreichischen Polizeibeamten mit Hilfe der beiden Polizisten gelungen war, die Menge vor dem Blumenladen zu zerstreuen. Trotzdem hatte er das Gefühl, daß sich da ein Mechanismus in Bewegung gesetzt hatte, gegen den sie alle machtlos waren.

5

Natürlich war er zu spät gekommen. Dr. Sertitsch hatte eine Zeitlang auf ihn gewartet und dann selbst die Gegenüberstellung der beiden Attentäter und anderer Verdächtiger mit den Zeugen vorgenommen. Er berichtete nun kurz an Hand von Protokollen über die Ergebnisse dieser Begegnungen. Sie saßen in der bisherigen Apotheke des Garnisonsgefängnisses, die mit einigen weißen Regalen voller Schachteln, Säckchen, Tiegel und Fläschchen, einem weißgestrichenen Tisch und drei ebenso weißgestrichenen Sesseln ausgestattet war und die man Pfeffer für die Zeit der Untersuchung als Büro überlassen hatte.

Leopold Loyka hatte seine gestrige Aussage berichtigt. Er habe beim ersten Attentat nicht gesehen, daß der kleinere der beiden Burschen am Kai geschossen hatte. Er habe nur angenommen, daß er geschossen habe, weil er, sich umdrehend, gesehen hatte, wie der größere die Bombe warf; der konnte also nicht beides so rasch nacheinander getan haben. In Tschabrinowitsch erkannte er eindeutig den Bombenwerfer und in Princip den Pistolenschützen, der beim zweiten Attentat geschossen hatte. Robert Grein erkannte Princip, den er bei der Arretierung mit dem Säbel am Ohr getroffen hatte, Tschabrinowitsch erkannte er nicht. Auch Max Thiel erkannte nur Princip. Für ein völliges Durcheinander hatte die verwitwete Hotelköchin Anna Blaschun gesorgt. Sie widerrief ihre gestrige Aussage, den Lehramtskandidaten Bogdan Mirkowitsch neben Tschabrinowitsch am Kai gesehen zu haben. Auch ein gewisser Mihailo Puschara, den man ihr vorgeführt hatte, sollte ihrer Aussage

nach nicht der zweite Mann gewesen sein. Als man sie jedoch mit Tomo Wutschinowitsch (man hatte also Tschabrinowitschs Freund von der Photographie doch verhaftet, stellte Pfeffer fest) konfrontierte, erklärte sie dezidiert:
»Dieser war es.«
Leo Pfeffer ließ Tschabrinowitsch kommen. Er wollte die Geschichte mit dem zweiten Mann sofort klären. Während Dr. Sertitsch draußen alles veranlaßte, versuchte Pfeffer, in seinem provisorischen Büro etwas Ordnung zu machen. Da er sicherlich Platz für seine Akten brauchen würde, machte er ein Regal frei, indem er die Schachteln, Tiegel und Flaschen in ein anderes verlegte. Er war noch lange nicht damit fertig, als Tschabrinowitsch hereingeführt wurde.
Obwohl er müde und abgespannt aussah, brachte Tschabrinowitsch ein Begrüßungslächeln zustande, als er Pfeffer erblickte. Pfeffer blieb distanziert, weil er den Verdacht hatte, daß Tschabrinowitsch zu ihm nicht ganz ehrlich gewesen war.
»Setz dich«, sagte er und zeigte auf einen der weißen Stühle. Tschabrinowitsch setzte sich und sah ihn erwartungsvoll an.
»Nehmen Sie auch Platz.« Pfeffer zeigte dem Wachsoldaten den zweiten Stuhl.
Der Soldat ließ sich zögernd auf dem Stuhlrand nieder, bereit, jeden Augenblick aufzuspringen; es kam ihm anscheinend nicht ganz geheuer vor, daß man ihn zum Sitzen aufgefordert hatte. Er war ein junger Mann mit einem kleinen, sehr gepflegten Schnurrbart.
Pfeffer zog aus den Zeitungen eine Photographie hervor, die mittlerweile trocken geworden war, und legte sie vor Tschabrinowitsch. Der Attentäter lächelte beim Anblick der Photographie.
»Wer ist das?« fragte ihn Pfeffer.

»Tomo Wutschinowitsch. Ich habe Ihnen doch gestern von ihm erzählt.«
In diesem Augenblick kam Sutej herein.
»Entschuldigen Sie bitte«, sagte er verlegen und blieb unschlüssig mit der Mappe unter dem Arm und einem Notizblock in der Hand bei der Tür stehen.
Pfeffer bot ihm seinen Stuhl beim Tisch an, damit er schreiben könne.
»Vielleicht könnte ich ...« sagte der junge Gerichtsauskultant und zeigte auf die Tür.
»Nein. Setzen Sie sich.«
Dr. Sutej gehorchte. Als er sich setzte, standen der junge Wachsoldat und Tschabrinowitsch auf, um Pfeffer ihre Plätze anzubieten.
»Setzt euch alle!« rief Pfeffer beinahe wütend. Dann wandte er sich an Tschabrinowitsch. »Und du wirst mir noch einmal erzählen, was du alles zusammen mit Tomo Wutschinowitsch gestern unternommen hast.«
»Ich habe Tomo gestern vor dem Hotel ›Kaiserkrone‹ getroffen. Ganz zufällig. Er ist ein Schulfreund von mir. Seit der Zeit habe ich ihn kaum gesehen. Ich habe ihn gefragt, ob er mit mir zum Photographen gehen will, und er fand die Idee lustig. Ich habe mich mit ihm aufgehalten, weil er harmlos und in keiner Weise verdächtig ist.«
»Beim Attentat stand jemand neben dir. War ...«
»Ach, das war der dumme Moritz«, unterbrach ihn Tschabrinowitsch. »Moritz Alkalaj. Er ist taubstumm. Der war rein zufällig neben mir.«
Tschabrinowitschs Lippen verzogen sich leicht zu einem ironischen Lächeln. Dann sagte er: »Ich glaub, der weiß bis heute nicht, was sich da abgespielt hat.«
»Das dürfte stimmen«, meldete sich plötzlich Sutej. »Ich kenne Moritz Alkalaj. Er ist eine Art Dorftrottel, den alle aufziehen.«
Pfeffer ging darauf gar nicht ein, sondern beendete seine

Frage, bei der ihn Tschabrinowitsch vorhin unterbrochen hatte:

»War der Mann neben dir nicht doch Tomo Wutschinowitsch? Eine Zeugin behauptet, daß sie ihn zusammen mit dir am Kai gesehen hat.«

»Aber das ist unmöglich«, sagte Tschabrinowitsch verwundert. »Sie muß sich irren. Ganz bestimmt. Ich habe mich von Tomo getrennt, weil ich ihn nicht dabei haben wollte. Ich war allein am Kai, bis dann der dumme Moritz aufgetaucht ist. Das war mir ganz recht, weil alle wissen, daß er völlig harmlos ist.«

»Kennst du Danilo Ilitsch und Jowan Smitran?« fragte ihn Pfeffer plötzlich.

Tschabrinowitsch stutzte für einen Augenblick, begann aber gleich wieder zu sprechen, ein bißchen zu schnell, wie es Pfeffer schien.

»Ich habe mit Jowo Smitran bis vor einem Jahr verkehrt, als wir noch Sozialisten waren. Das heißt, er ist auch weiterhin Sozialist geblieben, obwohl sie ihn aus der sozialdemokratischen Partei hinausgeworfen haben. Mir hat die Arbeit der Sozialisten nicht genügt, ich habe mich mit ihnen vollkommen zerkracht, weil ich sie für Phrasendrescher halte. Später habe ich Jowo Smitran nicht mehr gesehen.«

Pfeffer war aufgefallen, daß Tschabrinowitsch bei seiner Antwort Danilo Ilitsch gar nicht erwähnt hatte, er wollte ihn aber jetzt nicht noch einmal fragen, ob er den ehemaligen Lehrer kenne, der politische Leitartikel schrieb, sich jedoch für Politik nicht zu interessieren vorgab; diese Frage hob er sich für später auf.

»Jowan Smitran gibt seit kurzem das Blatt ›Die Glocke‹ heraus.«

»Ich weiß. Mit der Tendenz dieses Blattes stimme ich im großen und ganzen überein, obwohl ich das Geschreibsel für ziemlich schwach und feig halte.«

»Und was hältst du von der ›Stimme der Freiheit‹?«
»Das ist zwar ein sozialistisches Blatt, aber seine Anhänger sind sozialistische Pfaffen geworden. Sie sind durch und durch verdorben. Ich habe zu ihnen kein Vertrauen. Es ist genauso wie beim Christentum. So lange es Christus gelehrt hat, war es sympathisch, aber später ist es ganz ausgeartet.«
»Du bist wohl sehr überzeugt von deinen Ideen.«
»Niemand auf der Welt kann mich davon überzeugen, daß meine Ideen falsch sind und daß die Tat, die ich begangen habe, nicht ein gutes Werk ist. Vor zwei Jahren, als die Polizei mich wegen der Teilnahme an dem damaligen Streik der Typographen für fünf Jahre aus Sarajewo ausgewiesen hat, ist mein Vater mit mir hingegangen und hat gebeten, daß man mir die Strafe nachsieht und daß ich aus Sarajewo nicht abgeschoben werde, da er hier lebt und ich bei ihm sein konnte. Bei dieser Gelegenheit hat mir ein Regierungssekretär, dessen Namen ich nicht weiß, eine Moralpredigt gehalten. Er, ein Fremder und Eindringling, hat sich erlaubt, mir, dem Einheimischen, Weisungen zu geben und gute Lehren zu erteilen, die ich nie befolgen werde. Mir war das so verhaßt, daß ich bedauerte, keine Pistole in der Tasche zu haben, um ihn auf der Stelle zu erschießen. Nach diesem Vorfall wurde mein Entschluß, ein Attentat zu begehen, nur noch gefestigt. Es ist mir auch der Gedanke gekommen, in den Landtag zu gehen und von der Galerie aus eine Bombe auf die Abgeordneten zu werfen, denn ich habe mich überzeugt, daß sie lauter Halunken und Feiglinge sind, da sie gar nichts arbeiten und das, was sie machen, nichts wert ist.«
Während Tschabrinowitsch noch gesprochen hatte, war der Kreisgerichtspräsident Ilnitzky eingetreten. Er wartete in der Tür ab, bis der junge Revolutionär mit seiner zornigen Suada zu Ende war. Er winkte mit seinen rosigen Würstchenfingern Pfeffer zu sich und zog ihn in den Korridor hinaus.

»Wo haben Sie denn die ganze Zeit gesteckt?« fragte der kleine dicke Mann. »Wir haben Sie überall gesucht.«
»Ich bin da einer Sache nachgegangen ...«
»Darum geht es ja gerade. Sie dürfen nicht mehr allein herumgehen. Wir haben beschlossen, Ihnen ab sofort einen Leibwächter zuzuteilen, der Sie auf Schritt und Tritt begleiten wird.«
»Ich glaube, das wird nicht notwendig sein.«
»Sagen Sie das nicht. Sie wissen nicht, in welcher Gefahr Sie schweben.«
Er machte ihn gleich mit dem Detektiv Nemeth bekannt, der diskret beiseite stand. Er war ein großer, fülliger Mann mit spärlichen Haaren und Plattfüßen, die er mitten im Sommer in hohen schwarzen Schuhen versteckte; offenbar mußte er Einlagen benützen. Er schwitzte auch in seinem schwarzen Anzug, so daß er sich immer wieder mit einem großen Taschentuch das Gesicht und den Nacken abwischen mußte. Als er sich vor Pfeffer respektvoll verneigte, hielt er mit der Linken die obligate Melone an die Brust gedrückt.
Pfeffer wußte nun, warum er heute vormittag um einen Aufschub gekämpft hatte. Jetzt war er geliefert. Seine Lage unterschied sich nicht wesentlich von der der beiden Attentäter. Sie waren alle geliefert.
»Und vergessen Sie nicht, um sechs Uhr nachmittag zum Präsidenten Chmielewski zu gehen.«
»Ich dachte, ich sollte schon mittags zu ihm gehen.«
»Nein, nein, erst um sechs Uhr abends. Heute mittag hat er eine andere Verarbredung. Und jetzt an die Arbeit!«
Der kleine, dicke Mann wandte sein ewig heiteres Vollmondgesicht von Pfeffer ab und trippelte rasch davon.
Leo Pfeffer hatte keine Lust, zur Arbeit zu gehen. Er hatte überhaupt zu gar nichts Lust. Er war gar nicht launisch, sondern eher langmütig, aber Ilnitzky hatte ihm mit seinem

Auftritt und seinen Eröffnungen alles verdorben. Er mußte unbedingt Menschen sehen, mit denen er reden konnte. Nach Hause wollte er, so verärgert, auf keinen Fall gehen, weil er seiner Frau alles des langen und breiten erklären müßte. Den Freunden brauchte er nichts zu sagen. So beschloß er, Dr. Sattler und Dr. Zistler aufzusuchen, die mittags immer im Garten des Restaurants »Zum goldenen Faß« aßen; Dr. Sattler war Witwer und Dr. Zistler Junggeselle. Pfeffer ließ Tschabrinowitsch in seine Zelle zurückbringen, bat Dr. Sutej, seine Frau zu verständigen, daß er heute mittag nicht nach Hause kommen werde, und ging weg.

Er schritt so schnell aus, daß der plattfüßige Detektiv Mühe hatte, ihm zu folgen. Während er eilig dem Gasthausgarten zustrebte und an die beiden Männer dachte, die er dort anzutreffen hoffte, fiel ihm plötzlich auf, daß seine besten Freunde Juden waren. Natürlich war er mit seinem Schwager Slawko intim befreundet, er hatte zusammen mit ihm studiert und dann in Karlowatz bei demselben Anwalt wie er als Substitut gearbeitet, er hatte schließlich seine Schwester geheiratet. Und doch war ihre Beziehung nicht so bar jeglichen Zwangs wie das Zusammensein mit seinen beiden jüdischen Freunden, mit denen er sich immer leicht und ohne viel Worte verständigen konnte. Vielleicht rückten sie näher zusammen, weil sie alle irgendwie Außenseiter waren und sich zudem in einem fremden Land befanden.

Pfeffer durchquerte den Gasthausgarten, in dem viele Beamte und Kaufleute aus der Altstadt, die noch immer Basch-Tscharschija genannt wurde, zu Mittag aßen, und ging zu einer Kastanie in der Ecke, unter der seine beiden Freunde an ihrem Stammtisch saßen. Sie waren so sehr mit dem Essen beschäftigt, daß sie Pfeffer erst bemerkten, als er schon vor ihnen stand und sie mit leichter Verbeugung begrüßte.

»Meine Herren.«

»Servus«, sagte Dr. Sattler kauend. »Wir haben dich heute vormittag vermißt.«
Pfeffer setzte sich auch an den Tisch.
»Ich war unterwegs.«
»Du bist ein wichtiger Mann geworden«, sagte Dr. Zistler scherzend.
»Wichtiger als ich möchte.«
»Na, so wichtig bist du auch wieder nicht«, warf Dr. Sattler lachend ein.
Pfeffer sah auf den Detektiv, der endlich den Garten betreten hatte und nach ihm Ausschau hielt.
»Ich habe auch einen Schutzengel«, sagte er und deutete mit dem Daumen auf den Polizisten, der seine Melone abnahm und sich mit dem Taschentuch die Stirn und den Nacken abwischte. Er hatte Pfeffer nun entdeckt und auch bemerkt, daß die drei Herren ihn beobachteten, lächelte verlegen und ging zur Theke im Lokal, von wo aus er durch die offene doppelflügelige Tür den Garten im Auge behalten konnte.
»Was gibt es heute Gutes zum Essen?« fragte Pfeffer.
»Du gehst nicht nach Hause?« fragte Zistler.
»Ich habe mir heute frei genommen.«
»Dann würde ich dir den gefüllten Paprika empfehlen. Er ist hervorragend«, sagte Dr. Sattler.
»Aber du ißt etwas anderes.«
»Ja, Rindfleisch. Ich mag keinen Paprika. Die dünne Haut bleibt mir immer am Gaumen kleben, so daß ich sie mit den Fingern herausklauben muß. Früher hat mir meine Frau den Paprika geschält. Aber jetzt tut das niemand mehr für mich.« Er aß genußvoll weiter und trank einen Schluck Bier dazu.
Dr. Zistler, der seinen gefüllten Paprika schnell in sich hineinstopfte, wie Leute, für die das Essen nur eine lästige Pflicht ist, legte sein Besteck weg und sah Pfeffer durch seine randlose Brille fragend an. Er trug einen Schnauzbart wie

sein großes Vorbild Dr. Viktor Adler, der Vorsitzende der sozialdemokratischen Partei Österreichs.
Pfeffer lächelte ihn freundschaftlich an.
»Ich kann dir noch nichts sagen ... Ich darf dir auch nichts sagen. Wir wissen noch sehr wenig ...«
Er winkte den Kellner herbei.
»Deine Konkurrenz geht aber ganz schön ran«, sagte Dr. Sattler.
Der Kellner kam und fegte mit seiner weißen Serviette den Tisch vor Pfeffer sauber. Pfeffer bestellte eine Portion gefüllten Paprika und ein Krügel Bier.
Pfeffer und Zistler sahen Dr. Sattler fragend an, der aus seinem Krügel einen kräftigen Schluck Bier trank, bevor er fortfuhr.
»Ich habe Tschabrinowitsch und Princip heute den Verband gewechselt. Ihre Wunden sahen übel aus, so als hätte man sie mit Lapis ausgebrannt. Princip hatte auch einen frischen Bluterguß. Sie schweigen sich aber beide aus.«
Pfeffer spürte, wie die alte Wut wieder in ihm aufstieg.
»Dieser Tölpel begreift einfach nicht, daß sie keine gemeinen Verbrecher sind und daß er so nur ihren Widerstand stärkt.«
»Iwassiuk hat eine schwere Hand«, sagte Zistler ruhig. »Ich habe sie selbst zu spüren bekommen.«
»Wann war das?« fragte Pfeffer erstaunt.
»Vor sechs Jahren. Ich war als Delegierter der kroatischen sozialdemokratischen Partei 1908 bei der Ersten-Mai-Feier in Sarajewo. Ich sollte eine Rede halten, aber unser Freund Iwassiuk hat mich verhaftet, verprügelt und nach Kroation abgeschoben.«
»Und was hat die Anwaltskammer dazu gesagt?« fragte Dr. Sattler.
»Es wurde ja kein Verfahren gegen mich eingeleitet. So darf ich noch immer Anwalt spielen.«

Der Kellner brachte Pfeffer sein Essen und Bier, das er sogleich zu trinken begann. Dann aß er oder würgte eher den gefüllten Paprika hinunter, obwohl er ganz gut schmeckte. Er wußte nicht, worüber seine Freunde sprachen; er hörte ihnen nicht zu, sondern nickte nur von Zeit zu Zeit oder murmelte ein nichtssagendes »Ja, ja«. Er hatte noch nicht zu Ende gegessen, als er den Kellner rief, um zu zahlen. Während er stehend darauf wartete, daß der Kellner ihm den Rest des Geldes herausgab, fragte ihn Dr. Sattler:
»Bleibt es bei unserer Tarockpartie am Freitag?«
»Ja, ja«, murmelte Pfeffer zertreut.
»Nimmst du deinen Schwager mit, oder spielen wir zu dritt?« wollte Dr. Zistler wissen.
Erst jetzt wurde Pfeffer bewußt, daß er leichtfertig Ja gesagt hatte.
»Ich weiß nicht«, sagte er schnell. »Ich weiß im Augenblick gar nichts. Entschuldigt mich bitte.«
Er verließ rasch den Garten, ohne sich zu vergewissern, ob der zu seiner Sicherheit abkommandierte Detektiv ihm folgte. Er mußte dringend ins Rathaus, um den Kommissar Iwassiuk zur Rede zu stellen.
Aber Iwassiuk war nicht da, und man wollte ihm nicht verraten, wo er ihn erreichen könnte. Da der »Kosak« unauffindbar blieb, mußte sich Pfeffer mit dem Lesen der Protokolle die Zeit vertreiben, die Dr. Sertitsch auf seinen Tisch gelegt hatte und die nichts Neues enthielten. Trotzdem las er sie pflichtschuldig durch.
Die Lektüre der »Wahrheitserinnerungen« des vierzigjährigen Grafen zu Erbach-Fürstenau, der aus Hessen stammte, protestantisch war und in der Armee den Rang eines Rittmeisters bekleidete, des vierzigjährigen Oberleutnants in der Reserve Adolf Egger, der Direktor der Fiat-Werke-AG in Wien war, des sechsunddreißigjährigen Majors im Generalstabskorps Erich Ritter von Hüttenbrenner und des

neununddreißigjährigen Bürgerlichen Paul Höger, der ebenfalls Major im Generalstabskorps war, hätte er sich ersparen können. Etwas mehr Interesse weckte in ihm die Aussage des vierundvierzigjährigen, in Tarnow in Galizien geborenen Bezirksarztes von Rogatitza Max Bernstein, der sich noch immer zum mosaischen Glauben bekannte – weil sie ganz einfach in einem besseren und klareren Deutsch geschrieben war als alle anderen.

»Da auf dem Appellkai nur auf einer Seite Schatten war, stellte ich mich, wie auch das ganze übrige Publikum, auf jener Seite des Kais auf, wo sich die Häuser befinden«, gab Dr. Bernstein zu Protokoll. »Der Schatten reichte nur einen Schritt über das Trottoir, die Straße und das gegenüberliegende Trottoir waren in der Sonne. Das war wahrscheinlich auch der Grund dafür, daß sich am Appellkai nur wenige Menschen befanden.«

Das Erstaunliche war, daß Dr. Bernstein, der so präzise zu erzählen verstand, neben dem Bombenwerfer Tschabrinowitsch – er hielt die Bombe in dessen Hand im ersten Augenblick für eine kurze englische Pfeife – niemanden gesehen hatte, obwohl alle anderen Zeugen von zwei jungen Männern sprachen und der Attentäter selbst zugab, in Gesellschaft gewesen zu ein.

Um vier Uhr wurde Pfeffer durch die Nachricht erlöst, der von ihm gesuchte Iwassiuk befinde sich im Garnisonsgefängnis. Zugleich verständigte ihn Dr. Sertitsch, daß Tschabrinowitsch ihn zu sprechen wünsche.

Der große schwitzende Detektiv Nemeth freute sich sichtlich, daß Pfeffer einen Fiaker genommen hatte und setzte sich erleichtert neben den Kutscher. Pfeffer hatte ihm zwar angeboten, sich zu ihm in den Wagen zu setzen, er ziehe es aber vor, vorne zu sitzen, hatte Nemeth erklärt, weil er vom Kutschbock alles besser überblicken könne.

Leo Pfeffer wußte, was er an Dr. Sertitsch hatte, doch dessen schnelle Reaktion in dieser Sache sowie die Art, auf die er sie gelöst hatte, übertrafen seine Erwartungen. Als der junge Gerichtsauskultant gehört hatte, daß Princip und Tschabrinowitsch von Iwassiuk zu einem nächtlichen Verhör aus ihren Zellen geholt worden waren, ließ er sich als Pfeffers Assistent die Vernehmungsprotokolle geben und zeigte sie, da er einige erstaunliche Behauptungen darin gefunden hatte, den beiden Attentätern, um ihren Wahrheitsgehalt zu überprüfen.

Princip hatte an seinem nächtlichen Gespräch mit Iwassiuk nichts auszusetzen, doch Tschabrinowitsch widerrief seine Aussage, nach der Princip und er die Waffen vom Verein »Volksverteidigung« bekommen haben sollten.

Bei der Konfrontation, die Sertitsch organisiert hatte, saßen nun in Pfeffers provisorischem Büro, in das man noch ein Tischchen für Dr. Sutej und einige Stühle gestellt hatte, Tschabrinowitsch und Iwassiuk einander gegenüber, das heißt Iwassiuk saß nicht, er stand mit verschränkten Armen an die Wand gelehnt und starrte mit gespielter Langmut vor sich hin. Pfeffer, der an seinem Schreibtisch saß, stellte nun seine Fragen an Tschabrinowitsch:

»Kennst du Milan Pribitschewitsch?«

»Nicht persönlich«, antwortete Tschabrinowitsch und warf einen argwöhnischen Blick auf Iwassiuk. »Ich weiß, daß er der Sekretär der ›Narodna odbrana‹ ist.«

»Und was weißt du über die ›Narodna odbrana‹?«

»Wie der Name schon sagt, geht es um die Volksverteidigung. ›Narodna odbrana‹ ist ein patriotischer Verein in Serbien, der, wie ich glaube, nach der Annexion Bosniens gegründet wurde. Die Komitadschi, die als Freiwillige im serbisch-türkischen und dann im serbisch-bulgarischen Krieg gekämpft haben, waren der ›Narodna odbrana‹ irgendwie unterstellt. Nach dem Krieg mußten sie die Waffen abliefern. Der Verein hat heute keine Waffen.«

»Wieso konnte dir Ziganowitsch dann die Bomben geben?«
»Er hat halt noch welche behalten.«
»Hast du dich an die ›Volksverteidigung‹ gewandt, um Bomben zu bekommen?«
»Nein.«
Tschabrinowitsch schaute auf Iwassiuk, der sich bedrohlich aufrichtete.
»Aber du hast dem Polizeiinspektor Iwassiuk etwas anderes gesagt.«
Pfeffer holte das Protokoll und las daraus vor:
»Ich habe Princip gefragt, an wen von der ›Volksverteidigung‹ er sich wenden wolle, und Princip hat mir darauf erwidert, daß er sich wegen der Waffen an den Sekretär Pribitschewitsch wenden werde.«
Pfeffer ärgerte sich, daß Tschabrinowitsch nicht vor ihm, sondern vor Iwassiuk zugegeben hatte, mit Princip im Einvernehmen gewesen zu sein.
»Das habe ich nicht gesagt«, antwortete Tschabrinowitsch und sah wieder Iwassiuk an. »Sie haben mich gefragt, ob ich weiß, wer der Sekretär der ›Narodna odbrana‹ ist – und ich habe geantwortet: Milan Pribitschewitsch, nicht mehr.«
Iwassiuk ging bedrohlich auf Tschabrinowitsch zu.
»Du hast mir gestanden, daß du die Bomben von Pribitschewitsch bekommen hast. Er und sein Verein handeln im Auftrag der serbischen Regierung.«
Tschabrinowitsch drehte sich zu Pfeffer um und sagte ruhig und bestimmt:
»Wir haben uns nicht an die ›Narodna odbrana‹ gewandt.«
»Pribitschewitsch muß aber seine Finger drinnen haben!« rief Iwassiuk wütend. »Er war unlängst in Agram und Fiume, wo er seine Gesinnungsgenossen getroffen hat. Er hat ein ganzes Spinnennetz von Verschwörern gezogen, zu denen auch du gehörst.«

»Aber ich weiß nichts davon«, antwortete Tschabrinowitsch erstaunt. »Ich kenne ihn ja gar nicht.«
Da Iwassiuk hier vor Zeugen mit seiner Wut nichts anfangen konnte, drehte er sich abrupt um und verließ wortlos den Raum.
Pfeffer wandte sich an Dr. Sutej.
»Bitte schreiben Sie: Da der Polizeiinspektor Iwassiuk und der Beschuldigte Tschabrinowitsch auf ihren widersprüchlichen Aussagen beharren, konnte es in dieser Frage keine Aufklärung geben.«
Als Sutej mit dem Diktat fertig war, schaute Pfeffer Tschabrinowitsch an.
»Ist dir bewußt, daß du wegen Meuchelmordes angeklagt bist? Du könntest deine Lage erheblich verbessern, wenn du die Leute nennen würdest, die dich dazu angestiftet haben. Ihnen kann ohnehin nichts passieren, die Herren sitzen ja in Belgrad, während ihr ...«
»Ich will meine Lage nicht verbessern«, unterbrach ihn Tschabrinowitsch und fügte trotzig hinzu: »Ich bin bereit, mein Leben für meine Ideale zu opfern.«
Pfeffer stand auf und stellte sich vor den Schreibtisch.
»Welche Ideale?«
»Ein freies Jugoslawien.«
»Und du glaubst, daß man das mit Morden erreichen kann?«
»Der politische Mord ist der Vorgänger der Revolution. Überall ist das so – in Italien, Polen, Rußland – Rußland kann nur durch eine Revolution gerettet werden, dann aber wird es einer der führenden Staaten sein. Und das faule Österreich wird durch eine Revolution vollständig vernichtet werden.«
»Du meinst also, daß Österreich ein fauler Staat ist.«
»Ein Staat, der nicht auf dem Nationalitätenprinzip aufgebaut ist, der andere Staaten unterjocht, kann nicht als stabi-

ler Staat betrachtet werden. Nur die bloße Disziplin hält ihn zusammen. Seine ganze Stärke liegt in den Bajonetten. Während der fünfunddreißigjährigen Herrschaft haben die Österreicher bei uns nichts verbessert. Neun Zehntel unseres Volkes sind Leibeigene, ohne Schule, ohne Kultur. Sie leiden und klagen ...«

»Und das berechtigt dich, Bomben zu werfen?«

»Ein Anarchist betrachtet sich als zur Rache berechtigt. Er anerkennt keine Gesetze ... Franz Ferdinand war das Haupt der sogenannten Kriegspartei.«

»Woher willst du das wissen?«

»Nach dem, was ich in den Zeitungen gelesen habe, bin ich zur Überzeugung gekommen, daß der Thronfolger ein hervorragender Heerführer ist, ein zweiter Napoleon. Ich habe gehört, daß ihn die Ungarn noch zu Lebzeiten unseres Kaisers zum König von Ungarn krönen wollen. Derselbe Thronfolger kam jetzt nach Bosnien, um auf serbischem Boden Übungen für einen Krieg gegen Serbien durchzuführen. Ich habe in den serbischen Zeitungen gelesen, daß er zur Zeit des serbisch-türkischen Krieges in Erwägung gezogen hat, eine föderative Monarchie zu schaffen, in die auch Serbien hätte einbezogen werden sollen. All das hat mich dazu angespornt, ein Attentat auf den Thronfolger zu begehen, denn er war gefährlich für die Slawen und besonders für die Serben. Wenn der Thronfolger uns Jugoslawen nicht so schrecklich gehaßt hätte, hätte ich nie daran gedacht, ihn zu töten. Ebensowenig wie ich je daran gedacht habe, den Kaiser Franz Joseph zu töten. Gegen seine Majestät Franz Joseph habe ich nichts, obwohl ich ein Anarchist bin. Das einzige, was ich gegen ihn einwenden könnte, ist, daß er täglich sechzigtausend Kronen bekommt ...«

Pfeffer mußte unwillkürlich lächeln. Dann merkte er, daß Sutej und Tschabrinowitsch ihn erstaunt ansahen, und er wurde plötzlich wieder ernst.

6

Leo Pfeffer mußte die Vernehmung mit Tschabrinowitsch vorzeitig abbrechen, gerade in dem Augenblick, in dem der junge Attentäter in seinem Drang, sich mitzuteilen, vielleicht etwas Wichtiges ausgeplaudert hätte – der oberste Chef der Justiz in Bosnien und der Herzegowina erwartete seinen Bericht. Aber der vorzeitige Abbruch war ganz unnötig gewesen. Denn Chmielewski ließ ihn warten. Da sich Chmielewskis Büro im Rathaus befand, ging Pfeffer in sein eigenes Zimmer und vertrieb sich die Zeit mit bürokratischem Kram, bis der Gerichtspräsident endlich bereit war, ihn zu empfangen.

Als Pfeffer in das große, prunkvoll eingerichtete Büro trat – Chmielewski hatte schließlich den Rang eines Ministers –, saß sein oberster Chef hinter dem Schreibtisch und goß sich aus einer kunstvoll geschmiedeten Kupferkanne Kaffee ein. Auf dem kupfernen Tablett stand auch eine Zuckerdose, deren Deckel einen Halbmond als Griff hatte, sowie ein Teller mit Rachatwürfeln, in denen Halbmondspießchen steckten. Warum mußten die aus allen Gegenden der Monarchie nach Bosnien vertriebenen oder herbeigeströmten Beamten die türkische Tradition so übertreiben?

»Darf ich Ihnen einen Türkischen anbieten?« fragte Chmielewski gönnerhaft und bot Pfeffer mit einer Geste Platz an.

»Danke, ich habe gerade einen getrunken«, log Pfeffer. Die Wahrheit war, daß er nie so spät Kaffee trank, weil er dann immer schlecht und unruhig schlief. Im Augenblick hatte er genug Sorgen, die ihn nicht schlafen ließen. Er setzte sich auf den Stuhl, Chmielewski gegenüber, und wartete.

Chmielewski beendete das rituelle Eingießen, schlürfte genüßlich den heißen Kaffee, lehnte sich zurück und fragte beiläufig:
»Na, haben die Burschen endlich gestanden?«
»Sie haben von Anfang an zugegeben, die beiden Attentate vorbereitet und begangen zu haben.« Leo Pfeffer zeigte auf die Kopien der Einvernahmen, die auf Chmielewskis Schreibtisch lagen.
»Ich meine nicht das. Haben sie endlich zugegeben, wer sie dazu angestiftet hat?«
»Muß sie denn jemand dazu angestiftet haben?«
Chmielewski wurde für einen Augenblick steif, und seine schlaffen Wangen erröteten leicht. Pfeffer erwartete einen Zornesausbruch, doch Chmielewski sagte nur:
»Wir haben den Beweis, daß diese ›Volksverteidigung‹ und somit die serbische Regierung hinter dem Meuchelmord stecken.«
Er beugte sich vor, schlürfte seinen Kaffee und sah Pfeffer über den Rand der Tasse triumphierend an, ein Zauberer, der aus dem Zylinder ein Kaninchen herausgeholt hat.
»Leider ist es nicht so einfach«, erwiderte ihm Pfeffer. »Die Polizei holt sich in der Nacht die Beschuldigten und zwingt sie zu Geständnissen, die sie am nächsten Tag widerrufen.«
Jetzt war Pfeffer der Zauberer. Er legte das Protokoll der Tschabrinowitsch-Einvernahme auf den Tisch. »Sie können sich selbst davon überzeugen.«
Da Chmielewski darauf nichts sagte, sondern ihn nur strafend ansah, fuhr Pfeffer fort:
»Dieses Vorgehen führt zu nichts und ist außerdem nicht im Sinne der gebotenen Geheimhaltung. Wir stehen jetzt im Mittelpunkt der Weltöffentlichkeit und müssen beweisen ...«
»Schon gut«, unterbrach ihn Chmielewski. »Sie können mit den Mördern umgehen, wie es Ihnen beliebt – aber ich will

von Ihnen konkrete Ergebnisse, verstehen Sie mich ... Die Serben schicken Mörder nach Sarajewo mit Bomben und Pistolen und die erschießen unseren Thronfolger. Das sind Tatsachen. Die von Ihnen zitierte Weltöffentlichkeit lacht über uns. Die Mörder führen uns an der Nase herum. Ich will wissen, wer die Hintermänner sind. Mich interessiert dieses nationale Gefasel nicht, das Ihnen diese Burschen da liefern!« Er schlug mit der flachen Hand auf den Stapel Protokolle. »Sie werden mir doch nicht einreden wollen, daß dieses abscheuliche Verbrechen auf ihrem eigenen Mist gewachsen ist.«

»Der Mist, auf dem ihre Tat gewachsen ist, ist sehr groß, aber wir werden uns schon durchschlagen«, sagte Leo Pfeffer. Er hätte beinahe »wie Herakles bei Augias« hinzugefügt. Seine Antwort kam ihm lächerlich vor, aber was hätte er diesem steifen, todernst dreinblickenden Vorgesetzten schon antworten sollen. Er brauchte Zeit.

»Das will ich hoffen. Und zwar bald. Wir stehen unter Druck.«

»Ich weiß.«

»Dann gehen Sie an die Arbeit.«

Es war schon das zweite Mal, daß man ihn heute zur Arbeit antrieb. Leo Pfeffer erhob sich und blieb unschlüssig stehen.

»Ich werde Ihnen ein lückenloses Bild des Geschehens liefern«, sagte er großspurig.

»Gut so. Sie können dabei mit meiner vollen Unterstützung rechnen. Wenn Sie etwas brauchen, sagen Sie es mir oder dem Gerichtspräsidenten Ilnitzky.«

»Danke.« Pfeffer wollte schon weggehen, als Chmielewski ihn zum Bleiben veranlaßte.

»Noch etwas«, sagte er, holte aus einem Stapel Akten zwei zusammengeklammerte Blätter und schob sie zu Pfeffer. »Unterschreiben Sie bitte.«

Pfeffer hob die Papiere, um sie zu lesen.
»Das ist das Protokoll der Obduktion ihrer Hoheiten!« rief Chmielewski ungeduldig.
»Aber ich war nicht dabei«, sagte Leo Pfeffer und legte die Papiere wieder auf den Schreibtisch. »Es tut mir leid, aber ich kann prinzipiell nicht etwas unterschreiben ...«
Chmielewskis Gesicht verdüsterte sich, aber gleich darauf verzog sich sein Mund zu einem schmerzlichen Grinsen, das wahrscheinlich ein Lächeln sein sollte.
»Sie haben recht.«
Der oberste Chef der Justiz für Bosnien und die Herzegowina hielt das Gespräch für beendet und vertiefte sich in die Akten, die ihm Pfeffer vorgelegt hatte.
Leo Pfeffer drehte sich um und verließ den Raum. Sein Abgang glich ein wenig einer Flucht.
Als er spät abends nach Hause ging, zu Fuß, wie er es gewöhnt war, er wohnte ja nicht weit, begleitete ihn der Detektiv Slawik, der den plattfüßigen, schwitzenden Nemeth abgelöst hatte. Slawik war ein eher kleiner Mann mit tänzelndem Schritt, einer großen Nase und grauen Augen, die sehr unstet umherblickten, als wittere er in jeder Ecke eine Gefahr.
Unterwegs mußten sie in der Nähe der Banken einen Haufen Trümmer von verschiedenen Fiakern und Wagen umgehen, der auf dem Gehsteig und auf der Straße lag. Darunter sah Pfeffer auch einen schön verzierten Schlitten, dessen aufwärtsgebogene Kufen inmitten von zerbrochenen Rädern und zerschlitzter Lederpolsterung in die laue Sommernacht ragten.
»Das war der Wagenpark des Bankiers Jeftanowitsch«, sagte Slawik. »Ein großer Herr. Sie kennen ihn doch. Er wird der serbische ›Vizekönig‹ genannt. Das hat er jetzt davon.«
Pfeffer sagte nichts. Er beeilte sich, nach Hause zu kommen. In seiner Straße begegnete er jedoch noch einem ge-

spenstischen Trümmerhaufen. Es war das Geschäft der Brüder Jowitschitsch, das vollständig zerstört war. Auf dem Gehsteig lagen zerbrochene Regale, Kisten und Gläser, zerrissene Säcke und eingebeulte Dosen und Kannen. Den Brüdern Jowitschitsch hatte es also nichts genützt, daß sie über dem Portal ihres Ladens auch die schwarzgelbe Fahne ausgehängt hatten. Der dunkle Eingang war mit zwei diagonal vernagelten Brettern versperrt. Auf einem dieser Bretter stand mit schwarzer Farbe und in klobigen Lettern »Serbien muß sterbien« geschrieben.

Während Pfeffer sein Haustor aufsperrte, erkundigte sich der Detektiv Slawik, ob er die Absicht habe, noch einmal wegzugehen. Pfeffer verneinte. Da verabschiedete sich Slawik und kündigte für morgen früh seinen Kollegen Nemeth an, der den Herrn Gerichtssekretär um halb sechs abholen werde.

»Danke«, sagte Pfeffer und ging hinein. Das Haus kam ihm leer vor, obwohl alle Insassen in ihren Wohnungen waren. Zum ersten Mal seit langer Zeit schmeckte ihm sein Lieblingsessen – Topfennudeln mit Grammeln –, das seine Frau ihm zubereitet hatte, nicht so recht. Während er so tat, als esse er mit Appetit, um sie nicht zu beleidigen, saß sie blaß und verstört ihm gegenüber und erzählte, was sich heute nachmittag in ihrer Straße zugetragen hatte.

»Der Pöbel hat mit Steinen und mit Eisenstangen die Auslagen zertrümmert, die Jowitschitschs sind hinaufgeflüchtet, und dann hat einer der Brüder von oben geschossen.«

»Geschossen?«

»Ja, aus einem Jagdgewehr. Es war ein schreckliches Durcheinander ... Ich habe alles gesehen, vom Fenster aus. Ich habe die Polizei angerufen, es ist aber niemand gekommen. Erst nach der Schießerei war die Polizei plötzlich da und hat die Jowitschitschs abgeführt ... So einen wilden Haß habe ich noch nie erlebt ...«

»Es gehört auch eine ziemlich große Portion Haß dazu, um Bomben zu werfen, ohne Rücksicht darauf, ob dabei auch unschuldige Menschen draufgehen, oder auf zwei Menschen zu schießen, die man gar nicht kennt.«
Da sie ihn leicht verwirrt und hilflos ansah, stand er auf, ging zu ihr und streichelte ihren Kopf, den sie gegen ihn lehnte.
»Das Beste ist, du fährst morgen mit den Kindern zu deiner Mutter nach Karlowatz«, sagte er.
Sie richtete sich auf und sah ihn entschlossen an.
»Ich bleibe hier. Ich werde die Kinder morgen aufs Land bringen und fahre am nächsten Tag wieder zurück.« Sie begann den Tisch abzuräumen. »Brauche ich eine Reisegenehmigung?«
»Ja. Ich schicke sie dir gleich in der Früh mit einem Gerichtsdiener.«
Sie trug das Tablett hinaus. Pfeffer ging zur Kredenz und schenkte sich einen Schnaps ein. Er kippte ihn sofort hinunter und schenkte sich gleich einen zweiten ein; er mußte einiges, das sich im Lauf des Tages in seinem Magen angesammelt hatte, hinunterspülen. Während er das zweite Glas trank, kam seine Frau herein.
»Gib mir bitte auch einen.«
Er nahm die Flasche sowie ein zweites Glas, setzte sich an den Tisch und schenkte beiden ein. Sie trank ihr Glas nur halb aus, stellte es weg und fragte:
»Wird es Krieg geben?«
»Ich weiß nicht ... Ich fürchte ja. Ich habe das Gefühl, daß alle ihn haben wollen, obwohl sie scheinheilig ihre Friedensliebe beteuern. Sie suchen alle nur krampfhaft nach einem Vorwand – und da haben sie ihn.«
Er griff wieder nach der Flasche, um einzuschenken, doch sie nahm ihr Glas weg.
»Nein, mir nicht mehr.«

Pfeffer schenkte sich selbst ein und trank das Glas aus.
»Ich glaube nicht, daß die serbische Regierung von dem Attentat gewußt hat. Das kann ich mir gar nicht vorstellen. Die sind doch die letzten, die jetzt einen Krieg haben wollen. Oder sind sie nach dem Sieg über die Türken und die Bulgaren größenwahnsinnig geworden? Ich weiß nicht, was ich denken soll, ich weiß es wirklich nicht ...«
Als Pfeffer sich wieder einschenkte, vergoß er etwas Schnaps neben das Glas.
»Komm, gehen wir schlafen«, sagte Mara und sah ihn besorgt an. »Du siehst müde aus.«
Leo Pfeffer versuchte, leicht betrunken, die vergossenen Tropfen mit dem Finger wegzuwischen.
»Während des serbisch-bulgarischen Krieges meldete sich Gawrilo Princip als Freiwilliger, aber irgendein bärtiger Komitadschi hat ihn abgewiesen, weil er zu klein und zu schwach war«, sagte er. »Weiß der Teufel, warum Princip gerade das diesem blöden Iwassiuk erzählt hat. Vielleicht um ihm besser etwas anderes verschweigen zu können. ›Geh zu deiner Mutter, Kleiner‹, hat der alte Komitadschi zu ihm gesagt. ›Der Krieg ist eine Sache für Männer.‹ Jetzt hat er bewiesen, daß er ein Mann ist.«

7

Als Leo Pfeffer am nächsten Morgen sein Büro betrat und die vielen Aktenbündel sah, die seinen Schreibtisch bedeckten, hatte er die Anwandlung, auf der Stelle umzukehren, sich an seinen Aufpassern vorbeizudrücken und zu verschwinden. Er könnte mit seiner Frau nach Karlowatz fahren und den alten Rechtsanwalt Matkowitsch bitten, ihn wieder in seine Dienste zu nehmen und sei es als Substitut, der er einmal zusammen mit seinem Schwager Slawko bei ihm gewesen war. Er würde nicht verhungern müssen. Als festbesoldeter Staatsangestellter verdiente er auch nicht weiß Gott was. Hätten ihm und seiner Frau ihre und seine Eltern nicht ab und zu mit Geschenken und nicht rückzahlbaren Darlehen unter die Arme gegriffen, dann hätten sie es nicht einmal zu einer ordentlichen Wohnung gebracht. Er könnte auch einen Nervenzusammenbruch simulieren und einen Krankenurlaub nehmen. Das wäre durchaus glaubwürdig. Diese Untersuchung überstieg wirklich seine Kräfte.

Während er noch überlegte, hängte er automatisch seinen Hut an den Haken, der an der Innenseite der Tür angeschraubt war, so daß der Hut immer leicht auf und ab hüpfte, wenn jemand hereinkam oder hinausging. An diesem Tag geschah das sehr oft, weil ihm Dr. Sertitsch etwa dreißig zu Recht oder zu Unrecht Verhaftete vorführte, die er zu vernehmen und über die er dann zu entscheiden hatte, ob sie nach Hause gehen konnten oder wegen weiterer Untersuchungen im Gefängnis bleiben mußten. Das ging so rasch vor sich, daß er sich nicht einmal ihre Gesichter merken konnte. Dr. Sertitsch schleppte auch immer wieder neue Vernehmungsprotokolle der Polizei oder der Gerichtsbeamten herbei, die er wenigstens überfliegen mußte, um sich zu informieren, was Iwassiuk mit seinen Helfern sowie seine Kollegen herausgefunden hatten. Er fand nichts darunter, was ihm weiterhelfen konnte. Die Ausbeute seiner eigenen Vernehmungen war auch ziemlich mager. Dementsprechend fielen seine Berichte aus, die er Ilnitzky und Chmielewski zu erstatten hatte. Seine beiden Vorgesetzten hörten zum Glück seinen gestotterten Rapporten nur mit halbem Ohr zu, so daß er ungeschoren davonkam.

Als er spätabends in der Küche seiner stillen Wohnung saß, in der das Ticken der Pendeluhr im Wohnzimmer seltsam laut klang, und geräucherten Schinken, Schafskäse und Paradeiser mit Zwiebeln aß – er hatte zu Mittag nur ein Salamibrot gegessen, das Dr. Sutej in seiner Aktentasche mitgebracht und ihm angeboten hatte –, ließ er diesen hektischen Tag noch einmal Revue passieren. Was hatte er seinen beiden Vorgesetzten, die auf spektakuläre Ergebnisse der Untersuchung erpicht waren, schon erzählen können? Daß Stoja Ilitsch, die Mutter Danilo Ilitschs, Zimmer an arme Studenten vermietete, darunter auch an Gawrilo Princip, daß sie außerdem seit vielen Jahren fremde Wäsche wusch und deshalb alt und abgehärmt aussah, obwohl sie kaum fünfzig war, daß diese magere Frau mit welken Haaren, graugelbem Gesicht und abgearbeiteten Händen sich Sorgen um die tausend Kronen machte, die man bei ihr gefunden und beschlagnahmt hatte. Das sei ihr eigenes Geld, hatte sie beteuert, das sie im Lauf von vielen Jahren mit eigener Arbeit verdient und mühsam erspart habe. Ihr Mann sei noch jung an Tuberkulose gestorben und habe ihr nichts hinterlassen, das sei alles, was sie besitze, wann könne sie es zurückhaben? Sie brauche Geld, damit sie für ihren Sohn einen guten Anwalt engagieren könne.

Es stehe nicht in seiner Macht, ihr die tausend Kronen sofort aushändigen zu lassen, hatte ihr Pfeffer erklärt, er werde sich aber darum kümmern, sobald die Untersuchung abgeschlossen und einwandfrei erwiesen worden sei, daß dieses Geld tatsächlich ihr gehöre, woran er nicht zweifle. Er konnte ihr doch nicht sagen, daß er Angst hatte, eine Entscheidung zu treffen, die ihm seine wenig verständnisvollen Vorgesetzten zum Vorwurf machen könnten, er unterschrieb aber ihren Entlassungsschein.

Das Gleiche tat er für Wasso Tschabrinowitsch, den stadtbekannten Polizeispitzel und Besitzer eines Kaffeehauses, das der Mob am Sonntag beinahe zertrümmert hatte. Tschabrinowitsch machte sich tatsächlich mehr Sorgen um sein beschädigtes Kaffeehaus – wer solle ihm das alles bezahlen? – als um seinen Sohn, der aus anarchistischen Motiven ein Attentat verübt hatte. Der verdiene die Strafe, die ihn erwartete. Was Leo Pfeffer bei dieser Begegnung besonders frappiert hatte, war die große Ähnlichkeit zwischen Vater und Sohn. Die Gesichtszüge des Vaters waren nur kantiger, sein Schnurrbart dichter, sein dunkles Haar von grauen Strähnen durchzogen und der Blick seiner schwarzen Augen härter. Plötzlich jedoch wurden sie trüb, und der reife Mann, der zu leichter Fülle neigte, begann mitten in einem belanglosen Satz zu weinen. Weinte er um seinen Sohn, den er vielleicht doch liebte, oder um sein eigenes verpfuschtes Leben? Leo Pfeffer sah ihm zuerst verwundert zu und ging dann hinaus, um selbst die sofortige Entlassung des hemmungslos schluchzenden Vaters des jungen Attentäters zu veranlassen; er war immer machtlos, wenn er jemanden weinen sah.

Als er dann den mittelgroßen Mann schleppenden Schritts zur Wachstube hinübergehen sah, wo er seine nach der Verhaftung entwendeten Sachen zurückbekommen sollte, fragte sich Pfeffer, warum er als Polizeispitzel galt. Was konnte

er schon der Polizeit verraten, außer ein paar kleine Diebe oder ein paar harmlose Bauern und Handwerker, die in seinem Kaffeehaus in betrunkenem Zustand über ihre kalte, herzlose Obrigkeit schimpften.
Bei Jakob Reich, einem honorigen, dicklichen Kaufmann, erübrigte sich die Prozedur um die Entlassung. Er war nur Zeuge. Aber auch er war Vater. So erzählte er des langen und breiten, wie er seinen jungen Sohn gemahnt hatte, seine Mütze abzunehmen und sie zur Begrüßung des Thronfolgers zu schwenken, als das Automobil so schnell wie ein Wagen im Galopp dahergefahren kam.
»Als das Automobil zwischen mir und den vis-à-vis stehenden zwei Jünglingen war«, hatte er erzählt, »bemerkte ich auf einmal, daß einer von ihnen seine rechte Hand erhoben hatte und in derselben einen Gegenstand ähnlich einer großen Birne hielt.«
Außer dieser neuen Bezeichnung für die Bombe erfuhr Leo Pfeffer nichts Bemerkenswertes. Jakob Reich identifizierte jedoch eindeutig den zweiten Jüngling, der neben Tschabrinowitsch gestanden war, und bestätigte so die Aussage des Attentäters. Es war Moritz Alkalay, ein lang aufgeschossener Jüngling mit großen Füßen und großen Händen, der Pfeffer mit verzerrten Grimassen und unartikulierten Lauten zu überzeugen versuchte, daß er zu Unrecht verhaftet worden war. Leo Pfeffer ließ ihn seiner taubstummen Wege gehen.
Ferdinand Behr, der zufällig in Princips Nähe gestanden war, gerade in dem Augenblick, in dem er geschossen hatte, war schon beredter.
»Hauen Sie ihn nicht so, Sie werden ihn noch umbringen!« hatte er den Polizisten angeschrien, der Princip nach dem Attentat mit Säbelhieben traktiert hatte. Das hatte ihm selbst einige kräftige Hiebe sowie die sofortige Verhaftung eingebracht.

Er kenne Princip von der Schule her und habe ihm einfach beistehen wollen, ohne zu wissen, was da eigentlich vorgefallen sei. Da ihm nicht einmal die Polizei das Gegenteil hatte beweisen können, schickte ihn Leo Pfeffer nach Hause zu seinen Eltern, die sehr angesehen waren und schon einige Male bei Chmielewski für ihn interveniert hatten.
Auch der junge städtische Beamte Mihailo Puschara, der in Princips Nähe gesehen und später verhaftet worden war, erwies sich als harmlos. Ein Polizist behauptete zwar, er sei von ihm weggestoßen worden, damit Princip ungehindert schießen könne, aber die Aussagen vieler anderer Zeugen, vor allem Princips Aussage im Verlauf des nächtlichen Polizeiverhörs, er halte Puschara für einen Spitzel, veranlaßten Pfeffer, ihn zu entlassen, zumal sich einige höhere Beamte im Rathaus für ihn verbürgt hatten.
Leo Pfeffer hatte auch einen Entlassungsschein für Jowan Smitran unterschrieben, den Herausgeber der sozialistischen Wochenzeitung »Die Glocke«, deren ständiger Mitarbeiter Danilo Ilitsch war. Er glaube nicht, daß sein Freund und Mitstreiter Ilitsch etwas mit dem Attentat zu tun habe, hatte er gesagt. Ein Mann, der dem geschriebenen Wort eine so große Bedeutung beimesse, könne nicht zugleich den politischen Mord befürworten. Obwohl er oft mit ihm zusammengekommen sei und sich mit ihm ausführlich über alle möglichen politischen Probleme unterhalten habe, habe er nie etwas von ihm gehört, das darauf hindeuten würde. Aber man könne nie wissen, was im Kopf eines anderen Menschen vorgehe. Sollte es sich wider Erwarten herausstellen, daß Ilitsch mit den Attentätern unter einer Decke stecke, dann müsse er sich von ihm distanzieren, weil er diese Art des politischen Kampfes absolut nicht billige. Das Seine sei es, mit seiner Zeitung für die Rechte seines unterdrückten Volkes einzutreten, soweit ihm das die Verfassung beziehungsweise das Pressegesetz erlaube. Aber das

alles sei nun hinfällig geworden, hatte er bitter hinzugefügt, da nach dem Attentat in seiner Heimat der Ausnahmezustand verhängt worden sei und ein Krieg drohe, den er als überzeugter Sozialist und Pazifist genauso wie den politischen Mord strikt ablehne.

Leo Pfeffer hatte keinen Grund, Smitrans Aufrichtigkeit anzuzweifeln und entließ ihn, auf die Gefahr hin, daß seine Vorgesetzten, durch Iwassiuk informiert, deshalb böse auf ihn werden könnten. Manche von ihnen hätten gewiß Smitran lieber länger im Gefängnis schmoren lassen, nur um ihn für seine Gesinnung zu bestrafen, und dafür hätte Pfeffer auch noch einen fadenscheinigen gerichtlichen Vorwand liefern müssen. Da machte er nicht mit. Er war schließlich nicht da, um irgendwelche geheimen oder auch laut ausgesprochenen Wünsche seiner Vorgesetzten zu erfüllen, sondern dem Gesetz zu dienen, nein, seinen Mitmenschen zu ihrem Recht zu verhelfen.

Als er im großen Doppelbett lag, konnte er lange nicht einschlafen, obwohl er hundemüde war. Das beharrliche Tikken der Pendeluhr im Wohnzimmer, das in den leeren Räumen widerhallte, erinnerte ihn daran, daß die Zeit unaufhaltsam verging und er selbst sich nicht vom Fleck rührte.

Am nächsten Morgen, als er gerade dabei war, die Entlassungsschreiben für die drei Brüder Mirkowitsch zu unterschreiben, die von der Polizei verhaftet worden waren, nur weil die zweifelhafte Zeugin Anna Blaschun in einem Augenblick geglaubt hatte, einen von ihnen neben Tschabrinowitsch am Kai gesehen zu haben, rief ihn seine Frau im Rathaus an. Sie wollte ihm nur mitteilen, daß sie gut angekommen seien und daß sie noch zwei Tage in Karlowatz bleiben werde, weil ihre Mutter unpäßlich sei und sie ihr deshalb nicht zumuten könne, ihre drei Kinder zu betreuen. Er hätte ihr gerne gesagt, sie fehle ihm sehr und sie solle sich beeilen, heimzukommen, weil er in der leeren Wohnung nicht schlafen könne, das penetrante Ticken der Uhr, das er bisher nicht bemerkt habe, falle ihm plötzlich auf die Nerven. Da es aber im Zimmer Zeugen gab, sagte er nur, sie solle sich ruhig Zeit lassen, er habe ohnehin bis spätabends zu tun, und im übrigen komme er ganz gut allein zurecht, sie brauche sich keine Sorgen um ihn zu machen. Dabei machte er sich selbst Sorgen um sich. Wenn er heute bei der Untersuchung nicht weiterkam, wollte er Chmielewski seine Unfähigkeit offen eingestehen und um Suspendierung vom Dienst bitten. Bevor er das jedoch tat, wollte er noch einen letzten Versuch unternehmen und ließ sich deshalb ins Garnisonsgefängnis fahren.

Der erste Häftling, den er zu sprechen wünschte, war Danilo Ilitsch. Während Pfeffer in der ehemaligen Garnisonsapotheke in Gegenwart von Dr. Sutej, der schweigend und ohne sich zu rühren an seinem Tischchen saß, auf ihn wartete, stand er am Fenster und schaute in den großen Hof, in dem es von Menschen wimmelte. Etwa hundert – oder waren es zweihundert? – Zivilisten standen oder gingen, von einer Menge Soldaten bewacht, herum oder hockten erschöpft an der Mauer. Es waren Männer verschiedenen Alters und, nach ihrer Kleidung zu urteilen, verschiedenen Standes. Die meisten von ihnen waren offensichtlich Bauern, aber es gab auch viele, die wie Handwerker, Lehrer oder kleinständische Kaufleute aussahen; Leo Pfeffer konnte in der Menge sogar fünf oder sechs orthodoxe Priester erkennen. Einige dieser Gefangenen mußten, wahrscheinlich zur Strafe, mitten im Hof in Habt-Acht-Stellung stehen und in die Sonnne starren; sie sahen aus wie Blinde, die in einem Augenblick des Schreckens einen unsichtbaren Weg zu wittern versuchen.

Als Leo Pfeffer vorhin ins Pissoir gegangen war, hatte er durch eines der drei ovalen Luftlöcher in der Mauer, die in Augenhöhe angebracht waren, gesehen, wie in einem anderen, kleineren Hof einige Zimmerleute einen Galgen errichteten. Während zwei von ihnen, auf Leitern stehend, den Querbalken festnagelten, an dem der Strick hängen sollte, probierten zwei andere unten immer wieder, ob die Falltür reibungslos funktionierte. Obwohl er kein Anhänger der Todesstrafe war, fand er daran nichts Außergewöhnliches; wahrscheinlich war wieder einmal die Hinrichtung eines Raubmörders oder einer bäuerlichen Giftmischerin fällig, die ihre ganze Familie ausgerottet hatte, um sie zu beerben. Er war deshalb nicht sonderlich beunruhigt, aber jetzt erschrak er. Der Landeschef und Feldzeugmeister Potiorek hatte doch nicht vor, all diese Menschen da unten im Hof aufhängen zu lassen, nur um sein schlechtes Gewissen zu beruhigen oder eine sinnlose Rache zu üben.

Dr. Sutej mußte an Leo Pfeffers Haltung bemerkt haben, welche Gedanken ihn beschäftigten, denn er sagte plötzlich:

»Das sind lauter Internierte. Wir leben jetzt im Ausnahmezustand.«

»Dann sind wir wohl überflüssig geworden«, sagte Leo Pfeffer und drehte sich um. »Wir könnten nach Hause gehen.«

Dr. Sutej wußte offenbar nicht, ob Pfeffer das ernst meinte oder nicht und sagte deshalb nichts. So schwiegen sie einige Minuten, bis Danilo Ilitsch von einem Gendarmen hereingeführt wurde.

»Ich hoffe, es macht Ihnen nicht viel aus, wenn Sie einen Augenblick draußen warten«, sagte Leo Pfeffer zu Dr. Sutej. »Ich möchte mit Herrn Ilitsch allein sprechen.«

»Aber ...«

»Wir brauchen kein Protokoll von diesem Gespräch zu machen.«

Dr. Sutej wollte, leicht beleidigt, seine Papiere zusammenraffen, doch Pfeffer unterbrach seine Tätigkeit.

»Nein, nein, lassen Sie nur alles stehen, ich werde Sie gleich wieder brauchen. Es dauert nicht lange.«
Dr. Sutej nickte, ließ seine Papiere auf dem Tischchen liegen und ging hinaus.
»Ich möchte auch Sie bitten, uns allein zu lassen«, sagte Leo Pfeffer zum Gendarmen, der nach kurzem Zögern die Achseln zuckte und ebenfalls hinausging.
Leo Pfeffer wandte sich nun an Danilo Ilitsch, der mit wachem, interessiertem Blick alles beobachtet hatte.
»Nehmen Sie bitte Platz.« Pfeffer zeigte auf den weißen Stuhl, der vor seinem Schreibtisch stand.
Der ehemalige Lehrer setzte sich, legte sein Hände auf die Knie und sah Pfeffer fragend an, doch Pfeffer ließ sich Zeit. Er ging langsam zum Regal, das er für seine Papiere freigemacht hatte, holte die paar Nummern der Wochenzeitung »Die Glocke« und legte sie auf den Schreibtisch, so daß sie nun vor Ilitsch lagen. Dann setzte er sich hinter den Schreibtisch und sagte:
»Sie haben mich angelogen.«
Obwohl seine Stimme nicht im mindesten vorwurfsvoll klang, es war eine simple Feststellung, schien Ilitsch betroffen zu sein; er wandte seinen Blick von Pfeffer ab, und seine Hände bewegten sich unsicher auf den Knien. Aber gleich darauf sah er Pfeffer wieder voll an.
»Ich habe nicht Sie angelogen, sondern diesen Polizisten, ich weiß nicht, wie er heißt.«
»Er heißt Viktor Iwassiuk, wird aber insgeheim ›der Kosak‹ genannt. Warum haben Sie ihn angelogen?«
»Weil er mir unsympathisch ist.«
»Ich kann nicht sagen, daß er mir besonders sympathisch ist, aber das ist kein Grund ... Nein, kommen wir lieber zur Sache. Es geht nicht darum, daß Sie geleugnet haben, sich für Politik zu interessieren, obwohl man Ihnen jederzeit an Hand Ihrer Artikel das Gegenteil beweisen könnte. Diese

Artikel stellen übrigens keinen strafbaren Tatbestand dar. Ich habe gestern Ihren Freund Jowan Smitran, der für die Zeitung verantwortlich ist, nach Hause gehen lassen. Ihre Mutter auch. Sie hat offensichtlich mit Ihrer oder Princips Tätigkeit nichts zu tun. Ich werde jedoch den Verdacht nicht los, daß Sie von dem Attentat in irgendeiner Weise Kenntnis hatten.«

»Dieser Iwassiuk hat mir beinahe die Straffreiheit, auf jeden Fall aber die Aussicht auf mildernde Umstände beim Prozeß versprochen, wenn ich rede so wie er will.«

»Dazu war er als Polizist gar nicht befugt. Nicht einmal ich kann Ihnen etwas Derartiges versprechen. Darüber kann nur das Gericht entscheiden. Ich bin lediglich mit der Untersuchung betraut. Im allgemeinen jedoch wird bei Gericht ein freimütiges Geständnis als mildernder Umstand bewertet. Haben Sie etwas zu gestehen?«

Danilo Ilitsch verschränkte nun die Hände, die noch immer auf seinen Knien lagen, ineinander und sah ihn schweigend an.

»Schauen Sie«, fuhr Leo Pfeffer fort, »je früher ich alles aufkläre, desto besser für die Sache, die Sie, wie ich aus Ihren schriftlichen Äußerungen ersehe, vertreten. Iwassiuk wird mit falschen Versprechungen oder mit Prügeln aus unschuldigen Menschen die wildesten Geständnisse herauspressen, die auf die ganzen Ereignisse ein schiefes Licht werfen könnten. Selbst Tschabrinowitsch hat vor Iwassiuk zugegeben, Princip und er hätten die Waffen von der ›Volksbefreiung‹ bekommen, obwohl dieser Verein über keine Waffen mehr verfügt. Ich brauche Ihnen nicht zu erklären, was für Konsequenzen und Verwicklungen eine solche Aussage nach sich ziehen könnte. Tschabrinowitsch hat sie zwar vor mir widerrufen, aber irgend etwas bleibt doch hängen.«

Danilo Ilitsch löste seine Hände voneinander, legte sie wieder einzeln auf die Knie und sagte:

»Man hat da hinten im Hof einen Galgen errichtet.«
»Ich weiß. Aber das hat nichts mit der ordentlichen Gerichtsbarkeit und mit meiner Untersuchung zu tun. Das hier ist ein Militärgefängnis, das wir benützen, weil es in anderen Gefängnissen nicht genügend Platz gibt. Vielleicht will man gerade einen Spion hinrichten ...«
»Ich glaube, die hängt man nicht auf, sondern erschießt sie.«
Leo Pfeffer stutzte einen Augenblick lang, fuhr aber gleich wieder fort:
»Außerdem hat man gerade das Standrecht ausgerufen. Ich weiß nicht, was Landeschef Potiorek damit bezwecken will, aber um so wichtiger und dringender ist es, daß wir die beiden Attentate restlos aufklären, damit keine Unschuldigen büßen müssen.«
Danilo Ilitsch sagte nichts, sondern schaute nur ratlos auf seine Hände.
»Sie haben doch von den Vorbereitungen für das Attentat gewußt«, sagte Pfeffer.
Danilo Ilitsch hob den Blick und sah Pfeffer voll an.
»Ja. Aber ich war dagegen.«
»Das glaube ich Ihnen. Warum haben Sie dann nichts dagegen unternommen?«
»Ich habe versucht, meine jungen Freunde von meinem Standpukt zu überzeugen, aber es hat nichts genützt«, sagte Ilitsch traurig. »Von einem bestimmten Augenblick an beginnen sich die Dinge nach einer eigenen Gesetzmäßigkeit zu entwickeln, so daß wir nichts mehr tun können.« Danilo Ilitsch verstummte und sah wieder ratlos auf seine Hände hinunter.
»Ich wäre Ihnen dankbar, wenn Sie mir etwas mehr über die näheren Umstände all Ihrer Konflikte erzählen wollten.«
Danilo Ilitsch sah Pfeffer wieder voll an.
»Ich möchte Sie bitten, mir noch etwas Zeit zu lassen. Im

Augenblick bin ich nicht imstande ... Ich muß noch mit einer ganzen Reihe von Fragen ins reine kommen, vor allem mit mir selbst.«
»Gut. Überlegen Sie alles noch einmal, bis wir uns das nächste Mal treffen«, sagte Leo Pfeffer, stand auf und ging zur Tür, um Ilitsch abführen zu lassen. Er hatte das Gefühl, daß es im Augenblick wenig Sinn hatte, den ehemaligen Lehrer und jetzigen Journalisten mit Fragen zu bedrängen. Er würde ihm schon alles sagen, wenn er ihm noch ein bißchen Zeit ließ.
Er hätte gern auch mit Tschabrinowitsch zuerst unter vier Augen gesprochen, er konnte aber Sutej nicht wieder hinauskomplimentieren, der nach Ilitschs Abgang hereingekommen war und Pfeffer eines seiner Salamibrote angeboten hatte; es war Mittag und Pfeffer hatte keine Zeit wegzugehen, um irgendwo einen Imbiß zu nehmen.
»Hör zu«, sagte er zu Tschabrinowitsch, der vor seinem Schreibtisch saß und erwartungsvoll zu ihm aufsah; er selbst blieb stehen, um besser sprechen zu können. Er hatte jedoch vorher Sutej instruiert, das, was er zu Anfang Tschabrinowitsch zu sagen vorhatte, nicht zu protokollieren.
»Ich habe es satt, daß du mich dauernd anlügst. Vor mir leugnest du ständig, daß du mit Princip im Einvernehmen warst, aber vor Iwassiuk redest du wie ein Wasserfall. Verstehst du dich besser mit ihm als mit mir?«
»Das ist nicht wahr!« protestierte Tschabrinowitsch.
»Laß mich bitte ausreden. Ich habe mir auch all deine revolutionären Phrasen angehört, ohne dich zu unterbrechen. Aber jetzt habe ich genug, verstehst du. Ich will mich mit euch nicht mehr herumschlagen. Ich gebe es auf. Ich überlasse euch Iwassiuk, der aus euch Geständnisse herausprügeln wird, die er braucht, um die serbische Regierung zu belasten ...«
Tschabrinowitsch setzte wieder an, um etwas zu sagen,

doch Pfeffer gebot ihm mit einer Handbewegung zu schweigen.
»Du und dein Freund Princip habt euch zu eurer Tat bekannt. Ich glaube, daß eure Komplizen und Helfer sich auch dazu bekennen sollten, damit keine Unschuldigen daran glauben müssen. Iwassiuk wird nicht nach Schuld oder Unschuld all der Leute fragen, die ihm seine Büttel auf der Suche nach den wahren Tätern zuführen. Und schon gar nicht der Henker, der die wahllos und in aller Eile zusammengefangenen Geiseln hinrichten soll. Du hast sie sicherlich auch im Hof gesehen. Ich habe das alles nicht hervorgerufen, sondern du und deine Freunde mit euren Heldentaten. Deshalb solltet ihr das auch ausbaden und nicht anderen Leuten, die nichts damit zu tun haben, oder gar der serbischen Regierung die Schuld in die Schuhe schieben.«
Tschabrinowitsch wollte wieder etwas sagen, doch Pfeffer ließ ihn nicht zu Wort kommen.
»Einen Augenblick noch. Wenn du mir heute nicht die Wahrheit sagst, werden wir uns nicht mehr sehen. Ich ziehe mich zurück und lasse alles so laufen, wie es läuft. Ich will nicht daran schuld sein, was dann kommt. Ich wasche meine Hände in Unschuld. Das kennst du doch aus der Bibel. Jetzt kannst du reden.«
»Die serbische Regierung hat damit nichts zu tun«, sagte Tschabrinowitsch leicht heiser.
»Wer hat dann damit zu tun? Ich will alles und genau wissen. Erzähl mir alles von Anfang an und laß nichts aus.«
Tschabrinowitsch begann zu erzählen und ließ, wie es Pfeffer schien, nicht viel aus.
Angefangen hatte es in Belgrad. Tschabrinowitsch hatte im Oktober 1913 seine Anstellung in der slowenischen Buchdruckerei »Edinost« (Eintracht) in Triest verlassen und war nach Belgrad gereist. Er sagte nicht, warum er nach Belgrad zog, aber Pfeffer nahm an, daß er in der Hauptstadt der in

den Balkankriegen siegreich gewesenen serbischen Nation seine Zelte aufschlagen wollte. Zu Anfang bekam er jedoch keine Beschäftigung. Nach zwei Wochen begegnete er einem ehemaligen Redakteur der bosnischen Zeitschrift »Serbische Worte«, der ihm eine Anstellung in der Staatsdruckerei vermittelte. Als Lohn bekam er zuerst neunzig und später hundert Dinar im Monat. Das war nicht viel, aber es reichte gerade fürs nackte Leben. Für ein Zimmer in der Batschwanska-Gasse bezahlte er zwanzig und für die Verpflegung sechzig Dinar, so daß ihm noch zwanzig Dinar für andere Ausgaben übrigblieben.

Im Januar oder Februar 1914 kam Gawrilo Princip nach Belgrad, um sich für die Prüfung der siebten Gymnasialklasse vorzubereiten. Ob er die Prüfung abgelegt hatte oder nicht, wußte Tschabrinowitsch nicht. Vor zwei Monaten kam Trifko Grabesch nach Belgrad, um die Matura abzulegen. Tschabrinowitsch wußte nur, daß er die Prüfung für die siebente Klasse bestanden hatte, er wußte aber nicht, ob er auch zur Prüfung für die Matura erschienen und wie das dann ausgegangen war.

Gawrilo Princip wohnte in einer Gasse im Stadtteil Palilula und Grabesch in einem Haus gegenüber. Zusammen mit Princip wohnte ein gewisser Bilbija, dessen Vornamen Tschabrinowitsch nicht kannte. Er wisse nur, daß Princips Freund aus Bosnien stammte, aber nicht aus welchem Ort. In einem zweiten Zimmer wohnte der Jurastudent Risto Militschewitsch aus Mostar, der ganz nach Belgrad übersiedelt war, weil er seinen Militärdienst nicht im österreichischen Heer ableisten wollte. Zusammen mit Grabesch wohnten zwei oder drei junge Männer aus Bosnien, deren Namen Tschabrinowitsch nicht kannte.

Da Tschabrinowitsch in Belgrad Schulden gemacht hatte, arbeitete er zwei Monate lang Tag und Nacht, um sie zurückzuzahlen. So kam er wenig unter die Leute. Noch bevor Grabesch nach Belgrad gekommen war, hatte er im März oder April in der Zeitung gelesen, daß der Thronfolger Franz Ferdinand nach Sarajewo kommen werde. Er zeigte diese Nachricht im Kaffeehaus »Eichelkranz« Princip, der dort mit einigen Freunden Karten spielte. Am selben Abend sprachen sie zum ersten Mal von der Möglichkeit, ein Attentat auf den österreichischen Thronfolger zu begehen. Als Grabesch dann kam, sprach Princip auch mit ihm darüber, weil sie intime Freunde waren. Daß Grabesch den gleichen Gedanken nachhing, erfuhr Tschabrinowitsch schon drei, vier Tage nach dessen Ankunft in Belgrad. Anfangs dachten sie, sich die Waffen von der »Volksverteidigung« zu verschaffen, und überließen es Princip, sich darum zu kümmern. Tschabrinowitsch erinnerte sich dann jedoch des ehemaligen Komitadschi Ziganowitsch, der jetzt als Schreiber bei den Staatseisenbahnen in Belgrad beschäftigt war. Er hatte ihn im Café-Restaurant »Goldener Hausen« kennengelernt. Pfeffer konnte sich lebhaft vorstellen, wie es in diesem Kaffeehaus zugegangen war, in dem sich bärtige Veteranen des Balkankriegs trafen und vor Jünglingen mit ihren Heldentaten prahlten, um sich über ihr schäbiges Dasein als kleine Angestellte oder als Handlanger tüchtiger Handwerker und Kaufleute hinwegzutrösten. Ziganowitsch, den seine Freunde Zigo nannten, rühmte sich, ein kleines Waffenlager aus den Restbeständen des Krieges angelegt zu haben. Als Tschabrinowitsch zu ihm ging und ihm die Zeitungsnachricht zeigte, wonach der Thronfolger in Sarajewo erwartet werde, sagte Zigo: »Das wäre eine günstige Gelegenheit, ihn beiseitezuschaffen, wenn wir nur Leute hätten.« Tschabrinowitsch erwiderte ihm, es gäbe genug Leute, die das tun würden, man brauche aber Waffen, um so ein Vorhaben ausführen zu können, und als Zigo darauf behauptete, die Beschaffung der Waffen stelle kein Problem dar, bat er ihn, Bomben zu besorgen. Als er später

Princip von diesem Gespräch unterrichtet hatte, sagte sein Freund, er habe auch schon mit Zigo gesprochen.
Ein oder zwei Tage vor der Abreise der drei jungen Männer nach Bosnien übergab Zigo vor dem Café »Eichelkranz« Tschabrinowitsch drei Schachteln mit Revolverpatronen, jede Schachtel mit fünfundzwanzig Patronen. Am Tag vor der Abreise trafen sie alle drei, wie verabredet, vor dem genannten Café mit Zigo zusammen. Zuerst kam Tschabrinowitsch, dem Zigo zwei Bomben und eine Browning-Pistole, Kaliber 9 mm, übergab. Tschabrinowitsch wußte mit ihr umzugehen, da er früher in Triest eine Zeitlang einen Browning, Kaliber 7 mm, besessen und ihn dann wieder verkauft hatte. Als Princip und Grabesch eintrafen, ging er weg, er mußte zum Buchdruckerverein, um sein Mitgliedsbuch zu holen. Inzwischen erhielten seine beiden Freunde und Mitverschwörer je zwei Bomben und je einen Revolver von Zigo. Bevor sie sich verabschiedeten, gab Tschabrinowitsch ihrem Waffenlieferanten eine Bestätigung, mit der er in der Staatsdruckerei seinen restlichen Lohn abheben konnte, um damit seine Schulden für Miete und Verpflegung zu begleichen. Er hatte diese Rechnungen nicht bezahlt, um Geld, etwa siebzig, achtzig Kronen, für die Reise zu haben. Sie zählten nun ihr Geld und stellten fest, daß sie alle drei zusammen etwa zweihundert Kronen hatten. Das schien ihnen zu genügen, um damit nach Sarajewo zu gelangen.
Am nächsten Tag, es war Christi Himmelfahrt, fuhren sie um sieben Uhr früh mit dem Schiff donauaufwärts nach Schabatz ab. Jeder von ihnen hatte zwei Bomben im Gürtel und einen Revolver in der Tasche. Um vier Uhr nachmittags kamen sie in Schabatz an. Sie übernachteten dort im Kaffeehaus »Amerika«. Die Bomben, Revolver und Patronen versteckten sie im Ofen. Das schien ihnen das sicherste Versteck, geheizt wurde nicht mehr. Dann sperrten sie das Zimmer ab und besuchten andere Kaffeehäuser, wo sie

unter anderem auch Eis aßen. Am nächsten Tag fuhren sie um sieben Uhr früh mit der Eisenbahn nach Losnitza, wo sie sich wieder in einem Gasthaus einquartierten und die Waffen im Ofen versteckten, Tschabrinowitsch behielt jedoch seine Pistole in der Tasche. Im Gasthaus lernten sie einen ehemaligen Komitadschi namens Boscho kennen, der ihnen von seinen Erlebnissen in den beiden Balkankriegen erzählte. Am Nachmittag fuhren sie mit ihm im Fiaker nach Bad Kowiljatscha, von wo sie am selben Nachmittag zurückkehrten. Während der Fahrt fragte Tschabrinowitsch den Komitadschi, was für ein Kaliber sein Revolver habe, den er bei sich trage. Sieben Millimeter, antwortete ihm Boscho. Es sei schade, bemerkte Tschabrinowitsch, daß sein Kaliber nicht neun Millimeter sei, denn dann könnte er ihm Patronen geben. Darauf zog Princip den Revolver aus Tschabrinowitschs Tasche und feuerte einen Schuß in die Luft ab. Am Abend spielten sie mit Boscho im Kaffeehaus Karten und gingen dann schlafen.

In Bad Kowiljatscha hatten sie noch Ansichtskarten an Freunde in Belgrad geschrieben. Tschabrinowitsch schrieb auch eine Karte an seine Schwester Wukossawa nach Karlowatz.

»Ein gutes Pferd und ein tapferer Held finden überall den richtigen Weg«, schrieb er. »Edler Fluß Drina, du bist die Grenze zwischen Bosnien und Serbien. Es wird bald die Zeit kommen, wo ich dich überschreiten werde, um mein geliebtes Bosnien zu besuchen.«

Das war die Losung des Ahnherrn der heutigen serbischen Dynastie Karageorg, der vor mehr als hundert Jahren den ersten Aufstand der Serben gegen die Türken angeführt hatte.

Princip und Grabesch waren über den Text dieser Ansichtskarte sehr böse, weil sie der Meinung waren, daß eine solche Unvorsichtigkeit ihnen schaden könnte, wenn die Karte in

Österreich in falsche Hände geriet. Tschabrinowitsch wurde wiederum auf die beiden Freunde böse, weil er sich von ihnen dauernd gegängelt fühlte. Auf der Rückfahrt sprachen sie nicht miteinander. Am Abend, vor dem Schlafengehen, schlossen sie wieder Frieden. Princip und Grabesch teilten ihm jedoch mit, daß er ohne Waffen weiterreisen und einen anderen Weg nehmen müsse, weil er unvorsichtig sei. Grabesch werde ihm seinen Paß geben, mit dem er die Grenze bei Swornik überschreiten könne. Am nächsten Morgen gingen Princip und Grabesch zu Fuß in Richtung Bijeljina, und Tschabrinowitsch meldete sich in Swornik bei der österreichischen Wache mit dem Paß von Grabesch. Von Swornik fuhr Tschabrinowitsch mit der Postkutsche nach Tusla, wo er in einem kleinen Gasthaus, an dessen Namen er sich angeblich nicht erinnern konnte, ein Zimmer nahm. Zwei Tage später kamen Princip und Grabesch in Tusla an und fanden ihn um neun Uhr morgens in diesem Gasthaus. Während dieser zwei Tage ging er allein in den Leseverein und ins Kino. Einmal ging er mit einem jungen Mann, dessen Namen er nicht wußte, spazieren. Da es jedoch zu regnen begann, kehrte er bald heim.
Pfeffer fiel auf, daß die jungen Attentäter sich auf ihrer Reise wie auf einem Ausflug benahmen. Sie machten Fiakerfahrten, spielten Karten, aßen Eis in der Konditorei, kehrten in Lesevereine ein und gingen ins Kino. Sie lebten ganz einfach dahin, als hätten sie sich gar nicht vorgenommen, einen Mord zu begehen. Und dann fiel ihm auf, daß es eine gewisse Kluft zwischen den beiden Studenten und dem jungen Arbeiter gab, die offenbar zu Reibereien und Streitigkeiten führte. Die beiden Intellektuellen hatten kein Vertrauen zu dem Buchdrucker, den sie für einen unzuverlässigen Autodidakten hielten. Leo Pfeffer hätte Tschabrinowitsch gern einige klärende Fragen gestellt, er wollte ihn aber nicht irritieren und so seinen Redefluß womöglich ver-

siegen lassen. So beschränkte er sich nur darauf, ihn ab und zu mit harmlosen Bemerkungen zum Weitersprechen zu ermuntern.

Von Tusla fuhren die drei Verschwörer direkt nach Sarajewo, und zwar mit der Bahn; sie hatten keine Waffen mehr bei sich. Tschabrinowitsch hatte sich noch in Tusla bei Princip erkundigt, wo die Bomben geblieben seien. Doch Princip hatte ihm geantwortet, er solle sich nicht darum kümmern. Princip sagte ihm noch, er werde die Waffen nicht selbst nach Sarajewo mitnehmen, wollte ihm aber nicht verraten, wo er sie deponiert hatte.

Als sie am fünften oder sechsten Tag nach ihrer Abreise aus Belgrad in Sarajewo ankamen, trennten sie sich am Bahnhof, ohne eine feste Verabredung zu treffen. Tschabrinowitsch fuhr mit der Tramway nach Hause, Princip und Grabesch gingen zu Fuß weg. Vor dem Tor seines Hauses sah Tschabrinowitsch seinen Vater, mit dem er sich nicht verstand, kehrte deshalb um und ging zu seiner Großmutter mütterlicherseits. Nach einer Stunde traute er sich wieder nach Hause und stieg zu seiner Mutter in den ersten Stock hinauf, wo sie ihn in einem Zimmer unterbrachte. Eines Tages ging Grabesch an seinem Haus vorbei. Tschabrinowitsch fragte ihn, wo er sich aufhalte, und Grabesch sagte ihm, er wohne im Stadtteil Palima. Sonst hatten sie nichts miteinander gesprochen. Sie hatten einander auch nicht mehr gesehen, bis zu dem Tag, an dem das Attentat ausgeführt wurde. Gawrilo Princip traf er hingegen fünf oder sechs Mal auf der Straße, meistens am Kai. Tschabrinowitsch wußte, daß Princip bei Ilitsch eine Unterkunft gefunden hatte. Am Abend vor dem Attentat kam Princip zu ihm in die Druckerei und sagte ihm, er solle um neun Uhr abends zum Kai kommen. Er traf ihn vor dem Geschäft Schiller, und Princip zeigte ihm die Stelle am Kai, gegenüber der österreichisch-ungarischen Bank, von der aus er

die Bombe werfen sollte. Er teilte ihm mit, daß er selbst sich etwas weiter von ihm gegen das Rathaus aufstellen werde. Noch weiter von ihm gegen das Rathaus würden sich noch zwei Attentäter und vor Tschabrinowitsch noch zwei andere aufstellen. Tschabrinowitsch solle trotzdem als erster seine Bombe werfen. Dann würden die anderen von oben und von unten anstürmen, um eine Panik hervorzurufen, damit sie alle leichter entfliehen könnten.
Hier fand es Pfeffer für angebracht, Tschabrinowitsch zu unterbrechen, um ihn nach den Namen der übrigen Attentäter zu fragen. Doch der junge Buchdrucker wußte nicht, wer außer Princip, Grabesch und ihm noch am Attentat hätte teilnehmen sollen. Das konnte nur Princip wissen, der offenbar der Leiter des ganzen Unternehmens war. Ihm hatte Tschabrinowitsch auch das Päckchen Zyankali übergeben, das er nach Sarajewo gebracht hatte. Nun zweigte ihm Princip ein Stückchen ab, damit er sich vergiften könne, falls man ihn nach dem gelungenen oder gescheiterten Attentat fassen sollte, und bestellte ihn für den nächsten Tag um acht Uhr früh in die Konditorei Wlainitsch.
Als Tschabrinowitsch am 28. Juni um Viertel nach acht in die Konditorei kam, traf er dort Grabesch und Danilo Ilitsch. Grabesch fragte ihn, ob Princip ihm gesagt habe, wo er sich aufstellen solle, und Tschabrinowitsch antwortete ihm, er wisse es. Mit Ilitsch sprach er nicht. Nachdem er drei Kuchen gegessen hatte, kam Princip zu ihm in das hintere Zimmer und steckte ihm unter dem Marmortischchen schnell die Bombe zu, die er im Gürtel mitgebracht hatte. Tschabrinowitsch reklamierte für sich auch einen Revolver, doch Princip erklärte ihm, das sei alles so eingeteilt. Solange er in der Konditorei war, übergab Princip weder Ilitsch noch Grabesch eine Waffe, so daß Tschabrinowitsch nicht wußte, ob sie überhaupt welche erhielten und ob das Bomben oder Revolver oder beides waren. Gleich nachdem er

die Bombe erhalten hatte, verließ er die Konditorei. Es war übrigens eine abgeschraubte Bombe, die Schraube dazu hatte ihm Princip nicht gegeben. Aber das machte Tschabrinowitsch nichts aus. Er wußte, wie man mit der Bombe umzugehen hatte. Vor einem halben Jahr hatte ihm der Student Bukowatz, der aus der Schule in Sarajewo ausgestoßen worden war, eine Bombe gezeigt und ihm erklärt, wie man es anstellen müsse, um sie in längstens dreizehn Sekunden zur Explosion zu bringen.

Man solle die Bombe in der linken Hand halten, sie mit der Rechten aufschrauben, die Schraube fallen lassen, dann mit der Rechten auf die freigelegte Kapsel schlagen, die Bombe aus der linken in die rechte Hand nehmen und sie dann auf das vorgesehene Ziel werfen. Man dürfe sie auf keinen Fall zu schnell werfen, weil der Gegner sonst genügend Zeit zur Verfügung haben könnte, sie aufzufangen und zurückzuwerfen, wie es im serbisch-bulgarischen Krieg oft vorgekommen sein sollte.

Diesen Teil seiner Erzählung illustrierte Tschabrinowitsch mit entsprechenden Handbewegungen, die ihn als Experten auf diesem Gebiet bestätigten sollten.

Vor der Tat, erzählte er dann weiter, ging er am Kai auf und ab, und zwar vom Zirkusplatz bis zum Rathaus. Nicht weit vom Rathaus sah er Trafko Grabesch, der allein auf und ab ging. Am Kai begegnete er zwei oder drei Mal Princip, der mit dem Sohn des Staatsanwalts Swara und mit noch einem jungen Mann, den er nicht kannte, spazierenging. Danilo Ilitsch sah er an der Ecke der ehemaligen Unionbank stehen, genau gegenüber der Stelle, von der aus er, Tschabrinowitsch, dann die Bombe geworfen hatte. Ilitsch stand unter den Leuten und schien alles nur beobachten zu wollen.

Wie er das Attentat ausgeführt hatte, habe er bereits berichtet, sagte Tschabrinowitsch am Ende seiner Erzählung. Er wolle nur noch hinzufügen, daß er nach dem Attentat zwei, drei Stückchen Zyankali in den Mund gesteckt habe. Er sei in die Miljatzka gesprungen, um Wasser zu trinken und so das Gift hinunterzuspülen, das ihm zwischen den Zähnen steckengeblieben sei, aber er sei nicht mehr dazugekommen. Außerdem sei das Gift nicht viel wert gewesen. Es wäre ihm lieber gewesen, wenn es gewirkt hätte.

Mittlerweise war es Abend geworden. Im Schein der Abendsonne, der durch das Licht der schwachen Lampe, die Dr. Sutej angeknipst hatte, noch diffuser wurde, sahen sie alle aus wie Schemen, die sich über längst vergangene Ereignisse unterhielten. Obwohl Dr. Sutej alles mitgeschrieben hatte, machte sich Pfeffer selbst Notizen, die er für seinen Bericht brauchte. Er hatte noch Zeit, sie durchzusehen und sich alles zurechtzulegen; Chmielewski hatte ihn heute erst um zwanzig Uhr zu sich bestellt, da er offenbar beschäftigt war. Als Pfeffer schon anordnen wollte, daß man den jungen Attentäter in seine Zelle zurückbringe, richtete Tschabrinowitsch, der vor Müdigkeit auf seinem Sessel eingesunken war, plötzlich seinen Oberkörper auf und begann wieder zu sprechen.

Er erzählte, wie er am Abend vor dem Attentat mit seinem Vater Streit hatte. Es ging um die österreichische Fahne, die sein Vater neben der serbischen vor seinem Kaffeehaus aushängen wollte. Er konnte nur nicht die Fahnenstangen finden, obwohl er das ganze Haus durchsucht hatte. Als er dann seine Frau zu beschimpfen begann, verriet ihm sein Sohn, daß sie in der Kammer waren. Er war zur Einsicht gekommen, daß es für seinen Vater besser war, wenn er auch die kaiserliche Fahne zur Schau stellte. So würde man ihn wenigstens nicht verdächtigen. Während sein Vater die schwarz-gelbe Fahne an der Stange befestigte, erklärte er seinem störrischen Sohn, daß er unter diesem Kaiser lebe, daß er ihn ehre und daß es ihm gut gehe, und wenn das einem Einwohner seines Hauses nicht passe, solle er sich einen besseren Platz suchen.

Leo Pfeffer kannte die Geschichte schon aus dem Bericht der jungen Serviererin im Café Tschabrinowitsch. Er wollte den jungen Mann, der auf seinem Sessel wieder leicht eingesunken war, nicht fragen, warum er ihm das alles so plötzlich und ohne jeden Zusammenhang erzählt hatte, sondern sagte nur:

»Ich habe heute mit deinem Vater gesprochen. Man hat ihn verhaftet, aber er ist wieder zu Hause.«

Er konnte im Zwielicht, das in der Gefängnisapotheke herrschte, nicht feststellen, ob Tschabrinowitsch vor Müdigkeit oder vor Erleichterung vor sich hinlächelte.

Chmielewski wirkte regelrecht aufgekratzt, als Pfeffer ihm von den neuesten Ergebnissen der Untersuchung berichtete. Da Pfeffer den angebotenen Kaffee ablehnte, zwang Chmielewski ihm förmlich eine Zigarre auf, eine dicke Trabuko, die Pfeffer einsteckte, um sie später seinem Freund Sattler zu geben.

Als er spätabends nach dem kalten Nachtmahl am Küchentisch saß und bei einem Glas Rotwein über den großen Erfolg nachdachte, den er am vierten Tag seiner Ermittlungen endlich erreicht hatte, wußte er nicht, ob er sich darüber freuen sollte oder nicht.

DRITTER TEIL

1

Leo Pfeffers Vorgesetzte wußten offenbar seinen großen Erfolg mehr zu würdigen als er selbst. Am nächsten Morgen holte ihn der Detektiv Nemeth mit einem Automobil ab, das von einem Chauffeur in der Uniform eines Feldwebels gefahren wurde. Nemeth erklärte ihm, das sei höheren Orts angeordnet worden, damit man ihn besser schützen und damit man ihn schneller zwischen seinen Arbeitsplätzen im Rathaus und im Garnisonsgefängnis hin und her befördern könne. Pfeffer war es unangenehm, in einem so exklusiven Fahrzeug durch Sarajewo kutschiert zu werden, und er machte sich auf dem roten Ledersitz klein, damit man ihn nicht gleich erkenne.
Dr. Sertitsch, der in seinem Büro im Rathaus auf ihn wartete und der erstaunlicherweise einen frischen Eindruck machte – eine Haarsträhne seines blonden Schopfes fiel ihm wieder unternehmungslustig in die Stirn –, teilte ihm mit, daß der Haftbefehl, den sie gestern abend für Trifko Grabesch ausgeschrieben hatten, überflüssig geworden war. Der dritte Attentäter war schon verhaftet.
Es hatte damit angefangen, daß der Polizei das von einem Belgrader Gymnasium auf den Namen Trifko Grabesch ausgestellte Zeugnis in die Hände fiel, das in der öffentlichen Bedürfnisanstalt beim »Vereinshaus« gefunden worden war. Das war am Dienstag, dem 30. Juni, geschehen. In der Nacht zum Mittwoch meldete sich die Polizeistation Pratscha bei der Polizeidirektion in Sarajewo. Man hatte dort einen gewissen Trifko Grabesch, der hinüber nach Wischegrad fahren wollte, festgenommen, weil er im Besitz eines Passes war, aus dem hervorging, daß er am 30. Mai,

aus Serbien kommend, bei Swornik die Grenze nach Bosnien überschritten hatte. Die hiesige Polizei bat ihre Kollegen in Pratscha, Trifko Grabesch nach Sarajewo zu überstellen, weil er unter dem dringenden Verdacht stand, mit den Attentaten etwas zu tun zu haben.

»Warum hat man uns das nicht gemeldet?« fragte Pfeffer seinen Mitarbeiter.

»Man hat es gestern nachmittag Dr. Martschetz mitgeteilt, er hat es mir aber erst heute morgen gesagt. Er konnte mich nicht finden, sagt er. Außerdem hat er die ganze Geschichte offenbar nicht für so wichtig gehalten.«

»Und wo ist dieser Grabesch jetzt?«

»Er ist noch nicht eingetroffen.«

»Bitte sorgen Sie dafür, daß er, sobald er da ist, mir vorgeführt wird, diesmal ohne Verzögerung.«

Als Leo Pfeffer ins Garnisonsgefängnis kam, warteten dort zwei weitere Überraschungen auf ihn. Zuerst erzählte ihm Dr. Sutej, daß die Gefangenen, die in Einzelzellen isoliert waren und von ungarischen Soldaten bewacht wurden, mit denen sie nicht reden konnten, sich doch miteinander verständigten, und zwar durch Zeichen, die sie in einem bestimmten Rhythmus, beziehungsweise nach einem bestimmten Code, an die Wand klopften, den sie sehr schnell von den alten Gefängnisinsassen gelernt hatten.

»Das ist nicht gut«, sagte Pfeffer. »Kann man sie nicht daran hindern?«

»Man hat sie von der Wand weggezerrt und sie geschlagen, aber es hat nichts genützt. Sie klopfen immer wieder.«

»Dann lassen wir sie klopfen. Sie können einander ohnehin nicht viel sagen. Sie brauchen doch unendlich lange, bis sie mit ihrem Klopfalphabet einen ganz simplen Satz sagen, wie ›Grabesch ist gefaßt‹ oder ›Tschabrinowitsch hat gestanden‹. Wir werden schon mit ihnen fertig.«

»Meinen Sie?«

»Sie etwa nicht?«
Dr. Sutej sah ihn voll an. Pfeffer bemerkte erst jetzt, daß er graugrüne Augen hatte, die immer hell strahlten. Man konnte aus ihnen schwer herauslesen, ob ihr Besitzer heiter oder betrübt war.
»Woran zweifeln Sie denn?« fragte ihn Pfeffer.
»Ich habe nur gedacht ... Ach, es ist nicht wichtig. Sie haben vollkommen recht. Wir werden schon damit fertig.«
»Man sollte die Hauptschuldigen wenigstens weit auseinander placieren, damit es länger dauert, bis sie sich verständigen können.«
»Das ist, glaube ich, ohnehin schon geschehen.«
»Na also«, sagte Pfeffer, als sei damit dieses Problem aus der Welt geschafft.
Der Gerichtspräsident Ilnitzky sorgte für die dritte Überraschung an diesem Morgen. Er fand es notwendig, ihm eine ziemlich lange Liste aller nach dem Attentat von verschiedenen Behörden in ganz Bosnien festgenommenen und im Garnisonsgefängnis internierten Personen persönlich zu überreichen.
»Vielleicht werden Sie unter ihnen auch jemanden finden, den Sie im Zusammenhang mit dem Attentat selbst suchen«, sagte er beinahe fröhlich. »Dann können Sie ihn unter Ihre Obhut nehmen.«
»Das wäre für jeden von ihnen von großem Vorteil«, bemerkte Pfeffer trocken.
»Wieso?«
»Weil ein ordentliches Gericht jedem einzelnen von ihnen seine Schuld beweisen müßte. So muß man ihnen nichts beweisen, um sie zu bestrafen.«
»Von Bestrafen ist doch keine Rede«, sagte Ilnitzky ohne große Überzeugung, aber noch immer mit heiterem Gesichtsausdruck. »Es handelt sich lediglich um eine Schutzmaßnahme.«

»Wer soll da vor wem geschützt werden?«
Ilnitzky sah Pfeffer ungläubig an.
»Aber das brauche ich doch Ihnen nicht zu erklären.«
So blieb Pfeffer nichts anderes übrig, als die lange Liste der Menschen durchzusehen, die man auf den bloßen Verdacht hin, mit dem benachbarten Serbien oder gar mit den Attentätern zu sympathisieren, aus ihren Häusern geholt und im Hof des Garnisonsgefängnisses zusammengedrängt hatte. Er machte seine Arbeit gründlich, in der Hoffnung, unter den Internierten einen Bekannten zu finden, den er retten konnte, indem er ihn für die Untersuchung beanspruchte und ihn so unter den Schutz der ordentlichen Gerichtsbarkeit stellte. Er nahm zwar nicht an, daß den Geiseln in der nächsten Zeit etwas zustoßen würde, aber ihr Los war im Vergleich zu dem eines Untersuchungsgefangenen eher ungewiß. Er wollte lieber nicht daran denken, was alles passieren könnte, wenn jemand einen hohen Beamten der Landesregierung oder einen hohen Militär auf der Straße erschießen würde. In so einem Fall gäbe es für eine Geisel keinen sichereren Zufluchtsort als eine vom Gericht verhängte Untersuchungshaft. Doch er fand unter den vielen Namen keinen, den er kannte und dessen Träger er von vornherein diesen Schutz hätte gewähren wollen.
»Schauen Sie sich die Leute selbst an«, hatte ihm Ilnitzky in einem Anflug von »kriminalistischem« Spürsinn geraten, »und nehmen Sie jeden, der Ihnen verdächtig vorkommt, näher unter die Lupe.« Um ihm diese Aufgabe zu erleichtern, beauftragte er ihn, die Internierten zu überwachen, wenn sie während der Besuchsstunde mit ihren Angehörigen zusammenkamen.
So stand er um zehn Uhr im Korridor des Garnisonsgefängnisses, in dem die internierten Zivilisten zusammengepfercht waren und sich schreiend mit ihren Angehörigen unterhielten, die sich, durch ein großes Gitter von ihnen ge-

trennt, auf den steinernen Stufen des Aufgangs drängten. Da er nicht verstehen konnte, was sie einander zuschrien, beschränkte er sich darauf, ihre Gesichter zu beobachten. Die einen waren schicksalsergeben, die anderen verzerrt von ohnmächtigem Zorn. Das Ganze erinnerte Pfeffer an eine Irrenhausszene, die er in seiner Studentenzeit auf einem Stich gesehen hatte. Ilnitzky hatte ihm anheimgestellt, einige dieser verzweifelten Leute unter seine Obhut zu nehmen, indem er sie zu Komplizen, Mitwissern oder Helfern der Attentäter erklärte und eine ordentliche gerichtliche Untersuchung über sie verhängte. Er versuchte, ein Spiel mit sich selbst zu spielen und die vermeintlichen Guten von den Bösen oder Gleichgültigen auszusondern, doch bald gab er es auf, weil er Angst bekam, so willkürlich in das Schicksal der ihm unbekannten Menschen einzugreifen. Er war erleichtert, als die Besuchsstunde zu Ende war und er wieder in die Geborgenheit seines provisorischen Büros zurückkehren konnte.

Dort stand er am Fenster und sah zu, wie die vielen Internierten von den als Soldaten verkleideten ungarischen Bauernburschen wieder in den Hof getrieben wurden, die sie ebenso roh und gleichgültig behandelten wie ihr Vieh zu Hause. Der Gerichtsauskultant Dr. Sutej saß stumm und unbeweglich an seinem Tischchen und wartete darauf, seiner Pflicht als Schriftführer nachzukommen. Obwohl Pfeffer ihn sympathisch fand, traute er sich nicht, ihn in ein intimes Gespräch zu verwickeln. So wußte er nicht, was für Ansichten der junge Jurist eigentlich hatte. Aber das war im Grunde nicht wichtig. Wer von Pfeffers Vorgesetzten fragte schon nach seinen Ansichten? Die Hauptsache war, daß er die ihm auferlegte Pflicht tat. Die ganze Monarchie schien darauf zu beruhen, daß jeder seine Pflicht tat, ohne sich zu fragen, was er damit bezweckte. Die Pflicht war ihr eigener Zweck. Vielleicht steckte ein höherer Sinn dahinter, aber

Pfeffer war im Augenblick nicht imstande, ihn zu ergründen.
Die Tür ging nach kurzem Klopfen auf und Gawrilo Princip, den er bestellt hatte, wurde von einem Wachsoldaten hereingeführt. Princip sah sehr erschöpft aus; er war blaß und hatte dunkle Ringe unter den Augen. Seine kleine Figur sah neben der massigen Gestalt des Wachtmeisters noch zerbrechlicher aus.
Leo Pfeffer winkte ihn zu sich.
»Komm, ich möchte dir etwas zeigen.«
Gawrilo Princip blieb stehen und sah ihn unschlüssig an.
»Komm her!«
Princip ging zögernd zum Fenster und stellte sich neben Pfeffer. Wie er ihn so schmächtig und hilflos neben sich stehen sah, hatte Leo Pfeffer die Anwandlung, ihm den Arm um die Schulter zu legen und ihn so zu stützen, er tat es aber nicht, aus Angst, daß man seine Geste mißdeuten könnte.
Auch Princip könnte vielleicht glauben, er wolle damit andeuten, daß er mit ihm irgendwie einverstanden war, und das war er bestimmt nicht. Im Augenblick war er mit niemandem einverstanden, nicht einmal mit sich selbst.
»Ich habe sie gesehen«, sagte Princip leise. »Von meiner Zelle aus sieht man in den Hof. Wenn man sich mit den Armen hochhebt.«
»Hast du auch gesehen, daß man einen Galgen aufgestellt hat?
»Nein, aber ich habe davon gehört.«
Es stimmte also, daß die Gefangenen sich miteinander verständigen konnten, wenigstens in Stichworten.
»Ich habe auch das Stöhnen der Bauern gehört«, fuhr Princip fort, »die man in der Nacht geschlagen hat. Nur weil sie Serben sind...«
»Findest du das in Ordnung?«

Princip drehte sich um und sah Pfeffer an.
»Ich werde alles genau erzählen und die Schuldigen nennen, damit nicht unschuldige Menschen leiden«, sagte er beinahe tonlos, als spreche er einen auswendig gelernten Text, den er sich im Geist sehr oft wiederholt hatte. »Wir Schuldigen waren ohnehin bereit, in den Tod zu gehen. Ich möchte aber vorher ganz kurz mit Danilo Ilitsch und Trifko Grabesch reden dürfen. Nur ein paar Worte. Dann werde ich alles aussagen. Sonst werde ich nichts bekennen, selbst wenn Sie mich erschlagen.«
Das letzte war gewiß eine Phrase, aber Princip nahm doch eine leicht geduckte Abwehrstellung ein, als erwarte er einen Schlag.
»Ich habe nicht vor, dich zu einer Aussage zu zwingen«, sagte Pfeffer und ging zu seinem Schreibtisch. »Wir werden deine Einvernahme aufschieben, bis du Gelegenheit bekommen hast, mit Ilitsch und Grabesch zu sprechen. Du kannst gehen.«
Princip, der ihm automatisch nachgegangen war, sah ihn ungläubig an. Sie hatten offenbar noch keine gemeinsame Sprache gefunden.
»Sie können ihn abführen«, sagte Pfeffer zu dem fülligen Wachtmeister, der seinem Aussehen nach gar nicht begriffen hatte, was vorgefallen war. Jetzt ergriff er mit seiner klobigen Hand den dünnen Arm des Häftlings und schob ihn hinaus.
Pfeffer fragte sich, warum Princip nur Ilitsch und Grabesch zu sprechen wünschte. Wußte er schon, daß Tschabrinowitsch gestern einiges erzählt hatte, ohne ihn zu fragen, und war deshalb böse auf ihn? Oder meinte er, der junge Buchdrucker wisse ohnehin nicht viel – er war nach allem, was Pfeffer von ihm erfahren hatte, mehr oder weniger nur ein Befehlsempfänger –, und wollte sich nun mit seinen beiden anderen Komplizen ins Einvernehmen setzen? Wie dem

auch immer war, Leo Pfeffer mußte warten. So diktierte er auf und ab gehend:

»Nachdem es aussichtslos ist, den Beschuldigten zu veranlassen, daß er vor Erfüllung seines Verlangens aussage, und nachdem Grabesch noch nicht in dieses Gefängnis abgegeben wurde, wird das Verhör bis zur Einlieferung des Grabesch unterbrochen.«

Darauf ließ er sich zum Gasthausgarten des Restaurants »Goldenes Faß« fahren, wo er seine beiden Freunde treffen und endlich einmal etwas Warmes essen wollte. Diesmal begleitete ihn der kleine Detektiv Slawik, der sich nicht überreden ließ, sich an einen benachbarten Tisch zu setzen und es sich bei einem Glas Bier gemütlich zu machen. Um besser auf seinen Schützling aufpassen zu können, blieb er im Hintergrund stehen, an die dicke Kastanie gelehnt, und sah mit seinem unsteten Blick kriegerisch in die Gegend.

Ansonsten war alles friedlich. Die Kaufleute und die Bankangestellten der Umgebung aßen ihre Lieblingsspeisen, tranken Faßbier oder Wein und sprachen mit großen Gesten über ihre Geschäfte, als wäre am letzten Sonntag nichts Besonderes geschehen. Vielleicht sprachen manche von ihnen doch über das Attentat und versuchten, daraus Kapital zu schlagen. Leo Pfeffer hatte keine Ahnung, wie man so etwas machte, er wußte aber, daß gerissene Geschäftsleute in Kriegs- oder Krisenzeiten weitaus mehr Geld verdienten als im Frieden.

Da es ein Donnerstag war, gab es Lammbraten. Dr. Sattler aß mit Genuß eine Lammkeule und begoß sie mit Rotwein. Dr. Zistler, der seine Portion schon gewohnheitsgemäß hinuntergeschlungen hatte, sah ihm lustlos zu und rauchte eine Zigarette, die in einer Zigarettenspitze aus dunkelgelb gewordenem Elfenbein steckte. Sie sollte verhindern, daß sein schwarzer Schnauzbart vom Tabakrauch verfärbt wurde; er war trotzdem an den unteren Partien bräunlich angeräuchert. Während Pfeffer auf seinen Lammbraten wartete, begann Dr. Zistler zu Dr. Sattler zu sprechen. Es war die Fortsetzung eines Gesprächs, an dem Pfeffer nicht teilgenommen hatte, aber das Thema interessierte ihn sehr.

»Ich möchte dich nur daran erinnern, daß die Sozialdemokraten vor fünfzehn Jahren, präzise gesagt schon 1899, auf dem Parteitag in Brünn die Forderung nach Autonomie für alle Völker und Nationalitäten der Monarchie in ihr Programm aufgenommen haben. Hätte man diese Resolution an den zuständigen Stellen ernstgenommen, hätte man einen kleinen Versuch gemacht, das nationale Programm wenn schon nicht zu lösen, dann wenigstens überhaupt anzugehen, so wäre es jetzt vielleicht nicht so weit gekommen.«

»Deine Sozialdemokraten müssen später zurückgesteckt haben, ich habe nur etwas von kultureller Autonomie läuten gehört«, sagte Dr. Sattler mit vollem Mund.

»Ja, natürlich, die kulturelle Autonomie ist schließlich die wichtigste Voraussetzung für eine volle Selbständigkeit.«

Dr. Sattler wollte gerade einen Bissen zum Mund führen, legte aber die Gabel wieder auf den Teller.

»Und wo hat uns diese deine kulturelle Autonomie hingeführt? Daß die Burschen aus diversen literarischen Vereinen mit Bomben schmeißen und mit Pistolen vor unseren Nasen herumfuchteln.« Dr. Sattler sagte das weder boshaft noch empört, sondern eher ironisch und beiläufig, um seinen Freund zu provozieren. Doch Dr. Zistler nahm das Gespräch ernst.

»So einfach ist die Sache nicht.«

»Dann erkläre sie mir, wenn du besser Bescheid weißt. Ich höre.«

Dr. Sattler fuhr fort zu essen. Pfeffer aß auch einen Lammbraten, den ihm der Kellner gebracht hatte, er war aber nicht so bei der Sache wie der Arzt.

»Nein, so leicht dürfen wir uns das nicht machen«, sagte Dr. Zistler leise, als spreche er mehr für sich. »Wir können das Ganze nicht so einfach von vornherein aburteilen, ohne uns nach den Ursachen zu fragen, ja, nach unserer eigenen Schuld.«

»Da schau, jetzt trifft uns sogar selbst die Schuld«, warf Dr. Sattler mit vollem Mund ein.

»Bis zu einem gewissen Grad ja«.

»Jetzt machst du es dir zu einfach.«

»Es ist doch eine Tatsache, daß die Deutschstämmigen oder, wenn du willst, die Deutschsprechenden nur etwa fünfundzwanzig Prozent der Gesamtbevölkerung unseres Reichs ausmachen. Selbst wenn wir die sechzehn Prozent, die von den Ungarn gestellt werden, dazu rechnen, macht das weniger aus als der Anteil der Slawen. Nach der letzten Volkszählung beträgt er fünfundvierzig Prozent. Das ist eine ganz schöne Menge.«

»Und wenn schon. Was fehlt ihnen denn bei uns, daß sie unbedingt aufbegehren müssen?«

Dr. Zistler streifte verärgert den Stummel seiner Zigarette von der Zigarettenspitze in den Aschenbecher, zerdrückte ihn mit der Spitze, steckte gleich eine neue hinein und zündete sie an.

»Kannst du dich noch erinnern, wie begeistert wir alle waren, als diese Buren in Südafrika den bösen Engländern zeitweise schwer zugesetzt haben«, begann er mit neuem Eifer.

»Na und?« brummte Dr. Sattler.

»Und was ist mit unserem Nationalhelden Andreas Hofer, den die Franzosen wie einen gemeinen Verbrecher behandelt und hingerichtet haben, weil er sich unserer Ansicht nach mit Recht gegen sie erhoben hat.«

»Was willst du damit sagen?«

»Daß wir bei allen Dingen zweierlei Maß anwenden. Was uns in den Kram paßt, rechtfertigen wir mit vielen schönen und edlen Worten, und was nicht, lehnen wir a priori ab.«

Dr. Sattler hatte sich endlich satt gegessen, lehnte sich bequem zurück und zündete sich seine Virginier nach altbewährtem Ritual an. Er zog zuerst den langen, dünnen Strohhalm aus der Zigarre, hielt ihn an die Streichholzflamme, bis er Feuer fing, und steckte damit die Zigarre in Brand. Leo Pfeffer erinnerte sich an die Trabuko, die er von Chmielewski bekommen hatte und die er seinem Freund geben wollte, er hatte sie dann zu Hause vergessen.

»Langsam, langsam, sonst bringen wir alles durcheinander«, sagte Dr. Sattler, dicke Rauchwolken paffend. »In den beiden von dir zitierten Fällen handelt es sich um Länder, die von fremden Truppen besetzt waren, so daß die Bevölkerung ein Recht darauf hatte...«

»Und Bosnien und die Herzegowina sind nicht besetzt?« unterbrach ihn Dr. Zistler.

Dr. Sattler setzte an, etwas darauf zu sagen, verstummte aber und paffte nur an seiner Virginier. Er wollte offenbar noch überlegen, bevor er Zistler mit Fragen und Antworten wieder zusetzte. Es war schwer, auf diese simple Feststellung etwas Treffendes zu erwidern. Auch Pfeffer war ratlos. Einmal gab er dem einen und dann wieder dem anderen Freund recht. Plötzlich begann er, einer unerklärlichen Eingebung folgend, zu rezitieren:

»Schiff nach Luzern hinunter, frage dort,
Wie Österreichs Herrschaft lastet auf den Ländern!
Sie werden kommen, uns're Schaf' und Rinder
Zu zählen, uns're Alpen abzumessen,
Den Hochflug und das Hochgewilde bannen
In unsern freien Wäldern, ihren Schlagbaum
An uns're Brücken, uns're Tore setzen,
Mit uns'rer Armut ihre Länderkäufe,

Mit unserm Blute ihre Kriege zahlen –
– Nein, wenn wir unser Blut dran setzen sollen,
So sei's für uns – wohlfeiler kaufen wir
Die Freiheit als die Knechtschaft ein!«

»Was ist denn das?« fragte Dr. Sattler.
»Schiller. Wilhelm Tell.«
»Ein glänzendes Beispiel für das, was ich gerade sagen wollte«, sagte Dr. Zistler. »Quod licet Jovi, non licet bovi. Die auserwählten Völker wie die Deutschen oder die Schweizer dürfen für die Freiheit kämpfen, ja, sie sind geradezu dazu verpflichtet, aber für die zurückgebliebenen Bosniaken ziemt sich so etwas nicht.«
»Mir scheint, ihr beide seid von diesem nationalistischen Brimborium schon angesteckt.« Dr. Sattler zog einen kräftigen Zug aus seiner Virginier, bevor er fortfuhr. »Aber dieses ganze pathetische Gerede kann nicht darüber hinwegtäuschen, daß es sich in unserem Fall um einen vorbedachten Meuchelmord handelt.«
»Das leugnet niemand«, sagte Pfeffer.
Dr. Zistler brachte ein neues Argument.
»Wie ich gehört habe, hat man vor, die Burschen nicht nur wegen des Mordes, sondern auch wegen des Hochverrats anzuklagen. Ich finde, das ist ein Unsinn. Wie können sie als Bewohner eines okkupierten Landes Hochverrat begehen? Wäre ich ihr Verteidiger, dann würde ich diesen Punkt der Anklage an Hand internationaler Verträge und Gepflogenheiten regelrecht zerpflücken.«
»Aber du bist nicht ihr Verteidiger«, bemerkte Dr. Sattler.
»Wer weiß? Vielleicht werde ich es doch sein. Und wenn nicht, dann werde ich die von ihnen gewählten oder vom Gericht bestellten Kollegen auf diesen wunden Punkt der Anklage aufmerksam machen.«
»Ich glaube, sie werden sich nicht trauen, sich durch eine so

aus der Luft gegriffene Beweisführung unbeliebt zu machen.«

»Dann sollen sie lieber einen anderen Beruf ergreifen, zum Beispiel den des Staatsanwalts.«

»Oder den des Untersuchungsrichters«, fügte Dr. Sattler hinzu und zeigte mit seiner Virginier auf Pfeffer.

Pfeffer fühlte sich verpflichtet, sich zu verteidigen.

»Ich klage niemanden an.«

»Aber du lieferst die Beweise, damit die Anklage erhoben werden kann«, erklärte Dr. Sattler.

»Ich kann nichts dafür.«

»Du brauchst dich vor mir nicht zu rechtfertigen. Ich werfe dir nichts vor. Ich habe mich nur nach den Motiven gefragt, die dich veranlassen, mit solchem Eifer für die Gegenseite zu arbeiten.«

»Ich arbeite weder für die eine noch für die andere Seite. Meine Aufgabe ist es, die Wahrheit herauszufinden, die ganze Wahrheit.«

»Und du glaubst, daß die ›ganze Wahrheit‹ etwas ändern würde?«

»Das weiß ich nicht. Aber eines Tages wird die Wahrheit, die ich zu finden hoffe, vielleicht wichtig sein.«

»Aber ich bitte dich. Es gibt keine Wahrheit, die für alle verbindlich ist. Jeder glaubt nur an seine eigene Wahrheit oder daran, was er dafür hält.«

2

Als Leo Pfeffer über den Kai zum Rathaus gefahren wurde, hatte er plötzlich das Gefühl, er wiederhole die tödliche Fahrt des Thronfolgers und der Herzogin von Hohenberg. Jeden Augenblick müßten von der Kaiseite aus Bomben herüberfliegen und vom Trottoir aus Schüsse fallen. Und er saß ungeschützt im offenen Wagen, den man ihm angeblich zu seiner Sicherheit zugeteilt hatte. Er würde sich als Fußgänger unter Fußgängern viel sicherer fühlen. Das Automobil war eine Falle.

Dann sah er tatsächlich die Wiederholung einer schon erlebten Szene. Es war wie ein wiederkehrender Alptraum. Ein Trupp Polizisten in Zivil und in Uniform trieb und zerrte einen mißhandelten jungen Mann die Uferböschung hinauf. Leo Pfeffer ließ anhalten und schickte den Detektiv Slawik zu den Polizisten, um zu erfahren, was da vor sich ging. Slawik sprach kurz mit einem aufgeregt gestikulierenden Wachtmeister, dem er sich ausgewiesen hatte, und kam darauf beinahe laufend zurück; er durfte Pfeffer, wenn überhaupt, nicht lange allein lassen.

»Es ist der dritte Attentäter, den sie gerade verhören«, berichtete er kurzatmig. »Er heißt Grabesch.«

Leo Pfeffer schaute währenddessen auf die Gruppe am Ufer, die nun an der Kaimauer stand, und sah plötzlich Iwassiuk. Er hielt Grabesch mit seiner starken Pranke am Genick, wie einen jungen Hund. Der »Kosak« hatte einen Schlapphut auf, als sei er ein Künstler oder ein Literat, so daß Pfeffer ihn nicht gleich erkennen konnte. Der Schreck, den er zu Anfang beim Anblick dieser Szene empfunden hatte, verwandelte sich in Wut. Er ließ sich schnell ins Rathaus bringen und lief dort schnurstracks zu Ilnitzky, der im ersten Stock sein Büro hatte. Da ihn der Wachtmeister vor der Tür kannte, nickte er ihm nur zu, klopfte kurz und trat ein.

Ilnitzky war, auf seinem bequemen Polsterstuhl lässig zurückgelehnt, gerade dabei, zu telefonieren, und bat ihn mit einer Geste der linken Hand, sich ein bißchen zu gedulden. Das war ganz gut, weil Pfeffer so etwas Zeit hatte, zu überlegen, wie er ihm sagen sollte, was ihm auf den Lippen brannte. Sonst hätte er sicherlich einen Fauxpas begangen. Als Ilnitzky nach einer kurzen Verbeugung – er hatte sicherlich mit einem Vorgesetzten gesprochen – den Hörer auf die Gabel gelegt hatte, wandte er sich mit seinem grundlos heiteren Gesichtsausdruck an Pfeffer.

»Was kann ich für Sie tun, mein Lieber?«

»Sie wissen, Herr Präsident, wie wichtig es ist, daß ich den dritten Attentäter verhöre«, sagte Pfeffer halbwegs gesammelt, »den ich zur Verhaftung ausgeschrieben habe.«

Da Ilnitzky ihn nur verständnislos anlächelte, fügte er hinzu:

»Die Polizei zieht mit Trifko Grabesch schon weiß Gott wie lange durch die Gegend, anstatt ihn mir vorzuführen.«

»Seien Sie doch nicht immer so ungehalten, mein Lieber, wenn es um die Polizei geht«, sagte Ilnitzky gespielt vorwurfsvoll. »Sie versucht nur, Ihnen zu helfen. Sie nimmt Ihnen nur einen Teil der Arbeit oder besser gesagt der Vorarbeit ab. Wahrscheinlich macht sie mit dem Beschuldigten einen Lokalaugenschein.«

»Damit verlieren wir nur wertvolle Zeit. Das kann auch später gemacht werden. Ich verlange, daß Trifko Grabesch mir unverzüglich vorgeführt wird.«

»Sie glauben doch nicht, daß Sie mehr erreichen werden als die Polizei, die ihn schon stundenlang verhört!«

»Habe ich das nicht schon bewiesen?«
Ilnitzky sah ihn sinnlos vor sich hinlächelnd an und sagte dann plötzlich entschlossen:
»Schon gut. Ich werde das Nötige veranlassen.«
»Danke.«
Pfeffer verbeugte sich und ging hinaus. Als er sich zuletzt umdrehte, um die Tür hinter sich zu schließen, sah er, daß Ilnitzky nach dem Telefon griff.
»Iwassiuk versucht schon seit Stunden zu erfahren, wo Grabesch seine Bombe und seinen Revolver versteckt hat«, erzählte Dr. Sertitsch, der in Pfeffers Büro auf ihn gewartet hatte. »Ich habe vergeblich dagegen protestiert und ihn für uns beansprucht. Iwassiuk will ihn nicht aus der Hand geben.«
»Das ist jetzt erledigt. Ich habe gerade mit Ilnitzky darüber gesprochen.«
»Hoffentlich werden sie ihn uns noch lebend übergeben.«
»Wie meinen Sie das?«
»Iwassiuk packt Grabesch immer wieder an den Haaren und taucht seinen Kopf so lange in die Miljatzka, bis der Bursche ohnmächtig wird. Es kann leicht passieren, daß er einmal nicht mehr zu sich kommt.«
»Als ich ihn vorhin gesehen habe, war er noch am Leben. Bringen Sie ihn bitte sofort her. Es ist ein Befehl des Gerichtspräsidenten Ilnitzky.«
Dr. Sertitsch lief hinaus.
Als Pfeffer allein blieb, versuchte er, sich auf die bevorstehende Begegnung mit dem dritten Attentäter zu konzentrieren. Plötzlich hatte er das Gefühl, als sitze er, noch ein Schüler, in der provisorischen Garderobe ihres Amateurtheaters und memoriere den Text der ruhmlosen Rolle des Landvogts, die ihm zu entgleiten drohte, obwohl er beinahe das ganze Stück auswendig gelernt hatte. Er hätte lieber den Wilhelm Tell gespielt, man hatte ihn aber schon damals der

Obrigkeit zugeteilt, so daß er dauernd Schwierigkeiten hatte, sich der ihm aufgezwungenen Rolle anzupassen.
Die beiden jungen Attentäter hatten sich mit ihrer Rolle so sehr identifiziert, daß sie das romantische Freiheitsstück, in dem sie spielten, für die Wirklichkeit hielten. Oder war es umgekehrt? Sie hielten die Wirklichkeit für ein Theaterstück, in dem sie den Part der Freiheitshelden übernommen hatten. Sie waren jedenfalls von der Berechtigung, die überlieferte Ordnung zu zerstören, ebenso durchdrungen wie die Verteidiger dieser Ordnung von der Legitimität ihrer Herrschaft. Leo Pfeffer wurde in der dumpfen Atmosphäre seines Büros im Rathaus auf einmal klar, daß er irgendwo in der Mitte stand und deshalb halbwegs das Vertrauen der beiden Seiten genoß. Aber wie lange noch? Wie lange würde er noch diesen Drahtseilakt vollführen können, ohne zu stürzen?
Als Trifko Grabesch hereingeführt wurde, war er noch naß und zitterte am ganzen Körper. Er war etwas größer als Princip und nach dem Zettel, den Dr. Sutej Pfeffer auf den Tisch gelegt hatte, beinahe zwei Jahre jünger. Er sah trotzig unter den nassen dunklen Haaren, die ihm in wirren Strähnen auf die Stirn fielen, vor sich hin. Ebenso wie die beiden anderen Attentäter trug auch er einen dunkelgrauen, beinahe schwarzen Anzug mit Weste. Es war wie eine Uniform.
»Setz dich!« sagte Pfeffer und zeigte auf den Sessel vor seinem Schreibtisch.
Da Grabesch sich nicht rührte, schob ihn der Wachmann zum Sessel und drückte ihn darauf.
»Beim Verhör sage ich jedem ›du‹, nicht um ihn zu erniedrigen, sondern, weil ›Sie‹ und ›ihr‹ im Serbischen ein und dasselbe bedeutet und dieser Ausdruck deshalb im Protokoll leicht mißverstanden werden kann, und wir wollen, so weit es geht, alle Mißverständnisse vermeiden«, sagte Pfeffer, nachdem er sich vorgestellt hatte.

Grabesch, der zu Anfang stur vor sich hingestarrt hatte, ohne Pfeffer anzusehen, hob bald den Blick und richtete ihn neugierig auf ihn. Sutej wollte wie immer alles mitschreiben, doch Pfeffer deutete ihm mit einer Geste an, es noch nicht zu tun.

»Aus den Geständnissen von Princip, Tschabrinowitsch und Ilitsch weiß ich, daß du am Attentat auf den Thronfolger beteiligt warst und daß du eine Bombe und einen Revolver gehabt hast«, fuhr Pfeffer fort. »Ich halte dich nicht für einen Verbrecher. Du und deine Genossen, ihr habt aus politischen Motiven gehandelt. Ob das gut oder schlecht war, wird die Zukunft zeigen. Das Gericht muß die bestehenden Gesetze beachten und euch für diese Tat bestrafen. Über deine Beteiligung am Attentat werden wir später reden. Ich habe gerade erfahren, daß die Polizei dich verhört und gefoltert hat, um dich zu zwingen, ihr das Versteck der Waffen zu verraten. Ich billige diese Vorgangsweise nicht. Das wird sich nicht wiederholen. Von nun an stehst du unter dem Schutz des Gerichts. Und nun möchte ich dich bitten, mir zu sagen, wo du die Bombe und den Revolver versteckt hast. Bedenke nur, was passieren kann, wenn die Waffen in falsche Hände geraten. Kinder könnten sie beim Spielen finden. Es wäre dir sicherlich nicht recht, wenn die Bombe unschuldige Menschen tötet.«

Grabesch, der ihm zuletzt sehr aufmerksam zugehört hatte, sagte schlicht:

»Sie sind seit meiner Verhaftung der erste, der mit mir wie mit einem Menschen spricht. Geben Sie mir Papier. Ich werde Ihnen aufzeichnen, wo sich die Waffen befinden.«

Während Pfeffer sich nach einem Stück Papier umsah, kam ihm Sutej zuvor und legte seinen Schreibblock sowie einen Bleistift vor Grabesch.

Grabesch machte mit leicht zittriger Hand eine Skizze und erklärte dazu mit entsprechenden Gesten:

»In der Bachstraße befindet sich das Gasthaus meines Verwandten Gawro Zernogortschewitsch. Im Hof linker Hand befindet sich ein aus Brettern gebauter Abort. Unter dem Loch, auf der linken Querstange, liegt die Bombe. Sie ist zugeschraubt. Und unter dem Dach, zwischen den Brettern, steckt der Revolver.«
Leo Pfeffer nahm die mit zwei Kreuzen versehene Skizze an sich und sagte zum Wachtmeister, der Grabesch begleitet hatte:
»Führen Sie ihn hinüber in die Ambulanz zu Dr. Sattler. Er soll ihn verarzten.«
Dann ging er hinaus, um, wie sein Vorgesetzter Ilnitzky oft zu sagen pflegte, »alles Nötige zu veranlassen«.
Als er mit Dr. Sertitsch und dem Detektiv Nemeth, der ihn am Nachmittag an Slawiks Stelle begleitete, in der Bachstraße ankam, waren die Herren vom Artilleriezeugdepot, die er hinbestellt hatte, um die Bombe vorschriftsmäßig sicherzustellen, noch nicht da. Es war ein kleines Gasthaus mit niedrigen runden Tischchen und einer offenen Feuerstelle in der Ecke, auf der Tschewaptschitschi gegrillt wurden. Es roch stark nach Zwiebeln und Rauch. Nur wenige Gäste waren da; zwei Türken, die zusammensaßen, und einige Serben, die ihrer Kleidung nach Bauern zu sein schienen. Während Pfeffer sich umsah, hatte er den Eindruck, daß er die harmonische Einheit dieser zufälligen Gemeinschaft störe. Er, Sertitsch und Nemeth gehörten mit ihren korrekten Anzügen und Krawatten offensichtlich nicht hierher. Einer der Bauern verließ beinahe verstohlen das Lokal, bevor sie sich gesetzt hatten.
Der Wirt, ein großer Mann mit dickem Schnurrbart und einer schmutzigweißen Schürze, die ihm ziemlich lose vom mächtigen Bauch herunterhing, trat an ihren Tisch und fragte untertänig:
»Womit kann ich dienen, meine Herren?«

Da Pfeffer Durst hatte, es war ganz schön heiß draußen, bestellte er Bier. Seine beiden Begleiter schlossen sich ihm an.
»Ich habe nur Flaschenbier«, sagte der Wirt. »Aber es ist nicht kalt, weil ich heute kein Eis bekommen habe.«
»Das auch noch«, warf Dr. Sertitsch sarkastisch ein.
»Macht nichts«, sagte Pfeffer, »bringen Sie es her.«
Während sie ihr warmes Bier tranken, bemerkte Pfeffer, wie still es um sie herum geworden war. Das war sicherlich der Grund dafür, daß Dr. Sertitsch ganz nahe an ihn heranrückte und beinahe im Flüsterton sagte:
»Glauben Sie, daß es gut war, alle zusammenzutrommeln, bevor wir die Waffen gefunden haben?«
»Ich bin sicher, daß wir sie hier finden werden.«
»Er hat trotz Folter nichts gestanden. Warum sollte er plötzlich...«
»Er hat die Wahrheit gesagt.«
»Warum haben Sie aber gleich den Gerichtspräsidenten angerufen?«
»Sie sollen endlich einmal begreifen, daß man mit Gewalt nichts erreichen kann.«
Plötzlich stürmten zwei Offiziere und drei Soldaten in den Raum, als gelte es, eine Festung einzunehmen. Der Wirt und seine paar Gäste wurden steif vor Schreck. Leo Pfeffer konnte es ihnen gut nachfühlen. Auch er war überrascht, obwohl er auf das Auftauchen der Militärs vorbereitet war. Er mußte die Schrecksekunde mit einem kräftigen Schluck Bier überwinden, ehe er sich aufrichtete.
»Folgen Sie mir, meine Herren«, sagte er und ging auf die Tür neben der offenen Feuerstelle zu, auf der mit ungeschickten Blockbuchstaben in grüner Farbe »Zum Abort« geschrieben stand. Als er die Tür aufriß, sah er, daß sich zwei weitere Gäste davonzuschleichen versuchten. Das ganze kam ihnen verständlicherweise nicht geheuer vor.
Hinter dem Haus befand sich ein kleiner, schmutziger Hof,

in dem das etwas schiefe Aborthäuschen stand. Das Versteck war von Grabesch gut gewählt. Der Gestank, der in den heißen Sommertagen vom Abort ausging, hielt sicherlich jeden davon ab, sich hier länger als unbedingt notwendig aufzuhalten. Leo Pfeffer hielt den Atem an, als er sich, die Skizze in der linken Hand haltend und mit ihr einen Schwarm Fliegen vertreibend, über das Abortloch beugte, um mit der Rechten zum schrägen Bretterdach hinten zu gelangen. Er fand die Pistole auf Anhieb und trat erleichtert hinaus, wo er zuerst einmal Luft schöpfte. Dann übergab er seinen Fund dem dienstältesten Offizier vom Artilleriezeugdepot; es war ein Hauptmann.
»Solche Waffen gibt es bei uns kaum«, stellte der Offizier fachmännisch fest, »es sei denn, jemand bringt sie aus dem Ausland.«
»Es ist ein Browning«, klärte ihn Pfeffer auf.
»So«, sagte der Offizier und sah sich den Revolver etwas genauer an. Als er sich überzeugt hatte, daß er gesichert war, übergab er ihn dem anderen Offizier zur Aufbewahrung. Es war ein Oberleutnant, ein Schönling mit einem kleinen blonden, gepflegten Schnurrbart, der die Pistole im ersten Augenblick in die Tasche stecken wollte, sich aber dann der Wichtigkeit seiner Aufgabe besann und sie auf der flachen Hand behielt, als weithin sichtbares Beweisstück.
»Und jetzt die Bombe«, sagte Pfeffer und wollte, wieder den Atem anhaltend, in den Abort zurückgehen, doch der Hauptmann hinderte ihn daran, indem er ihn am Arm ergriff.
»Überlassen Sie das lieber uns«, sagte er mit wichtiger Miene. »Dafür sind wir da.«
»Aber sie ist zugeschraubt«, versuchte Pfeffer zu protestieren.
Doch der Hauptmann ging darauf gar nicht ein, sondern rief nur:

»Gehen Sie bitte auf Sicherheitsabstand, meine Herren!«
Da es in dem kleinen Hof nicht viel Platz zum Zurückweichen gab, drängten die beiden Offiziere Pfeffer und seine beiden Begleiter in die Tür zurück.
»Wir dürfen kein Risiko eingehen«, sagte der Hauptmann entschuldigend.
Nun traten die beiden Soldaten in Aktion. Sie hatten offenbar das Risiko zu tragen. Wahrscheinlich hatten sie sich freiwillig gemeldet, um sich eine Sonderration oder ein paar Tage Urlaub zu verdienen. Der eine von ihnen, ein kleiner Kerl mit großem, kahlgeschorenem Bauernschädel, der seitlich der Soldatenmütze grauweiß schimmerte, krempelte entschlossen die Ärmel seiner Bluse hoch und trat durch die offene Tür in den Abort, wo die Fliegen sofort über ihn herfielen. Der zweite Soldat, ein stämmiger Bursche mit langen Armen, an denen ein Kübel mit Wasser und ein Jutesack hingen, folgte ihm auf dem Fuß und blieb in der Tür stehen.
»Treten Sie zur Seite!« rief ihm Pfeffer zu. »Ich kann sonst nicht hineinsehen.«
Der stämmige Soldat trat gehorsam mit zackigen Soldatenschritten zur Seite.
Leo Pfeffer konnte die Bombe sehen. Sie lag auf dem linken Querbalken unter dem Abortloch. Als er es dem kleinen Soldaten erklärt hatte, schnappte sie der kahlgeschorene Bauernsohn und trat heraus. Sein Kamerad tauchte den Jutesack ins Wasser und öffnete ihn, damit der Rundschädel, der sichtbar schwitzte, sie hineintun könne. Dann steckte er das ganze in den Kübel. Die beiden Soldaten sahen Anerkennung heischend auf ihren Vorgesetzten.
»Bravo!« rief der Hauptmann. »Das habt ihr gut gemacht.«
Dann wandte er sich an Pfeffer: »Und wohin nun damit?«
»Ins Rathaus.«
Leo Pfeffer kam sich vor wie ein Zirkusdirektor, als er an

der Spitze dieser seltsamen Schar ins Rathaus schritt. Sie wurde durch zwei Polizisten vermehrt, die man ihm offenbar nachgeschickt hatte und die vor dem Gasthaus auf ihn gewartet hatten. Die spärlichen Passanten zu dieser heißen Stunde des frühen Nachmittags – die Läden waren noch geschlossen – sahen ihnen mit offenen Mündern nach.

Im Gang des Rathauses wimmelte es von Beamten, die aus ihren Büros herausgestürzt waren, um diese große Szene nicht zu verpassen. Als Pfeffer am Fuß der Treppe, die zum ersten Stock führte, Ilnitzky sah, griff er in den Kübel, der vom stämmigen Soldaten getragen wurde, holte den nassen Sack mit der Bombe und schwenkte ihn triumphierend in der Luft.

»Was machen Sie denn da?« schrie Ilnitzky erschrocken und wich zurück.

»Keine Angst«, sagte Pfeffer. »Die Bombe kann nicht explodieren. Sie ist zugeschraubt, und außerdem ist sie naß.«

»Stecken Sie sie trotzdem wieder zurück!« rief Ilnitzky beinahe hysterisch.

»Wie Sie meinen«, sagte Pfeffer und stopfte den Sack wieder ins Wasser. Man ließ ihn nicht einmal seinen Sieg auskosten. Obwohl ihn Ilnitzky, als er seinen Schrecken überwunden hatte, vor allen anderen geradezu überschwenglich lobte, kam sich Pfeffer irgendwie betrogen vor.

»Machen Sie nur so weiter«, sagte Ilnitzky leutselig und klopfte ihm auf die Schulter.

Und Pfeffer machte weiter. Er ließ sich ins Garnisonsgefängnis bringen, wo Dr. Sertitsch in aller Eile Princips Gegenüberstellung mit Grabesch und Ilitsch veranlaßt hatte. Princip und Grabesch standen in der ehemaligen Apotheke in der größtmöglichen Entfernung voneinander, bewacht von je einem Soldaten. Pfeffer stand so an die Wand gelehnt, daß er sie beide im Blickfeld hatte. Sutej saß an seinem Tischchen und schrieb wie immer mit.

»Bitte, du kannst jetzt sprechen«, sagte Pfeffer zu Princip.
Princip überlegte kurz und sagte dann:
»Bekenne alles, wie wir die Waffen bekommen haben, wie wir gereist sind, und in welcher Gesellschaft wir waren, damit unschuldige Leute nicht zu Schaden kommen.«
Grabesch versuchte, in Princips Gesicht zu lesen, was seinen Freund zu diesem für ihn anscheinend unverständlichen Schritt bewogen hatte, doch Princip schaute ihn ruhig und gefaßt an.
Pfeffer beobachtete neugierig die beiden Freunde, die seit dem Attentat einander nicht gesehen hatten, und gab dann dem Soldaten, der Grabesch bewachte, das Zeichen, Grabesch abzuführen. Kaum waren sie draußen, als Ilitsch schon hereingeführt wurde; Sertitsch hatte offenbar für einen reibungslosen Ablauf gesorgt. Ilitsch war überrascht, als er Princip sah und schaute Pfeffer fragend an.
»Gawrilo Princip hat eine Gegenüberstellung mit Ihnen und mit Grabesch verlangt«, klärte ihn Pfeffer auf, und deutete Princip an, daß er reden könne.
»Da das Gericht bereits viel erfahren hat und damit wir Unschuldige retten, ist es notwendig, daß du alles sagst. Sag, wie ich dir die Bomben in Tusla ausgefolgt habe, wem du die Waffen gegeben hast und wo sich die Waffen befinden.«
Er leierte den Satz tonlos herunter und sah dann Pfeffer an, um zu erfahren, ob er weiterreden dürfe. Pfeffer nickte.
»Denk an die Qualen der vielen, die verhaftet wurden«, fuhr er mit verhaltener Leidenschaft fort. »Ich höre die ganze Nacht ihr Stöhnen. Man wird sie foltern, aber sie können nichts enthüllen, weil sie nichts wissen. Niemand von uns hat sich der Verschwörung unter Zwang angeschlossen. Jeder hat es freiwillig getan. Nun ist es jedermanns Pflicht, seinen Teil der Verantwortung zu tragen und nicht zuzulassen, daß schuldlose Menschen unnötig Qualen erleiden.«
Als Princip geendet hatte, lächelte ihn Ilitsch an. Es war ein

Lächeln voller Trauer, wie bei einem Abschied für längere Zeit. Pfeffer ließ den ehemaligen Lehrer abführen und wandte sich dann an Princip.

»Setz dich.«

Princip setzte sich nieder und sah müde vor sich hin.

»Hast du dich über irgend etwas zu beschweren?«

Der junge Attentäter hob den Blick und schaute Pfeffer in die Augen. Dann sagte er:

»Nein.«

»Man hat dir die Protokolle zum Lesen gegeben, bevor du sie unterschrieben hast?«

»Ja.«

»Findest du alles in Ordnung?«

»Ja.«

»Gut, dann wollen wir weitermachen. Erzähl mir bitte alles der Reihe nach.«

»Muß das sein?« versuchte Princip schwach zu protestieren. »Genügt es denn nicht, daß wir alle Schuldigen nennen und offen zugeben, das Attentat begangen zu haben?«

»Nein. Ich muß alles bis ins letzte Detail aufklären, damit es keine Mißverständnisse gibt. Jede Unklarheit belastet nicht euch, sondern andere, die mit euch und eurer Tat nichts zu tun haben. Das siehst du doch ein.«

Princip nickte und begann zu erzählen, widerstrebend und ziemlich trocken, wie ein Mensch, der sich einer lästigen Pflicht entledigen will, doch mit der Zeit bekamen seine Schilderungen ein paar Farbtupfer, aber nicht so viele, wie die seines allem Anschein nach ungeliebten Freundes Tschabrinowitsch.

Princips Aussage deckte sich im großen und ganzen mit Tschabrinowitschs umfassendem Geständnis. Er schilderte in kurzen Zügen das Milieu, in dem sich die Studenten aus Bosnien in Belgrad bewegten: billige Zimmer, in denen sie zu zweit oder zu dritt wohnten, Kaffeehäuser mit skurrilen Namen wie »Goldener Hausen« oder »Eichelkranz«, in denen sie mit Veteranen der Balkankriege zusammenkamen, was ihn und Tschabrinowitsch auf die Idee brachte, selbst eine Heldentat zu begehen.

»Ich hatte nicht die Absicht, auch Grabesch in diese Angelegenheit zu verwickeln«, berichtete Princip, »denn er ist eine edle Seele und ein bescheidener Mensch. Deswegen wollte ich ihn schonen. Aber Grabesch selbst hat sich angetragen, mit uns das Attentat zu begehen. Da sich der Zeitpunkt immer mehr näherte und ich die Prüfung ablegen mußte, habe ich wiederholt Ziganowitsch gedrängt, er solle mir sagen, ob wir die Bomben von ihm bekommen werden oder nicht.«

Der hilfsbereite Eisenbahnbeamte händigte ihnen schließlich die Bomben und die Revolver samt Muniton aus.

»Grabesch selbst wurde erst in den letzten Tagen mit Ziganowitsch bekannt«, berichtete Princip. »Die ganzen Waffen trugen wir in meine Wohnung. Ich gab sie unter mein Kopfpolster und, weil wir die Waffen vor meinem Zimmergenossen Bilbija geheimhalten wollten, habe ich, als er mir den Rücken kehrte, das Polster aufgehoben und Tschabrinowitsch die Bomben gezeigt. Er hat sich gewundert, wie ich die Sachen so gut versteckt habe.«

Sie fuhren dann, wie Tschabrinowitsch schon erzählt hatte, mit dem Schiff donauaufwärts bis Schabatz und von dort aus mit der Bahn nach Losnitza. Nach der Fiakerfahrt nach Bad Kowiljatscha, auf der sich Tschabrinowitsch vor dem unbekannten Komitadschi, der ihnen kurz davor über den Weg gelaufen war, mit seiner Waffe gebrüstet hatte, beschlossen Princip und Grabesch, sich von ihm zu trennen. Tschabrinowitsch überschritt mit dem Paß von Grabesch bei Swornik legal die Grenze, und die beiden anderen Verschwörer ließen sich von einem Finanzwachmann und einem Bauern auf Schmugglerpfaden über die Drina und über die Grenze nach Bosnien lotsen. In Tusla sollten sie Tschabrinowitsch treffen.

»In Tusla angekommen, kaufte ich mir eine Hose und mietete im Kaffeehaus ›Bosna‹ ein Zimmer, in dem ein Klavier stand«, erzählte Princip weiter. »Ich wechselte dort die Hose und wickelte in die alte Hose die Bomben und Revolver, da mir Grabesch noch vor Tusla alle Waffen gegeben hatte, die ich in meine Taschen steckte. Ich wickelte die Waffen noch in ein Papier und legte sie auf das Klavier. Ich hatte nämlich den dortigen Kellner, dessen Namen ich nicht weiß, gebeten, er möge mir das Zimmer öffnen, damit ich mich umkleiden könne. Grabesch ging auf den Markt und kaufte ebenfalls eine Hose. Er wechselte sie bei einem Kollegen, dessen Namen ich nicht weiß... Wir waren in Tusla um sechs Uhr früh angekommen. Kurz vor Mittag begegnete ich auf dem Markt Danilo Ilitsch, der aus Sarajewo gekommen war, weil ich ihm geschrieben hatte, an welchem Tag ich in Tusla ankommen würde. In demselben Brief teilte ich ihm auch mit, daß ich einige Sachen mitbringen würde. Er verstand wohl, was ich damit sagen wollte, weil wir schon vorher in Sarajewo von der Notwendigkeit gesprochen hatten, auf irgendeinen Mächtigen ein Attentat zu begehen. In demselben Brief habe ich Ilitsch nicht mitgeteilt, daß ich ein Attentat auf den Thronfolger beabsichtige. Ich dachte mir, er werde schon kombinieren, warum ich komme, denn ich schrieb ihm auch, daß ich zur Prüfung bereit sei, und er wußte gut, daß ich die Prüfung ablegen sollte, bevor ich nach Hause fuhr ... Ilitsch hielt sich vor Grabesch und Tschabrinowitsch versteckt. Sie wußten nichts von ihm. Wo Ilitsch in Tusla abgestiegen ist, weiß ich nicht, das wird er selbst angeben... Gegen fünf Uhr nachmittags gingen wir zusammen zum Kaffeehaus ›Bosna‹. Ilitsch wartete draußen, und ich ging hinein, nahm die Pakete mit den Bomben vom Klavier und gab dem Kellner zehn oder zwanzig Heller

Trinkgeld. Vor dem Kaffeehaus übergab ich Ilitsch das Paket. Wohin er es trug, weiß ich nicht. Ich sagte ihm nur, daß wir um sieben Uhr abends abreisen würden und daß er nicht mit uns abreisen solle, damit wir nicht auffallen. Uns, das heißt Grabesch, Tschabrinowitsch und mich, hat niemand zur Bahn begleitet. Im Waggon saß ein ehemaliger Wachmann aus Sarajewo, der jetzt Detektiv ist. Tschabrinowitsch sprach mit ihm, und er wird auch seinen Namen nennen können. Ich und Grabesch lachten darüber, weil wir mit einem Detektiv fuhren, der nicht wußte, was wir in Sarajewo vorhatten.«
Princip bestätigte Tschabrinowitschs Aussage, nach der sie sich am Bahnhof in Sarajewo trennten, so daß jeder von ihnen seiner Wege ging. Princip ging zu seinem Bruder Jowo nach Hadschitsch und erzählte ihm, daß er die Prüfung für die VII. Gymnasialklasse gemacht, die Matura jedoch auf den Herbst verschoben habe. Vom Attentat hatte er ihm nichts gesagt, weil die Geschäfte des Bruders schlecht gingen, ihm gerade zu dieser Zeit ein Kind geboren wurde und Princip ihn nicht in die Geschichte mit hineinziehen wollte.
Princip hatte sich heiser geredet, und der Wachtmeister an der Tür war eingenickt, stehend, wie ein Fiakerpferd. Es war schon Abend. Dr. Sutej hatte die Tischlampe mit dem grünen Schirm angeknipst, weil es zum Schreiben zu dunkel geworden war. Pfeffer hatte keinen Hunger, es war aber Essenszeit, und er dachte daran, die Vernehmung zu unterbrechen.
»Hast du keinen Hunger?« fragte er Princip.
»Nein.«
»Aber du wirst kein Essen mehr bekommen, wenn wir jetzt keine Pause machen.«
»Die Essenszeit ist schon vorbei. Wir bekommen um sechs Uhr unser Abendessen.«
»So«, sagte Pfeffer. Er stellte mit Erstaunen fest, daß er mit

den Gepflogenheiten in den Gefängnissen nicht vertraut war, obwohl er schon seit Jahren bei Gericht arbeitete.
»Aber das macht nichts«, fügte Princip hinzu. »Der Gangaufseher hebt mir meine Menage auf.«
»Und wie steht es mit Ihnen?« fragte Pfeffer seinen stillen Mitarbeiter Sutej.
»Ich esse immer sehr spät«, antwortete Sutej beiläufig.
Pfeffer glaubte ihm ebensowenig wie Princip, ließ es aber dabei bewenden und sagte nur:
»Dann können wir fortfahren.«
Obwohl Princip sichtlich müde war, sprach er lebhafter als zu Anfang. Er erzählte von der Mutter Ilitsch, die er im Bestreben, sie zu entlasten, für alt und ein bißchen geistesschwach erklärte, und von seinem Freund Tschabrinowitsch, der sich in seiner Ungeduld, endlich einmal den Helden spielen zu dürfen, immer wieder bei ihm erkundigte, ob die Bomben schon in Sarajewo angekommen seien.
»Erst zwei oder drei Tage vor dem Attentat erzählte ich ihm von den Bomben«, sagte Princip, »weil ich fürchtete, daß er uns verraten könnte, denn er ist sehr leichtgläubig und betrachtet jeden als seinen Freund. Grabesch kam zwei Tage vor dem Attentat nach Sarajewo, und ich glaube, daß wir uns am Kai getroffen haben. Ich sagte ihm, er solle sich die Bombe am Sonntag früh in der Konditorei Wlainitsch holen. Als ich und Ilitsch in der ›Bosnischen Post‹ das Programm über die Fahrt des Thronfolgers lasen, faßten wir sofort den Entschluß, ihn am Kai zu erwarten, weil wir nicht sicher waren, ob er auf demselben Weg auch zurückkehren werde … In den letzten zehn Tagen hatte Ilitsch allerdings wiederholt gemeint, daß wir das Attentat nicht begehen sollten, weil der jetzige Zeitpunkt nicht günstig gewählt sei und wir davon keinen Nutzen hätten. Aber ich war mit der Verschiebung des Attentats nicht einverstanden, weil in mir eine gewisse krankhafte Sehnsucht danach erwacht war.«

Princip berichtete weiter über die Vorbereitungen für das Attentat. Pfeffer hörte ihm nur halb zu, weil ihm Princips Satz von der krankhaften Sehnsucht nach dem Attentat unentwegt im Kopf herumspukte. Er würde vor der nächsten Vernehmung des jungen Attentäters das Protokoll seiner heutigen Aussage aufmerksam durchlesen, um darin eventuelle Lücken zu finden, die er durch gezielte Fragen schließen könnte. Jetzt ließ er die immer schleppender und monotoner gewordene Stimme Princips über sich ergehen, ohne ihn zu unterbrechen. Als er jedoch das Gefühl hatte, daß die Erzählung zu Ende ging, nahm er sich wieder zusammen. So hörte er Princip sagen:
»In einer Entfernung von etwa fünf Schritten blieb das Automobil stehen, warum, weiß ich nicht. Im ersten Augenblick wollte ich die Bombe werfen, die auf der linken Seite in meinem Gürtel steckte. Da sie aber zugeschraubt war, hätte ich sie nicht leicht öffnen können. Es wäre in einer so großen Menschenmenge schwer gewesen, sie herauszunehmen und zu werfen. Ich zog deshalb den Revolver und erhob ihn gegen das Automobil, ohne zu zielen. Ich habe sogar, als ich schoß, den Kopf weggewendet.«
Es war bald Mitternacht, als Pfeffer nach Hause kam. Das Mädchen, das seiner Frau stundenweise half und das er, da er sehr früh das Haus verließ und immer spät heimkehrte, seit Tagen nicht gesehen hatte, versuchte, auf Anordnung seiner Frau natürlich, für ihn zu sorgen, so gut es konnte. Heute hatte es ihm ein Gulasch gekocht, das auf dem Herd stand. Er brauchte das Gulasch nur aufzuwärmen, um es mit frischem Brot zu essen, das von einer Serviette zugedeckt auf dem Küchentisch daneben lag. Aber er war zu müde, um das Feuer anzufachen, und aß das Gulasch kalt und gleich aus dem Reindl. Während er am Küchentisch sitzend abgebrochene Brotstücke mit der Gabel in den gestockten Saft tunkte, las er die »Wiener Zeitung«, die er

vom Tischchen im Vorzimmer mitgenommen hatte. Er war auf diese Zeitung abonniert, weil sie einen amtlichen Teil enthielt, in dem alle neuen Gesetze und Verordnungen veröffentlicht wurden. Aber auch ihr nichtamtlicher Teil war wohltuend sachlich abgefaßt. In den letzten Tagen war er jedoch nicht dazugekommen, darin zu lesen, so daß sich schon einige Nummern angesammelt hatten.

»Erzherzog Franz Ferdinand war am 18. Dezember 1863 in Graz geboren«, las er in der Nummer vom 29. Juni. »Er war das älteste Kind aus der zweiten Ehe des Erzherzogs Karl Ludwig, des Bruders Sr. Majestät des Kaisers, mit Maria Annunziata, Tochter Ferdinands II., des Königs beider Sizilien, aus dem Hause Bourbon. Dank dieser Abstammung von den zwei ältesten Dynastien Europas vereinigte der Herr Herzog, wie ein Genealoge nachgewiesen hat, in seinen Adern das Blut von nicht weniger als 112 Ahnengeschlechtern, darunter 71 deutschen, 20 polnischen, 8 französischen, 7 italienischen und 6 verschiedenen anderen, die zusammen in 11 Generationen 2047 nachweisbare Vorfahren zählen.«

Es war eine imposante Zahl von namentlich bekannten Vorfahren, die der ermordete Thronfolger aufzuweisen hatte. Leo Pfeffer konnte sich schwer irgendwelche Gesichter, aber um so leichter den immensen Reichtum vorstellen, der dahintersteckte, einen Reichtum, der durch Raub, dubiose Geschäfte oder Heirat zustandegekommen war und von den warmen Gestaden des Mittelmeers bis zu den Schneefeldern Polens mit selbstverständlicher Protzigkeit zur Schau gestellt wurde. Franz Ferdinand hatte seine Macht ausgekostet. Auf seinen Jagdgründen in Konopischt oder anderswo erlegte er verschiedenes Wild in einer Art Blutrausch in rauhen Mengen oder er veranstaltete auf seinem Wiener Schloß Belvedere mit seinem Schattenkabinett allerlei Kriegsspiele, um sich für seine künftigen Aufgaben als

unumschränkter Herrscher eines großen Reichs vorzubereiten. Dementsprechend massig und gewichtig sah er auch aus.
In völligem Kontrast zu ihm stand der Attentäter, ein schmächtiger, blauäugiger Jüngling, der einem namenlosen Geschlecht entstammte. Leo Pfeffer war nie im Grachowo-Tal an der Grenze zur Herzegowina gewesen, aber er wußte, wie die Häuser der ehemaligen Leibeigenen aussahen, die heute als eine Art Pächter fremden Boden bearbeiteten und den türkischen Begs bis zu einem Drittel ihrer Erträge abzuliefern hatten. Es waren steinerne Häuser mit niedrigen Türen, so daß man sich bücken mußte, um eintreten zu können. An den Wänden der fensterlosen Stube standen Regale mit Steingutgeschirr und Tische und in der Mitte war eine Feuerstelle, über der immer ein mit einer Kette an den Dachbalken befestigter Kessel hing. Das einzige Licht drang durch das Loch im Dach, durch das der Rauch entweichen konnte. Man schlief im anschließenden Zimmer auf primitiven Holzgestellen oder einfach auf Strohsäcken.
David und Goliath, dachte Leo Pfeffer schläfrig. Er wußte nicht, worum es damals eigentlich gegangen war, er fragte sich nur, ob David auch mit abgewandtem Kopf seine Schleuder auf den Riesen Goliath gerichtet hatte, wie Princip seinen Revolver gegen den mit Generalsfedern geschmückten Thronfolger.
Während er sich mit diesen leicht abwegigen und nutzlosen Gedanken beschäftigte, blätterte Pfeffer automatisch in der »Wiener Zeitung«, bis er in einer der späteren Nummern auf eine Notiz stieß, die wegen ihres Titels »Der Attentäter Princip« seine Aufmerksamkeit erregte.
»Das ›Kleine Journal‹ aus Belgrad reproduziert ein Faksimile mit der Unterschrift Gawrilo Princips«, las Pfeffer, »und teilt mit, daß derselbe sich bei einem gewissen Spassoje Zwetkowitsch auf Kredit verköstigt habe und demselben

seit dem 20. August des vorigen Jahres achtzehn Dinar schuldig sei. Princip habe sich gegenüber dem Kostgeber wiederholt beklagt, daß man ihn nicht als Komitadschi aufnehmen wolle. Als ihm Zwetkowitsch sagte, er möge von heroischen Abenteuern ablassen, da er hierzu nicht geeignet sei, erwiderte Princip: ›Ich muß schließlich irgendein großes Werk vollbringen‹.«

Leo Pfeffer hatte genug von großen oder auch kleinen Werken und ging schlafen, um die paar Stunden, die ihm zur Ruhe noch blieben, auszunutzen.

3

Da er seit Tagen nie ausgeschlafen hatte, ging Leo Pfeffer in der nächsten Zeit wie ein Schlafwandler umher, ohne richtig wahrzunehmen, was um ihn herum vorging. Oder er war eher ein Maulwurf, der durch die dunklen Labyrinthe der Schuld und Schicksalsverstrickung kroch. Wenn er ab und zu den Kopf ins Freie steckte, wurde er vom gleißenden Licht des Sommers geblendet. Seine Augen waren schon ganz rot und entzündet, so daß er seinen Freund Dr. Sattler in der Ambulanz aufsuchen mußte.

»Ich habe nach unserem letzten Gespräch über deine Attentäter nachgedacht«, sagte Dr. Sattler, während Pfeffer beinahe blind vor ihm saß und der Arzt ihm mit einer entzündungshemmenden Flüssigkeit die Augen ausspülte. »Ich glaube, daß ihr Denken und ihr Handeln auf einer Fehlspekulation beruht. Sie hätten ein bißchen die Geschichte studieren sollen, bevor sie sich zu einer solchen Tat entschlossen haben. Was wollten sie mit ihrem Attentat überhaupt? Einen vermeintlichen Tyrannen ermorden? Hätten Cäsars Mörder gewußt, daß er von noch ärgeren Tyrannen, die sich für allmächtige Götter hielten, wie Octavian, Tiberius, Caligula und Nero abgelöst werden würde, dann hätten sie wahrscheinlich gezögert, ihn im Senat mit ihren Dolchen abzuschlachten. Wer ist nach der Hinrichtung des unglücklichen Louis XVI. auf den französischen Thron gekommen? Der Usurpator Napoleon, der ganz Europa in eine Schlachtbank verwandelt hat. Und was haben die russischen Anarchisten bewirkt, die den Zaren Alexander II. mit ihrer Bombe in die Luft gejagt haben? Daß Alexander III.

den Thron bestiegen hat, mit dem verglichen Alexander II. geradezu ein Liberaler gewesen ist. Die Rechnung geht nicht auf. Sag das deinen Bombenwerfern. Sie geht nie auf.«

»Ich werde es ihnen sagen«, versprach Pfeffer, um Ruhe zu haben. Aber selbst wenn er es tatsächlich zu tun beabsichtigte, wüßte er nicht, wem er das alles erzählen sollte. Im Lauf der Tage stellte sich nämlich heraus, daß viele jüngere, aber auch schon reifere Menschen auf irgendeine Weise in die Sache verwickelt waren. Da die Beschuldigten und die Verdächtigen einige Tage lang dutzendweise in einem seiner beiden Büros vor ihm defilierten, hatte er schon Mühe, sich in seinem somnambulen Zustand wenigstens die Gesichter und die Namen der Hauptakteure zu merken.

Außer dem willensstarken Princip, der in seiner krankhaften Sehnsucht nach dem Attentat zuletzt zum Motor des ganzen Unternehmens geworden war, dem im Grunde gutmütigen und deshalb zwischen echten und falschen Gefühlen und einem eingebildeten Pflichteifer hin und her schwankenden Tschabrinowitsch und dem ganz vernünftig und gefaßt wirkenden Grabesch, der offenbar zugesagt hatte, am Attentat teilzunehmen, nur um nicht aus der Reihe zu tanzen, gab es vor allem diesen ehemaligen Lehrer Ilitsch, über den sich Pfeffer nicht klar werden konnte, so viel er über ihn auch nachdachte. Was hatte ihn bewogen, die Waffen von Tusla nach Sarajewo zu transportieren und hier beharrlich nach weiteren Attentätern zu suchen, obwohl er an dem Sinn eines solchen Gewaltakts gezweifelt hatte und zuletzt sowohl nach seinen eigenen Worten als auch nach den Aussagen seiner jüngeren Freunde dagegen gewesen war?

Da war ferner der achtzehnjährige Lazar Djukitsch, der es entschieden abgelehnt hatte, irgend etwas mit derartigen Plänen zu tun zu haben, Ilitsch jedoch auf dessen mehrmaliges Drängen mit seinem Freund Wasso Tschubrilowitsch bekanntgemacht hatte. Tschubrilowitsch hatte nicht nur begeistert zugesagt, am Attentat mitzuwirken – er war mit siebzehn Jahren der jüngste aller Teilnehmer –, er hatte auch seinen Freund Zwetko Popowitsch für die Mitwirkung gewonnen und in seinem Gefühlsüberschwang noch ein paar weitere Freunde in den Plan eingeweiht und sie so zu Mitwissern gemacht. Sein älterer, achtundzwanzigjähriger Bruder Weljko, der in Priboj als Lehrer tätig war, hatte, angeblich zufällig in einer privaten Angelegenheit in ein anderes Dorf reitend – er wollte ein Lamm kaufen –, Princip und Grabesch getroffen und sie mit zwei Bauern zusammengebracht, die in den Satteltaschen ihrer Pferde die Waffen nach Tusla transportierten, wo sie Michailo Jowanowitsch, ein sechsunddreißigjähriger Kinobesitzer, in Emfpang nahm. Weljko Tschubrilowitsch, ein stattlicher, schöner Mann mit dichtem Haarwuchs und einem ebenso dichten Schnurrbart, wußte offenbar nicht, daß sein jüngerer Bruder Wasso eine der Bomben und einen der Revolver, die mit seiner Hilfe transportiert und sichergestellt worden waren, beim Attentat verwenden sollte, sonst hätte er vielleicht nicht so bereitwillig bei dieser todbringenden Geschichte mitgemacht. Er wollte einfach nicht wissen, wozu die Waffen in Sarajewo gebraucht wurden. Auch der Kinobesitzer Michailo Jowanowitsch, der Sohn eines reichen Kaufmanns aus Tusla, dessen Vermögen auf drei- bis vierhunderttausend Kronen geschätzt wurde, hatte angeblich keine Ahnung davon. Leo Pfeffer wurde den Verdacht nicht los, daß die vielen Zufälle gar nicht so zufällig waren und daß dahinter eine wohldurchdachte Organisation steckte. Oder war der Haß der Bevölkerung auf die österreichisch-ungarische Monarchie, in der sie nur eine Besatzungsmacht sah, so groß, daß jeder Bewohner dieser jüngsten Erwerbung der Habsburger ein potentieller Attentäter, Helfer oder Mitwisser war?

Um das zu erfahren, um die Wahrheit zu erkunden, die vielleicht niemanden nützen würde, arbeitete Leo Pfeffer, unterbrochen nur von kargen Mahlzeiten und kurzem, unruhigem Schlaf, Tag und Nacht. Irgendeinmal war seine Frau zurückgekommen. Sie wollte ihn von ihrer Rückkehr nicht benachrichtigen, um ihn in seiner Arbeit nicht zu stören. So lag sie einfach in ihrem breiten Ehebett, als er an diesem Tag wie immer sehr spät nach Hause kam. Sie hatte die Absicht gehabt, auf ihn zu warten, war aber, von der Reise ermüdet, über einem Buch eingeschlafen. Als er nun ihren schlafwarmen Körper umarmte, glaubte er einige Augenblicke lang, seinem lemurenhaften Dasein entkommen und dem Leben wiedergegeben worden zu sein.
Am nächsten Tag jedoch verirrte er sich wieder in jene graue Zone zwischen dem Wachsein und dem Traum, so daß er nicht mehr wußte, ob ihre oft hektischen Umarmungen in der Wirklichkeit oder nur in seiner Vorstellung stattgefunden hatten. Er gewann mit der Zeit eine zwiespältige Beziehung zur Realität. Aber auch die sogenannte Wirklichkeit erwies sich als trügerisch.
Dr. Sertitsch hatte ihm eines Morgens eine Wiener illustrierte Zeitung auf den Schreibtisch gelegt, in der ein Bild im Zusammenhang mit dem Attentat veröffentlicht wurde. Darauf war zu sehen, wie ein Polizist und ein Polizeiagent in Zivil einen sichtlich mißhandelten jungen Mann in ein Haustor zerrten. Es war allem Anschein nach das Haustor des Rathauses. Im Text darunter wurde schwarz auf weiß behauptet, daß es sich auf der Fotografie um die Verhaftung des Attentäters Gawrilo Princip handle. Dabei war der junge Mann auf dem Bild, wie Pfeffer und seine Mitarbeiter feststellen konnten, nicht Princip, sondern sein Schulfreund Ferdinand Behr, der versucht hatte, ihn vor Mißhandlungen zu schützen und deshalb selbst mißhandelt und verhaftet worden war.

Leo Pfeffer nahm sich vor, an die Redaktion zu schreiben und sie auf diesen Irrtum aufmerksam zu machen. Da er aber viel zu tun hatte, schob er den Brief von Tag zu Tag auf, bis er seine Absicht schließlich aufgab. Was nützte es schon, diese lächerliche Verwechslung aufzuklären, wo die ganze Menschheitsgeschichte ein einziger Irrtum war!
Darin bestätigte ihn ein Brief seines Vaters, der ihn in diesen schlaflosen Tagen erreichte. Er habe einen Brief von einem entfernten Verwandten aus Rußland erhalten, schrieb ihm sein Vater, in dem ihm mitgeteilt worden sei, daß man in Rußland unlängst wieder Pogrome veranstaltet habe. Er, Leo, könne froh sein, sich unter den Schutz des allmächtigen Kaisers begeben zu haben, der in seiner übernationalen und überreligiösen Ordnung allen seinen Untertanen Ruhe und Sicherheit garantiere.
Leo Pfeffer hätte ihn gern gefragt, warum sein Großvater denn katholisch geworden sei, er wollte aber seinen Vater nicht beunruhigen. Er hätte auch die jungen Attentäter gern gefragt, warum sie zum Teil so auf ihrem orthodoxen Glauben beharrten, aber auch das hätte wenig Sinn gehabt, weil alles falsch war.
Dr. Sattler erzählte ihm bei der nächsten Augenspülung, die sich als notwendig erwiesen hatte, weil die durch Schlaflosigkeit hervorgerufene Entzündung nicht zurückging, daß Princips Vater Petar sich in seiner Jugend in ein katholisches Mädchen verliebt habe. Er wollte sie heiraten, doch sein Vater drohte ihm, ihn mit eigenen Händen zu erwürgen, wenn er das tue. Der junge Mann sei darauf lange Zeit sehr unglücklich gewesen.
»Er war klein und schmächtig wie sein Sohn Gawrilo«, erzählte Dr. Sattler, während er mit der Spülflüssigkeit hantierte, »er war aber ein zäher Bursche. Hat jahrzehntelang die Post aus dem Gebirge hinunter ins Tal befördert – und natürlich umgekehrt. Man erzählt, daß er in manchem Win-

ter, wenn die Straße wegen der großen Schneemassen für Wagen und Pferde unpassierbar geworden war, die Post, meistens dreißig Kilo schwer, auf dem Rücken zum benachbarten Dorf getragen hat, nur mit Hemd und Hose bekleidet – und ohne Schuhe. Ich kann mir das schwer vorstellen, aber die Leute aus seiner Gegend behaupten, ihn so gesehen zu haben. Diese Bergbauern sind offenbar widerstandsfähiger als die Talbewohner oder gar die Städter – wenn sie einmal über das Kindesalter hinausgewachsen sind. Der Bergbauer und Postbote Petar Princip hat nämlich neun Kinder gehabt, mit einem orthodoxen Mädchen, das er schließlich geheiratet hat. Von den neun Kindern sind nur drei am Leben geblieben. Drei Söhne übrigens. Gawrilo ist der mittlere von ihnen. Was der jüngste macht, weiß ich nicht, der älteste, Jowo, hat es jedoch zu etwas gebracht – er ist selbständiger Fuhrunternehmer in Hadschitsch. Aber das weißt du sicherlich schon.«
»Natürlich weiß ich das«, sagte Pfeffer beinahe barsch; er ärgerte sich, daß Dr. Sattler mehr wußte als er.
»Aber ich weiß doch etwas, was du noch nicht weißt«, fuhr Dr. Sattler in stichelndem Ton fort. »Es handelt sich um einen Vorfahren der Princip-Sippe namens Todor, der vor hundert Jahren gelebt hat. Sie hießen bis dahin Tscheka, was im Serbischen, wie du weißt, etwa ›auf der Lauer liegen‹ bedeutet. Als Grenzbewohner in den Bergen der Herzegowina hatten sie nicht nur die Aufgabe, das osmanische Reich gegen alle Überfälle aus dem venezianischen und später aus dem österreichischen Küstengebiet zu verteidigen, sondern auch alle Verbindungswege von Schmugglern und Räubern freizuhalten. So stellten sie sozusagen die Ordnungsmacht in diesem Gebiet dar. Dieser Todor, der das Oberhaupt der Sippe war, ging immer schwer bewaffnet umher. Er war im Gegensatz zu seinen Nachkommen ein großer, kräftiger Mann von überschäumendem Temperament. Wenn er nicht

gerade kämpfen mußte, ritt er auf seinem weißen Pferd nach Dalmatien hinunter und kaufte dort Rotwein ein, den er in seine Heimat transportieren ließ, um ihn dort mit Gewinn zu verkaufen und einen Teil davon, seinen Gewinn gewissermaßen, selbst zu vertrinken. Wenn er trank, wurde er oft zornig und gewalttätig. Man erzählt, daß er einmal am Tag des Heiligen Johannes volltrunken durch ein katholisches Dorf ritt und mit seinem langen Messer in die morschen Dächer der Häuser Löcher machte. Er nahm ein katholisches Mädchen aus diesem Dorf einfach mit nach Hause und vergnügte sich mit ihm, so lange es ihm paßte, ohne daß jemand Einspruch dagegen erhob, weil alle Angst vor ihm hatten. Wegen seiner riesenhaften Gestalt und seiner Eigenmächtigkeit nannten ihn die Dalmatiner ›Il principe bosniaco‹. Seither heißen seine Nachfahren nicht mehr Tscheka, sondern Princip.«

Leo Pfeffer gab sich geschlagen.

»Woher weißt du das alles?« fragte er.

»Ich habe so meine Verbindungen«, antwortete Dr. Sattler geheimnisvoll, »die besser funktionieren als die deines Intimfeindes Iwassiuk. Zu mir hat man halt mehr Vertrauen, weil ich Arzt bin.«

Dr. Sertitsch ergänzte die Geschichte der Familie Princip mit ein paar Details, die er von Iwassiuk gehört hatte. So erfuhr Pfeffer, daß jeweils ein Mitglied der Princip-Sippe sowohl zur Zeit der Türkenherrschaft als auch seit der österreichischen Okkupation traditionsgemäß Pandur oder Dorfpolizist, also ein Vertreter der staatlichen Ordnungsmacht, gewesen war. Gawrilo Princip selbst sollte ursprünglich österreichischer Offizier werden, besuchte dann aber auf Anraten eines Freundes der Familie, der aus ihm einen reichen Mann machen wollte, die Handelsschule in Sarajewo, wohin ihn sein Vater persönlich mit seinem Pferdewagen, auf dem er sonst die Post beförderte, brachte.

Später wechselte Gawrilo in das Gymnasium über, das seiner Ansicht nach mehr seinen intellektuellen Neigungen entsprach.
Leo Pfeffer hätte sich gern mit Princip und anderen Attentätern etwas ausführlicher über ihre Lebensumstände unterhalten, um sich ein umfassenderes Bild über die Motive und Beweggründe für ihre Tat zu machen. Er stand aber so unter Zeitdruck, daß er gerade noch dazukam, die allernotwendigsten Fragen an die vielen Beschuldigten zu stellen, um wenigstens die äußeren Umstände des Geschehens aufzuklären. Außerdem rückten seine Vorgesetzten Chmielewski und Ilnitzky nicht von ihrer vorgefaßten Meinung ab, daß hinter dem ganzen Komplott der serbische Verein »Die Volksverteidigung«, das heißt deren Sekretär Major Pribitschewitsch, stecke, ein wegen Hochverrats angeklagter und nach Serbien entflohener österreichischer Offizier. Die beiden hohen Justizbeamten setzten Pfeffer bei seinen täglichen Rapporten hartnäckig zu, der eine mit Leichenbittermiene und der andere mit seinem sinnlos heiteren Gesichtsausdruck, damit er ihnen endlich handfeste Beweise für ihre Vermutungen liefere. Obwohl er wußte, daß sie damit, wahrscheinlich auf höhere Weisung, die Absicht verfolgten, der serbischen Regierung die Mitschuld am Attentat in die Schuhe zu schieben, kam er bei den Vernehmungen immer wieder darauf zurück, weil er sich selbst Klarheit darüber verschaffen wollte. Er konnte jedoch keinen Beweis für irgendeinen Zusammenhang zwischen dem serbischen Verein »Die Volksverteidigung« und den jungen Attentätern erbringen, und das beruhigte ihn, auch wenn er nicht genau wußte warum.
Und dann kam ein überfallartiger hoher Besuch aus Wien. Als Pfeffer am 11. Juli, das war ein Samstag, um sechs Uhr abends bei Chmielewski erschien, um ihm die Abschriften der letzten Vernehmungen zu übergeben und um ihm

Rapport zu erstatten, wurde er Friedrich von Wiesner vorgestellt, dem Sonderbeauftragten des k.u.k. Außenministeriums, der eigens nach Sarajewo gekommen war, um sich an Ort und Stelle über den Fortgang der Untersuchung zu informieren. Obwohl Chmielewski vom Kommen des Sonderbeauftragten des k.u.k. Außenministeriums sicherlich benachrichtigt worden war, hatte er es anscheinend nicht für notwendig gefunden, Pfeffer davon zu verständigen. Oder wurde er selbst ohne Vorwarnung überfallen? Wie dem auch immer war, Leo Pfeffer fühlte sich plötzlich in die Ecke gedrängt, an die Wand gedrückt, umzingelt, so daß er sich kaum rühren konnte.
Zum Glück erwies sich Herr von Wiesner als ein ruhiger, umgänglicher Mensch, der die seltene Eigenschaft besaß, aufmerksam zuzuhören. Leo Pfeffer wußte später nicht mehr, was er ihm in seiner Benommenheit alles erzählt hatte, er konnte sich nur an die ungewöhnlich dünne Stimme Friedrich von Wiesners erinnern, die zu seiner massigen Gestalt und zu seinem quadratischen Gesicht über dem steifen Kragen nicht zu passen schien und die von Zeit zu Zeit immer wieder den gleichen Satz wiederholte:
»Ich verstehe.«
Leo Pfeffer atmete auf, als er endlich entlassen wurde und taumelnd Chmielewskis Büro verlassen durfte. Kaum hatte er jedoch die Straße betreten, wurde er auf einmal hellwach. Er kannte diesen Zustand aus seiner Studienzeit, in der er, wenn er sich für eine Prüfung vorbereitete, sehr wenig schlief und trotzdem bis zum letzten Augenblick wach blieb. Wie damals hatte er auch jetzt plötzlich das Gefühl, gar nichts genau zu wissen, und eilte in sein Büro im Rathaus, um sich dort in seine Prüfungsmaterie zu vergraben, die aus lauter ungenauen Aussagen bestand.

4

Da er an diesem Abend noch später als gewöhnlich nach Hause gekommen war und deshalb noch weniger geschlafen hatte, tat ihm das Morgenlicht mehr weh als sonst, als er Sonntag früh die Straße betrat. Er wollte schon in das Automobil steigen, als er sich an die dunkle Brille erinnerte, die ihm Dr. Sattler besorgt und die er achtlos auf der Ablage im Vorzimmer liegengelassen hatte. Er bat den Detektiv Nemeth, der an diesem Morgen an der Reihe war, ihn zu beschützen, einen Augenblick auf ihn zu warten und holte die Brille, die ihm tatsächlich half, das grelle Licht des jungen Sommertags zu ertragen. Sie gab ihm auch das Gefühl, hinter ihr einigermaßen verborgen zu sein, und das war ihm angenehm. Er hätte sich am liebsten irgendwo ganz versteckt, aber das ging leider nicht. Das Automobil brachte ihn schnurstracks in sein Büro im Rathaus, wo seine Mitarbeiter schon auf ihn warteten. So gab es für ihn kein Entkommen.

Um sich für das zweite Treffen mit dem Sonderbeauftragten des k.u.k. Außenministeriums Friedrich von Wiesner vorzubereiten, der sich für Montag um zehn Uhr angemeldet hatte, bat Leo Pfeffer den treuen Dr. Sertitsch, an Hand eines Stadtplans eine Skizze anzufertigen und darauf die ursprünglich vorgesehene und die später geänderte Fahrtroute des Thronfolgers sowie die Postionen der sechs Attentäter mit verschiedenen Buntstiften einzuzeichnen – eine grüne, schraffierte Linie für den geplanten, eine schwarze, volle Linie für den erfolgten Weg und rote Kreuze für die Standorte der Attentäter. Das Ganze sollte den Eindruck von

Gründlichkeit und Zuverlässigkeit vermitteln. Herr von Wiesner sollte wissen, daß man hier in der letzten Provinz der Monarchie nicht geschlafen hatte. Dann nahm er sich wieder die Protokolle aller Einvernahmen vor, um daraus eine logische Abfolge von Motiven und Taten zu rekonstruieren, wenn man bei einer solchen Sache überhaupt von Logik sprechen konnte. Er redete sich ein, daß seine Aufgabe darin bestand, Tatsachen zu liefern. Die Schlußfolgerungen daraus zu ziehen oder gar Urteile zu fällen, war nicht sein Geschäft.

Während er alles wieder von vorne las – am Vorabend hatte er sich in lauter nebensächlichen Details verheddert – unterstrich er die Stellen, die ihm wichtig erschienen. Da er im Büro immer wieder bei dieser Arbeit gestört wurde, nahm er die Protokolle mit, sie hatten sich inzwischen zu einem ansehnlichen Stapel angesammelt, und arbeitete zu Hause weiter. Am Abend war er so weit, daß er sie in einer halbwegs logischen Reihenfolge auf dem großen Tisch im Speisezimmer ausbreiten konnte. Er bat seine Frau, ihn allein zu lassen und nahm sich nun die von ihm unterstrichenen Stellen vor.

Über Princips psychologische Motive, eine spektakuläre Tat zu begehen, um aller Welt zu beweisen, daß er nicht so klein und schwächlich war wie er aussah, wußte Leo Pfeffer bis zu einem gewissen Grad Bescheid und las nun seine Aussagen, in denen er seine Tat sehr beredt mit ideologischen Motiven zu erklären und zu rechtfertigen versucht hatte.

»Ich fühle mich nicht wie ein Krimineller«, hatte er gesagt, »denn ich habe jenen Mann beseitigt, der Böses getan hat. Österreich stellt für unser Volk das Böse dar, und daher soll es nicht bestehen. Die politische Vereinigung der Jugoslawen stand mir immer vor Augen, und das war meine Grundidee. Deshalb war es notwendig, die Jugoslawen in erster Linie von Österreich zu befreien. Denn jedes Unglück, das den Jugoslawen zugestoßen ist, stammte von Österreich. Dieser Geist hat sich besonders unter der Jugend in den jugoslawischen Ländern entwickelt und war eine Folge der Erbitterung des Volkes, das leidet.«

»Was verstehst du unter Leiden des Volkes?«

»Das Volk wurde pauperisiert, als Vieh behandelt. Ich bin der Sohn eines besitzlosen Bauern und kenne das Leben in den Dörfern. Das und alles übrige hat mich dazu bewogen, das Attentat auf den Thronfolger auszuführen, denn ich betrachte ihn wegen seiner Tätigkeit als für die Jugoslawen sehr gefährlich.«

»Mit Gawrilo Princip bin ich schon vier, fünf Jahre bekannt«, hatte Princips älterer Freund und Quartiergeber Danilo Ilitsch ausgesagt, der sich für einen Sozialisten hielt. »Unser Ideal war die Vereinigung aller jugoslawischen Völker unter einer Krone, welche es auch immer sei, selbst wenn es in einer Republik sein sollte. Mit der jetzigen Lage waren wir nicht zufrieden, weshalb es unser Lebensziel war, alles zu unternehmen, um dieses Ideal zu verwirklichen. Die regierenden Kreise der österreichisch-ungarischen Monarchie betrachteten wir als Gegner unserer Idee, und als solchen Gegner betrachteten wir auch den Thronfolger Franz Ferdinand. Gegen Ostern schrieb mir Princip einen Brief aus Belgrad, daß er und mehrere andere ein Attentat auf den Thronfolger vorbereiteten, da in den Zeitungen angekündigt war, daß er Bosnien besuchen werde.«

Da Leo Pfeffer immer wieder ausdrücklich aufgetragen worden war, nach einer Verbindung zwischen den Attentätern und dem Verein »Die Volksverteidigung« zu forschen, hatte er auch Ilitsch die Frage gestellt:

»Ist Ihnen der Verein ›Narodna odbrana‹ bekannt?«

»Dieser Verein hat zur Zeit des Krieges gegen die Türkei die Komitadschi mit Kleidung versehen. Ob auch mit Waffen, bezweifle ich, da die Waffen der Staat geliefert hat. Jetzt nach dem Krieg, glaube ich, gibt die ›Volksverteidigung‹ den Studenten Stipendien, unterstützt die Armen, besonders jene, die von auswärts nach Serbien kommen, sowie die verwundeten Krieger.«

»Hat Ihnen Princip erzählt, daß er das Geld oder die Bomben oder die Revolver von der ›Narodna odbrana‹ bekommen hat?«

»Wie ich schon gesagt habe, hat Princip nur den Ziganowitsch, niemals aber die ›Narodna odbrana‹ erwähnt.«

Die ideologischen Motive des jungen Anarchisten Nedeljko Tschabrinowitsch waren nicht anders als die des Nationalisten Princip und des Sozialisten Ilitsch.

»Ich kann behaupten«, hatte er gesagt, »daß die Monarchie von den Deutschen und den Ungarn regiert wird, während die Slawen unterdrückt werden. Wir hassen Österreich nicht, aber Österreich hat nach dreiundreißigjähriger Herrschaft in Bosnien die Zustände nicht geändert, unsere Agrarprobleme nicht gelöst. Diese Motive verleiteten uns zum Attentat. Neun Zehntel unseres Volkes sind Bauern, denen das Land nicht gehört, das sie bebauen. Sie klagen, sie leiden, ohne Schulen, ohne Kultur. Das hat uns verletzt. Wir haben die Leiden unseres Volkes mitempfunden, und wir hassen das Erzhaus nicht. Obwohl ich anarchistischen Ideen anhänge, hatte ich nie einen einzigen Gedanken gegen seine kaiserliche Majestät Franz Joseph. Wir wollten nicht ausgerechnet auf Franz Ferdinand ein Attentat verüben, aber die Menschen, mit denen wir verkehrten, sprachen von ihm, betrachteten ihn als einen Feind der Südslawen. Niemand hat uns direkt gesagt: Tötet ihn! Aber in diesem Milieu kamen wir selbst auf die Idee.«

»Wenn behauptet wird, daß uns jemand eingeredet hätte, wir sollten das Attentat verüben, dann kann ich nur sagen, daß das nicht wahr ist«, schien Princip seinen Freund zu korrigieren, als hätte er geahnt, daß da irgendwo eine Korrektur oder eine etwas präzisere Aussage angebracht war. »Der Gedanke an das Attentat wurde in unseren Herzen geboren, und wir verübten es. Wir lieben unser Volk.«

Auch der eher ruhige und besonnene Trifko Grabesch stimmte mit seinen fanatischeren Freunden überein.

»Princip und ich erörterten wiederholt die schwere Lage des Volkes in Bosnien, besprachen das absolutistische Regime, die ungünstige Lage der Bauern und die Gewalttätigkeiten gegen die Serben. Dann sprachen wir über die politische Vereinigung aller Jugoslawen mit den Serben unter Österreich, sei es unter kroatischem, serbischem oder slowenischem Namen, in welcher Form immer, entweder als Republik oder als Bundesstaat, in welchen Bund auch die Bulgaren einzubeziehen wären. Als ich nach Serbien kam, habe ich den horrenden Unterschied zwischen dem Regime in Serbien und dem in Bosnien gesehen. Ich habe die schwere Lage unserer Leute und unserer Bauern im Vergleich zu der Freiheit wahrgenommen, die in Serbien jeder Bürger genießt. Ich glaube, daß auch Princip die gleichen Anschauungen hatte. All das war der Grund, warum ich meine Beteiligung am Attentat zusagte, als Princip das erste Mal davon sprach. Die Person des Thronfolgers als Mensch spielte bei mir keine Rolle, sondern nur das nationale Empfinden. Wenn diese unsere Tat einen negativen Erfolg hat und wenn deswegen vielleicht zwei Millionen Menschen leiden, dann bedauere ich sie, und jetzt erinnere ich mich, daß mir Danilo Ilitsch am Morgen vor dem Attentat sagte, daß es keinen Sinn habe, das Attentat auf den Thronfolger auszuführen, weil das den Slawen mehr schaden als nützen werde. Dieser Umstand war auch maßgebend, daß ich nach dem ersten Attentat die Bombe auf den Thronfolger nicht geworfen habe, obwohl die Gelegenheit sehr günstig gewesen wäre, da das Automobil, nachdem es das Rathaus verlassen hatte, sehr langsam neben mir gefahren ist.«

»Welche Gründe hattest du noch, das Attentat nicht auszuführen?«
»Ich glaube, daß ich nicht genügend Kraft hatte, um so etwas zu tun.«
Leo Pfeffer frappierte vor allem die Zwangsläufigkeit, mit der eine ursprünglich nebulose Idee, so sehr sie hie und da verständliche Auslösemomente hatte, in eine konkrete Tat umgesetzt wurde. Es wunderte ihn nur, daß die Attentäter dabei ausgesprochen dilettantisch und zugleich wie erfahrene Verschwörer oder Geheimdienstleute ans Werk gegangen waren. Diese Mischung aus Dilettantismus und einer scheinbar sorgfältigen Planung haftete ihrem Unternehmen seit dem Beginn an. Nach und nach war es Pfeffer gelungen, den helfenden Drahtzieher aus Belgrad zu ermitteln, den die Attentäter zu verschweigen versucht hatten. Es war der Major Wojin Tankossitsch, ein Komitadschiführer, der durch seine im Rücken des türkischen Heeres begangenen Heldentaten während des Balkankrieges bekanntgeworden war. Die jungen Bosnier, die sich in den Kopf gesetzt hatten, den österreichischen Thronfolger zu ermorden, hatten jedoch keinen direkten Kontakt zu dieser legendären Figur des erneut aufgeflammten serbischen Nationalismus; ihr Vermittler war der ehemalige Komitadschi und jetzige Bahnbeamte Ziganowitsch. Er hatte zwar Bomben zu Hause, aber keine Revolver und auch kein Geld, um welche zu kaufen. Auch sein Freund und ehemaliger Vorgesetzter Major Tankossitsch schien über keine ausreichenden Mittel dafür zu verfügen. Der Major habe einen Wechsel unterschreiben müssen, um die Revolver bezahlen zu können, erklärte Ziganowitsch seinen tatendurstigen jungen Freunden.
»Zehn Tage vor unserer Abreise sagte uns Ziganowitsch, daß Wojin Tankossitsch gern einen von uns dreien sehen möchte, um sich zu überzeugen, was für Leute wir seien

und ob man uns glauben könne, daß wir so etwas, nämlich das Attentat auf den Thronfolger, ausführen würden«, hatte Princip im Zusammenhang mit Tankossitsch erzählt. »Nun dachte ich mir, wenn ich, der ich schwach und klein bin, zu Tankossitsch gehe, werde ich ihm nicht imponieren. Tschabrinowitsch ist geschwätzig und unvorsichtig. Deshalb entschied ich, daß Trifko Grabesch zu Tankossitsch gehen solle. Tatsächlich ging er auch mit Ziganowitsch hin. Als Grabesch zurückkam, erzählte er uns, daß er nur einen Moment bei Tankossitsch gewesen sei, daß dieser ein sehr naiver Mensch sei und daß er mit ihm nur ein paar Worte gesprochen habe.«

»Tankossitsch hat uns keine Anleitungen gegeben, wie wir das Attentat ausführen sollen«, hatte Princip noch hinzugefügt. »Ich habe darüber nur mit Ziganowitsch verhandelt. Daß die Offiziere der regierenden Kreise von diesem Attentat keine Kenntnis hatten, ersieht man daraus, daß uns Ziganowitsch sagte, wir würden in Serbien ganz bestimmt in Haft genommen werden, wenn uns die Zivilbehörden aufspüren.«

Der erfahrene Freischärler Tankossitsch hatte offenbar kein besonderes Vertrauen zu den jungen bosnischen Hitzköpfen. Trotzdem half er ihnen über seinen Freund Ziganowitsch und über seine alten Kriegskameraden, die Grenze nach Bosnien samt ihren Waffen illegal zu überschreiten.

Nach und nach hatte sich herausgestellt, daß neben Princip, Grabesch und Tschabrinowitsch Ilitsch noch eine weitere Gruppe von drei Attentätern aufgebaut hatte, von denen zwei verhaftet waren. Ilitsch schilderte, wie er diese jungen Leute gefunden hatte:

»Da ich und Princip beschlossen hatten, für das Attentat mehrere Genossen zu finden, so wandte ich mich noch vor der Ankunft Princips in Sarajewo an meinen Freund Lazar Djukitsch, Student der zweiten Klasse der Präparandie. Ich

sagte ihm, daß wir die Mittel bekommen werden, um das Attentat auszuführen und fragte ihn, ob er wisse, wer sich an dieser Sache beteiligen könnte. Einen Tag später stellte mir Djukitsch Wasso Tschubrilowitsch vor, den ich bisher überhaupt nicht gekannt hatte, und sagte mir, dieser sei Gymnasialschüler, ich weiß nicht welcher Klasse. Als ich Tschubrilowitsch die ganze Sache klargelegt hatte, versprach er mir, beim Attentat mitzuwirken und andere Genossen zu finden. Diese Bekanntschaft machte ich zwei oder drei Tage vor Princips Ankunft aus Serbien. Einige Tage darauf teilte mir Tschubrilowitsch mit, daß er den Studenten des dritten Jahrgangs der Präparandie, Zwetko Popowitsch, gefunden habe. Ich kannte ihn schon seit drei Jahren, ich habe aber mit ihm erst vor dem Attentat gesprochen. Somit hatte ich drei Genossen und Princip zwei.«
Schon vorher hatte Ilitsch noch einen Genossen gefunden, einen gewissen Mechmedbaschitsch. Dieser Mechmedbaschitsch war eine seltsame, fast geheimnisvolle Erscheinung, über die sich Pfeffer nach den spärlichen Angaben Ilitschs nicht klar werden konnte. Ilitsch hatte den Tischler aus Stolatz vor drei, vier Monaten durch einen Bekannten in Sarajewo kennengelernt, der in der serbischen konfessionellen Schule als Lehrer tätig war. Der Mann mit dem typischen mohammedanischen Namen gab sich als eifriger Serbe aus und erzählte Ilitsch schon bei ihrer ersten Begegnung, er habe vor, ohne Paß nach Serbien zu gehen und fragte ihn, ob er eine günstige Stelle an der Grenze wisse, an der man illegal hinüber könne. Er erklärte auch, er wolle weg, weil er mit dem Regime in Bosnien und der Herzegowina nicht einverstanden sei. Er mußte seinen Unmut darüber sehr beredt artikuliert haben, sonst wäre Ilitsch nicht nach Mostar gefahren, um sich dort mit ihm zu treffen und ihn für das Attentat zu gewinnen. Der sagenhafte mohammedanische Serbe stimmte bereitwillig zu und sagte, er wer-

de zwei Tage vor dem Attentat nach Sarajewo kommen und dort im Hotel Katitsch absteigen, was er auch tat. Am Abend vor dem Attentat traf er Ilitsch im Mostargarten, wo Mechmedbaschitsch die Zeche bezahlte. Gegen elf Uhr abends gingen sie zu Ilitsch nach Hause, wo ihm der ehemalige Lehrer und spätere Journalist eine Bombe übergab und ihm erklärte, wie er damit umzugehen habe. Mechmedbaschitsch nickte, steckte die Bombe in die Tasche und ließ sich von Ilitsch zu seinem Hotel begleiten. Ilitsch glaubte, ihn am nächsten Morgen am Kai gesehen zu haben, er war aber nicht sicher, weil er verständlicherweise etwas benommen war. So wußte er nicht, ob sich Mechmedbaschitsch beim Mostargarten aufgestellt hatte, wie es verabredet worden war. Tatsache war, daß er seine Bombe nicht geworfen hatte. Da er seither verschwunden war, konnte ihn Pfeffer nicht fragen, warum er es nicht getan hatte.

Vielleicht wurde er von den Zweifeln angesteckt, die seinen Werber Ilitsch wenige Tage vor dem Attentat überkommen hatten.

»Fünf oder sechs Tage vor dem Attentat nahm ich mir vor, auf keinen Fall daran mitzuwirken und wollte deshalb auch Mechmedbaschitsch, Popowitsch und Tschubrilowitsch von der Mitwirkung abbringen«, hatte der gescheiterte Lehrer erzählt. »Princip, Grabesch und Tschabrinowitsch haben ganz bestimmt nicht gewußt, daß die drei Vorgenannten auch für die Mitwirkung bestimmt waren. Ebensowenig haben Mechmedbaschitsch, Popowitsch und Tschubrilowitsch gewußt, daß Princip, Grabesch und Tschabrinowitsch am Attentat beteiligt sein werden. Das war gerade meine Idee, um die einen vor den anderen zu decken, und selbst als mir Princip zugeredet hat, ihm meine Kameraden zu verraten, wollte ich das nicht tun.«

So klar Ilitsch seine Gedanken in seinen Artikeln auszudrücken imstande gewesen war, so ratlos schien er zu sein, wenn es nun darauf ankam, die Taten zu schildern, die seinen revolutionären Ideen entsprossen waren. Offenbar war er erschrocken über den Abgrund, der zwischen einer Idee und deren Ausführung klaffte.

»Aus diesem Grund reiste ich nach Bosnisch-Brod«, hatte er gesagt. »Von dort wollte ich nach Agram und eventuell nach Serbien. In dem Seelenkampf, in dem ich mich befand, kam mir der Gedanke, daß, wenn ich nach Serbien gehe – woanders konnte ich nicht hingehen, weil ich am Verbrechen schon beteiligt war –, so werde man in Serbien hören, daß Princip bei mir gewohnt habe und ich geflüchtet sei. Man werde mich daher in Serbien sehr schlecht aufnehmen, und das war der Grund dafür, daß ich noch am selben Abend nach Sarajewo zurückgekehrt bin. Ich habe zuerst getrachtet, Princip vom Attentat abzubringen, weil dieses Attentat den Jugoslawen mehr Schaden als Nutzen bringen würde. Als Princip davon nicht abzubringen war, sagte ich ihm, daß ich beim Attentat nicht mitwirken werde.«

Princip erwies sich in seiner »krankhaften Sehnsucht nach dem Attentat« als stärker, so daß sein älterer Freund und Lehrer Ilitsch nachgeben mußte. Ilitschs Zweifel waren im Vergleich zu seinen revolutionären Forderungen kleinmütig und fadenscheinig. Für den jungen Princip gab es nur ein Entweder-Oder. Obwohl Danilo Ilitsch von nun an seiner Aufgabe automatisch, aber gewissenhaft nachgekommen war, auch er ein Mondsüchtiger, dessen Bewegungen von unsichtbaren Fäden bewegt werden, hatte er zugleich einige Attentäter mit seinen eigenen Zweifeln angesteckt.

»Ich bin zur Überzeugung gelangt, daß dieses Attentat nicht vernünftig war, weil es für die Slawen schlechte Folgen und eine noch größere Unterdrückung nach sich ziehen würde«, hatte Trifko Grabesch bei einer seiner späteren Vernehmungen ausgesagt. »Mir und Princip sagte Ilitsch drei oder vier Tage vor dem Attentat, daß es keinen Sinn habe, dieses Attentat zu begehen, weil daraus schwere Folgen entstehen könnten. Auch an jenem Morgen, als mir Ilitsch die Bombe übergab, sagte er mir, daß er Princip zugeredet habe, er solle vom Attentat Abstand nehmen, und während er mir die Bombe und den Revolver übergab, sagte er mir: ›Trag die Sachen weg, nur damit sie nicht bei mir sind.‹ Als ich von Ilitsch wegging, hatte ich schon die Absicht, das Attentat überhaupt nicht auszuführen, denn man hatte mir gesagt, ich solle mich bei der Lateinerbrücke aufstellen, wo Princip stand, ich stellte mich jedoch vor dem Verein ›Huriet‹ auf.«

»Ich war überhaupt der Meinung, daß der vor mir Aufgestellte das Attentat ausführen werde, denn ich hatte nicht die Absicht, es zu tun«, hatte Wasso Tschubrilowitsch in seiner offenen Art erzählt. »Obwohl ich im Gürtel die abgeschraubte Bombe und in der linken Hosentasche den schußbereiten Revolver hatte, so habe ich doch, als der Erzherzog an mir vorbeifuhr, weder nach der Bombe noch nach dem Revolver gegriffen, denn als ich den Erzherzog sah, tat es mir leid, ihn zu töten.«

»Auf einmal hörte ich einen Krach, und im ersten Moment glaubte ich, daß es ein Revolverschuß gewesen sei«, hatte sein Freund Zwetko Popowitsch berichtet, den er für das Attentat geworben hatte. »Als ich in die Richtung des Schusses blickte, bemerkte ich, daß bei einer eisernen Telephonstange zwei Jünglinge standen, die ich jedoch nicht erkennen konnte, weil ich kurzsichtig bin und nicht von einer Seite des Kais auf die andere sehen kann. Gleich darauf hörte man die Explosion einer Bombe, und ich war der Meinung, daß diese Bombe Tschubrilowitsch geworfen habe. In diesem Augenblick passierte an mir vorbei ganz langsam das Automobil des Erzherzogs, in dem jemand aufgestanden war. Wenn ich gewollt hätte, hätte ich die Bombe ganz leicht hineinwerfen können. Es fehlte mir aber dazu

die Energie. Warum ich sie nicht hatte, weiß ich nicht.« Danilo Ilitsch, den man einigermaßen für den Ideologen der Verschwörung halten konnte, hatte zum Thema der Motivation folgendes zu sagen:
»Der Beweggrund zum Attentat war allein die Unzufriedenheit über das Verhalten der Wiener Regierung zu den Jugoslawen und die Unzufriedenheit mit dem bosnischen Regime.«
Leo Pfeffer hätte ihm gern gesagt, er sei auch der Meinung, daß die Slawen als gleichberechtigte Völker der Monarchie anerkannt werden und die grundlegenden politischen Rechte erhalten sollten, er habe als Student in diesem Sinne in den ihm zur Verfügung stehenden Zeitschriften geschrieben, er konnte aber eine solche Formulierung nicht im Protokoll vermerken lassen. So hatte er nur geäußert:
»Aber diese Unzufriedenheit konnte man auch auf eine andere Art zum Ausdruck bringen und nicht durch das Attentat auf den Thronfolger.«
»Das sehe ich jetzt selbst ein. Es war ein Fehler, daß das Attentat auf den Thronfolger verübt wurde.«
Während Leo Pfeffer versuchte, das Gelesene, das ihm vorkam, als ob er es hörte, zu überdenken, hatte er plötzlich den Eindruck, daß er nicht mehr allein war. Er drehte sich um und sah seine Frau in der offenen Tür. Sie stand mit dem Licht im Rücken da, so daß ihre Körperumrisse im Nachthemd sichtbar waren.
»Ich werde uns einen Lindenblütentee machen«, sagte sie und lächelte ihn an.
»Das ist nicht notwendig.«
»Aber das ist schnell gemacht«, sagte sie. »Der Lindenblütentee wirkt beruhigend.«
Bevor er ihr noch antworten konnte, war sie schon in die Küche gegangen. Sie hatte unlängst in einer Zeitung gelesen, daß die Eskimos immer eiskaltes Wasser tranken, be-

vor sie ihre Iglus verließen und auf die Jagd gingen, um so ihre Körpertemperatur zu senken und der Kälte draußen anzupassen. Die Russen wieder tranken im Hochsommer heißen Tee, um der Hitze besser standzuhalten. In den heißen Nächten Mitte Juli konnte also ein heißer Tee nicht schaden. Außerdem beruhigte er einen, wenn er aus Lindenblüten gemacht wurde. Während er auf die Labung wartete, las Leo Pfeffer weiter die Stellen, die er unterstrichen hatte.

»Ich habe alles gesagt, was ich weiß«, hatte Danilo Ilitsch zuletzt berichtet. »Die Zeitumstände, die Attentate in Zagreb und in der ganzen Monarchie, dann die Lektüre der nationalistisch gefärbten Schülerblätter, angefangen von der ›Morgendämmerung‹, die in Prag erschienen ist und die Revolution gepredigt hat, das Lesen revolutionärer Schriften, wie ›Das unterirdische Rußland‹, die man den Schülern in die Hand gedrückt hat, sowie das Besingen der Attentäter in Gedichten, hat unter den Schülern einen solchen revolutionären Geist entwickelt, daß ich, hätte ich gewollt, auch fünfzehn Schüler gefunden hätte, die bereit gewesen wären, am Attentat teilzunehmen.«

Darauf hatte Pfeffer den besessenen und erfolgreichen Attentäter Princip gefragt:

»Du bist also der Meinung, daß es Fälle gibt, in denen der Meuchelmord notwendig ist?«

»Ja, es gibt solche Fälle.«

»Welche Fälle sind das?«

»Wenn der Mann ein Tyrann ist.«

»In diesem Fall ist jeder berechtigt, ihn zu ermorden?«

»Nicht jeder, nur jener, der es zu tun wünscht.«

Leo Pfeffer ertappte sich bei einem seltsamen Gefühl, das ihn beinahe mit dem jungen Attentäter solidarisch machte. Er verstand sehr gut dessen Drang, einen unerträglich gewordenen Zustand gewaltsam zu ändern. Wer bestimmte aber, daß ein Zustand wirklich unerträglich geworden war, und wer garantierte einem, daß nach einem einzelnen oder auch mehrfachen Mord alles anders sein würde? Von weiteren frevelhaften Gedanken befreite ihn seine Frau, die mit dampfendem Teegeschirr auf einem Tablett ins Speisezimmer kam. Sie stellte es auf einer freien Stelle auf dem Tischrand ab und setzte sich ihm gegenüber. Dann goß sie Tee ein und reichte ihm eine Tasse hinüber.

»Ich werde aus dem Ganzen nicht klug«, sagte er und zeigte auf die vielen Blätter, die auf dem Tisch ausgebreitet lagen. »Der Kopf der Verschwörung ist gegen das Attentat, weil es seiner Meinung nach der serbischen Sache schaden könnte, aber einer seiner Burschen läßt sich nicht davon abbringen, und der ursprüngliche Plan wird wie unter einem nicht näher definierbaren Zwang durchgeführt.«

Mara war gerade dabei, aus ihrer Tasse zu trinken, so daß sie ihm nicht antworten konnte.

»Vielleicht würdest du als Serbin das alles besser verstehen als ich«, fügte er belustigt hinzu. »Ist der Haß, den die Österreicher oder die Ungarn angeblich entfacht haben, so groß, daß einem nichts anderes übrigbleibt, als zu schießen? Oder ist das Ganze nur ein Ergebnis von falschen Voraussetzungen und falschen Konsequenzen, die man daraus gezogen hat?«

»Ich bin keine Serbin mehr«, sagte Mara beinahe vorwurfsvoll. »Ich bin katholisch. Sonst hätte ich dich nicht heiraten können. Man besteht darauf, daß unsere Kinder unbedingt katholisch werden.«

»Ich bin auch ein falscher Katholik.«

Mara ging auf seinen ironischen Ton ein und sagte:

»Deshalb liebe ich dich auch so.«

»Weil ich ein katholischer Jude bin?«

»Nein. Weil du ein Opfer bist, genauso wie ich.«

Sie stand auf, ging um den Tisch herum und küßte ihn verspielt. Er umarmte sie um die Taille, die sich angenehm weich und zugleich fest anfühlte, er klammerte sich an sie in einer Aufwallung von spontaner Verzweiflung, als sei sie ein Rettungsanker, den er nicht verfehlen wollte.

5

Als Leo Pfeffer am Montag morgen mit dem Automobil in sein Büro im Rathaus fuhr, merkte er plötzlich, daß er sich in einer Gegend befand, durch die sie bisher noch nicht gefahren waren. Die Fahrer hatten den Befehl, jeden Tag einen anderen Weg zu nehmen, damit sich die Situation der im voraus bekannten Route wie beim Attentat nicht wiederhole. Pfeffer konnte sich nicht vorstellen, daß ihm jemand nach dem Leben trachten wolle, akzeptierte aber diese Sicherheitsmaßnahme ebenso wie den Leibwächter oder das zeremonielle Bad jeder gefundenen Bombe als einen skurrilen Auswuchs der Bürokratie. Diesmal erwies sich jedoch die täglich wechselnde Route als sinnvoll, weil Pfeffer im Vorbeifahren auf einmal auf dem Schild einer Konditorei den Namen Wlainitsch erblickte.

»Halten Sie bitte an!« rief er dem Fahrer zu.

Der Gefreite, der am Steuer saß, bremste abrupt, so daß seine Mitfahrer beinahe vom Sitz nach vorne fielen, und drehte erschrocken sein junges Gesicht mit dem aufgezwirbelten, pomadisierten Schnurrbart zu Pfeffer um. Auch der kleine Detektiv Slawik, der heute Dienst hatte und neben dem Fahrer saß, schaute den ihm anvertrauten Schützling verwirrt an.

»Keine Panik bitte«, sagte Pfeffer beruhigend. »Es ist nichts passiert. Ich möchte nur für einen Augenblick da hinein.« Er zeigte über die Schulter auf die Konditorei, die sie schon passiert hatten, stieg aus und ging zurück. Beim Aussteigen sah er noch, wie der Fahrer und der Detektiv einander ratlos anschauten. Dann hörte er, wie der Fahrer krachend schaltete. Gleich darauf tauchte das Automobil, das rückwärts fuhr, neben ihm auf und begleitete ihn im Schrittempo zur Konditorei. Der Detektiv Slawik stand auf dem Trittbrett, dem Gehsteig zugewandt, und drehte sein Vogelgesicht nach allen Richtungen, um jede eventuelle Gefahr rechtzeitig zu erspähen. Leo Pfeffer fragte sich amüsiert, was er wohl tun würde, sollte sich plötzlich herausstellen, daß ihm eine wirklich Gefahr drohte.

In der Konditorei setzte er sich an einen kleinen Tisch neben der Auslage, um Slawik seine Arbeit zu erleichtern. Pfeffer bemerkte, daß alle Gäste ihn neugierig anschauten. In seinem strahlend weißen Hemd und seinem dunklen Anzug, den er wegen seines hohen Besuchs aus Wien heute angezogen hatte, fiel er unter den eher ärmlich angezogenen Besuchern auf. Außerdem wurde er von einem Automobil aus bewacht. Als er in die Runde schaute, senkten ein Pärchen sowie eine Gruppe junger Burschen die Blicke und verzehrten schweigend ihre Kuchen.

Der Besitzer, ein kahlköpfiger Mann mit buschigen Augenbrauen, die nach allen Richtungen strebten, kam an seinen Tisch, wischte mit einer Serviette den falschen Marmor blank und fragte Pfeffer, mit einem Seitenblick auf das Automobil und den lauernden Slawik vor der Auslage, nach seinen Wünschen. Pfeffer bestellte eine Baklawa. Er mochte diese türkische Speise, die in einem klebrigen Sirup schwamm, nicht besonders, weil sie ihm zu süß war, er hatte aber nicht gewußt, was er in aller Eile bestellen sollte. Eigentlich wollte er nichts essen, er wollte sich nur umsehen, aber das konnte er dem Besitzer nicht sagen. Der Mann stellte mit einer devoten Verbeugung ein von Sirup glänzendes Stück Baklawa vor ihn hin.

Plötzlich trat der Detektiv Slawik ins Lokal. Die Gruppe der jungen Burschen, die schweigend ihre Kuchen aßen, hatte ihm offenbar keine Ruhe gelassen. Jetzt pflanzte er sich drohend neben der Tür auf und musterte scharf die Burschen, die hastig ihre Süßspeise hinunterschlangen, wie auf Kommando aufstanden, zur Theke eilten, zahlten und, ohne auf das Rückgabegeld zu warten, die Konditorei verließen, ein Rudel gejagter Hasen, das um den unerbittlichen Zerberus Slawik einen Bogen machte. Das junge Paar, das vor leeren Tellern und halb ausgetrunkenen Limonadegläsern saß, merkte nichts davon oder wollte nichts davon merken. Das junge Mädchen und sein Begleiter taten jedenfalls so, als seien sie sehr miteinander beschäftigt.

Leo Pfeffer ärgerte sich, daß Slawik ihm alles verdorben hatte. Oder war alles schon von Anfang an verdorben?

Der kahlköpfige Zuckerbäcker trat an Pfeffers Tisch und sagte ängstlich:

»Ich habe alles gesagt, was ich gewußt habe, glauben Sie mir!«

»Ich weiß«, sagte Pfeffer. »Ich wollte mich nur umsehen.«

»Genau an dem Tisch dort«, sagte der Zuckerbäcker flüsternd und deutete auf den Tisch, an dem die jungen Burschen gesessen waren, »sind damals diese ... Verbrecher gesessen.« Dann fügte er mit wieder normaler Stimme hinzu: »Ich habe aber nicht bemerkt – ich schwöre es Ihnen –, daß sie bei mir die Bomben verteilt haben.« Er hob beschwörend die Hand.

Inzwischen waren zwei Knaben hereingekommen. Der eine hatte eine kurze, der andere eine lange Hose an, beiden hing das Hemd über den Hosenbund und beide waren barfüßig. Sie kauften eine Schaumschnitte, die ihnen der Gehilfe des Konditors auf einem Stück Papier über die Theke reichte. Sie bezahlten mit einer kleinen Münze und versuchten an Ort und Stelle, die weiße, klebrige Masse mit ihren Fingern zu teilen.

»Geben Sie den Kindern noch eine Schaumschnitte auf meine Rechnung«, sagte Pfeffer zum Besitzer.

»Hast du nicht gehört!« rief der Zuckerbäcker seinem Gehilfen zu. »Gib den beiden noch ein Stück. Der Herr Doktor lädt sie ein.«

Die Knaben fühlten sich angesprochen. Sie drehten sich um und schauten scheu zu Pfeffer hinüber. Dann liefen sie schnell hinaus.

»He, wartet!« rief ihnen der Konditor nach. Aber sie waren schon weit weg.

Heute war offenbar ein schlechter Tag. Alle liefen Pfeffer davon. Nur der Sonderbeauftragte des k.u.k. Außenministeriums war ihm sicher. Trotzdem erschrak er leicht, als er ihn in seinem Büro vorfand. Friedrich von Wiesner stand vor der Skizze, die Dr. Sertitsch angefertigt und an die Wand genagelt hatte.

»Entschuldigen Sie bitte vielmals, daß ich mich verspätet habe«, stotterte Pfeffer herunter.

»Sie brauchen sich nicht zu entschuldigen«, sagte Herr von Wiesner mit seiner hohen Stimme. »Ich bin etwas früher angekommen, weil ich die Entfernungen in Sarajewo nicht abschätzen kann.«

Da Pfeffer darauf nichts zu erwidern wußte und den Sonderbeauftragten des k.u.k. Außenministeriums noch immer verwirrt anschaute, fügte Friedrich von Wiesner hinzu:

»Ich habe gerade Ihre Skizze bewundert.«

Leo Pfeffer faßte sich endlich, trat zur Skizze und begann zu erläutern, indem er mit dem Bleistift, den er aus der Tasche gezogen hatte, auf die betreffenden Stellen zeigte.

»Hier ist der geplante und hier der abgeänderte Weg seiner Hoheit eingezeichnet. Hier befindet sich die Konditorei, in der sich Ilitsch, Princip, Tschabrinowitsch und Grabesch am Morgen des Attentats getroffen haben.« Da die Konditorei nicht eingezeichnet war, machte er in der Tschumurijagasse mit seinem Bleistift ein X, um auch sie zu markieren.

»Während Tschabrinowitsch einen Kuchen aß, reichte ihm Ilitsch eine Bombe unter dem Tisch hinüber ...«
»Ich verstehe«, murmelte Herr von Wiesner.
»Und hier sind die Positionen der Attentäter«, fuhr Pfeffer fort. »Hier beim Mostargarten stand Muhamed Mechmedbaschitsch. Er ist übrigens der einzige Mohammedaner unter den Attentätern. Er ist auch der einzige, der nicht gefaßt wurde. Er ist vermutlich nach Montenegro geflüchtet. Ein Auslieferungsantrag ist schon gestellt worden. Also dieser Mechmedbaschitsch stand hier. Nedeljko Tschabrinowitsch stand bei der Österreichisch-Ungarischen Bank, Zwetko Popowitsch und Wasso Tschubrilowitsch stellten sich bei der Tschumurijabrücke auf und Gawrilo Princip und Trifko Grabesch zwischen der Tschumurijabrücke und der Lateinerbrücke. Princip wechselte jedoch seinen Platz. Er stand zuerst hier und dann hier.«
»Ich verstehe«, wiederholte Friedrich von Wiesner seinen stereotypen Satz und fügte dann nach kurzer Pause hinzu: »Über alles, was sich hier abgespielt hat, weiß ich ziemlich gut Bescheid, aber über die Reise aus Belgrad bin ich mir noch nicht ganz im klaren.«
Leo Pfeffer wollte schon anfangen zu berichten, als ihm plötzlich auffiel, daß sie noch immer vor der Skizze an der Wand standen.
»Möchten Sie nicht bitte Platz nehmen?«
Friedrich von Wiesner sah sich zerstreut um und setzte sich auf Pfeffers Stuhl hinter dem Schreibtisch, auf den er schon seine Aktentasche gelegt hatte. So blieb Pfeffer nichts anderes übrig, als sich auf den Stuhl vor dem Schreibtisch zu setzen, der für Besucher oder für Beschuldigte bei Vernehmungen vorbehalten war. Jetzt war der Sonderbeauftragte des k.u.k. Außenministeriums der Vernehmungsbeamte und er der Beschuldigte, der Rede und Antwort zu stehen hatte. So begann er zu sprechen.

»Als Milan Ziganowitsch den Verschwörern die Waffen gab, händigte er ihnen auch ein Empfehlungsschreiben an den ersten Mittelsmann aus. Der leitete sie dann an andere Mittelsmänner weiter, die ihnen helfen sollten, unbemerkt nach Bosnien zu gelangen. Er trug ihnen auf, sehr vorsichtig zu sein, weil die serbischen Behörden sie sofort verhaften würden, wenn sie die Waffen bemerken würden. Die Mittelsmänner waren Hauptmann Popowitsch in Schabatz, dann Hauptmann Prwanowitsch in Losnitza und schließlich der Zollwachmeister Grbitsch, der sie mit Hilfe eines Gelegenheitsschmugglers nach Bosnien beförderte. Das heißt, Tschabrinowitsch ging nicht mit den beiden, denn sie hatten sich zerstritten. Er ging allein, ohne Waffen, mit dem Ausweis seines Freundes Grabesch über Swornik nach Tusla. Nach einem langen Marsch gelangten Princip und Grabesch zum ersten Mittelsmann in Bosnien, dem Lehrer Weljko Tschubrilowitsch. Er schickte sie mit einigen Bauern aus dem Dorf zu Michailo Jowanowitsch nach Tusla, wo sie die Waffen deponierten. Dann fuhren sie mit der Bahn nach Sarajewo. Später holte Danilo Ilitsch die Waffen von Jowanowitsch ab, einem angesehenen Serben, Händler und Besitzer eines Kinos.«

»Ich sehe, Sie sind in kurzer Zeit ziemlich weit gekommen«, sagte Herr von Wiesner. »Gute Arbeit.«

Da er wie jeder brave Schüler darauf nichts zu antworten wußte, sondern nur sinnlos lächelnd vor sich hinstarrte, mußte Friedrich von Wiesner die Initiative ergreifen.

»Ich möchte gern wissen«, sagte er, »ob Sie, da Sie die Täter besser kennen als ich, davon überzeugt sind, daß sie die Wahrheit sagen.«

Es war eine schwierige Frage, Pfeffer mußte aber trotzdem, so gut es ging, darauf antworten.

»Natürlich haben sie versucht, das eine oder das andere zu verschweigen oder zu vertuschen, aber sie haben im großen und ganzen nicht gelogen. Sie haben sich auch, wie Sie wissen, zu ihrer Tat bekannt.«

»Ja, freilich weiß ich das«, sagte Herr von Wiesner. »Mich interessiert aber die Beziehung der Attentäter zur serbischen Regierung.«

»Da gibt es gar keine Beziehung.«

»Auch nicht über Mittelsmänner?«

»Ziganowitsch und sein Freund, der Komitadschiführer Major Tankossitsch, sind Gegner der gegenwärtigen serbischen Regierung, die von der radikalen Partei unter dem Ministerpräsidenten Paschitsch gestellt wird. Sie ist ihnen offenbar nicht genügend nationalistisch. Gegenwärtig steht Serbien vor den Wahlen. Wie es später sein wird, weiß ich nicht, aber im Augenblick ...«

»Aber die gegenwärtige Regierung duldet, daß unser Land und das Erzhaus in den Schmutz gezogen wird.«

»Ich habe noch nicht gehört, daß in der serbischen Presse jemals etwas Nachteiliges über seine Majestät den Kaiser geschrieben wurde«, sagte Pfeffer ruhig.

»Dafür aber über unseren ermordeten Thronfolger!«

»In der österreichischen Presse wird nicht nur der serbische Thronfolger Alexander als Schießbudenfigur karikiert, sondern auch sein Vater Peter I.«

»So. Das ist mir nicht aufgefallen.«

»Sie lesen vielleicht nicht so viele Zeitungen wie ich. Ich bin hier eigentlich für die Pressedelikte verantwortlich und bin nie eingeschritten, wenn in einem der Presseorgane das serbische Herrscherhaus auf irgendeine Weise verunglimpft worden ist, und das war häufig der Fall.«

»So«, sagte der Sonderbeauftragte des k.u.k. Außenministeriums. »Dann hätten wir diesen Punkt einigermaßen geklärt.«

Er griff zu seiner Aktentasche, die vor ihm lag, öffnete sie und holte einige Notizen aus einem Bündel Papiere heraus.

»Ich habe in meinem Bericht, den ich heute noch telegraphisch nach Wien durchgeben werde, folgende Formulierung gebraucht.« Er fischte einen Zwicker aus der Ziertuchtasche seines schwarzen Anzugs, setzte ihn auf und las vor: »Mitwisserschaft serbischer Regierungsleitung an Attentat oder dessen Vorbereitung und Beistellung der Waffen durch nichts erwiesen oder auch nur zu vermuten. Es bestehen vielmehr Anhaltspunkte, dies als augeschlossen anzusehen.« Friedrich von Wiesner nahm den Zwicker ab, legte ihn auf seine Notizen und sah Pfeffer fragend an. »Würden Sie dieser Formulierung zustimmen?«

»Absolut«, bestätigte Pfeffer und fügte schnell hinzu: »Auch die Mitwirkung der Organisation ›Narodna odbrana‹ ist in keiner Weise erwiesen.«

»Für eine direkte Beteiligung dieses Vereins am Attentat gibt es natürlich keine Beweise, aber so unschuldig ist diese sogenannte ›Volksverteidigung‹ nicht, wie man uns von der offiziellen serbischen Seite einzureden versucht. Ich habe eine Menge nationalistisches Propagandamaterial bekommen, das von diesem Verein nach Bosnien geschickt oder vielmehr geschmuggelt wurde. Das darf man nicht außer acht lassen. So habe ich diesbezüglich folgenden Text konzipiert.«

Friederich von Wiesner griff nach seinem Zwicker, setzte ihn mit geübtem Griff auf und las vor:

»Daß hiesige großserbische Propaganda von Serbien aus – abgesehen von Presse – auch durch Vereine und sonstige Organisationen betrieben wird und daß dies unter Förderung sowie mit Wissen und Billigung serbischer Regierung geschieht, ist hier Überzeugung aller maßgebenden Kreise. Das mir als Basis dieser Überzeugung von Zivil- und Militärbehörden vorgelegte Material qualifiziert sich wie folgt: Material aus Zeit vor Attentat bietet keine Anhaltspunkte für Förderung Propaganda durch serbische Regierung. Dafür, daß diese Bewegung von Serbien aus, unter Duldung seitens serbischer Regierung, von Vereinen genährt wird, ist Material vorhanden, wenn auch dürftig, doch hinreichend.«

Friedrich von Wiesner legte das Blatt, von dem er gelesen hatte, und dann seinen Zwicker auf den Tisch.

»Hinreichend wofür?« fragte Leo Pfeffer. »Für eine Kriegserklärung?«

»Wer redet vom Krieg?«

»Wenn es nach dem Wunsch gewisser Kreise hier in Sarajewo gegangen wäre, dann hätten wir schon am 29. Juni Serbien den Krieg erklärt.«

Obwohl er keinen Namen genannt hatte, erriet der Sonderbeauftragte des k.u.k. Außenministeriums sofort, wen Pfeffer eigentlich meinte.

»Feldzeugmeister Potiorek und die bosnische Regierung haben nicht über Krieg und Frieden zu entscheiden«, stellte er lakonisch fest.

Leo Pfeffer war angenehm überrascht von der Haltung dieses hohen Beamten aus Wien, der nicht alles für bare Münze nahm, was man ihm auftischte, und der ihn über den weißen, steifen Kragen anlächelte.

»Ich verstehe«, sagte diesmal Leo Pfeffer und fuhr dann fort: »Wenn Sie gestatten, möchte ich Ihnen meine persönliche Meinung über das Attentat und dessen Begleitumstände sagen, eine Vermutung vielmehr, die ich meinen Vorgesetzten noch nicht mitgeteilt habe, aus Furcht, sie könnten alles mißverstehen.«

»Ich bitte darum.« Friedrich von Wiesner machte dabei eine einladende Geste mit der rechten Hand, so daß seine steife, weiße Manschette zum Vorschein kam.

»Oberst Dragutin Dimitrijewitsch – Apis ist der Chef des Geheimdienstes in der serbischen Armee«, begann Pfeffer.

»Das ist mir bekannt.«

»Er ist aber auch das Oberhaupt der Geheimorganisation ›Vereinigung oder Tod‹, die auch ›Schwarze Hand‹ genannt wird. Dieser Geheimbund hat 1903 den König Aleksandar Obrenowitsch ermordet. Apis ist die graue Eminenz des serbischen Nationalismus und ein Gegner des serbischen Ministerpräsidenten Paschitsch. Ich habe den Verdacht, daß Major Tankossitsch und Ziganowitsch Mitglieder dieses Geheimbundes sind. Mit ihrer Hilfe wurden die Waffen besorgt. Sie haben auch den Transport über die Grenze organisiert. Ich habe natürlich keinerlei Beweise dafür, daß sie tatsächlich Mitglieder der sogenannten ›Schwarzen Hand‹ sind ...«

»Sollten Ihre Vermutungen tatsächlich stimmen, dann spräche sie ja gegen die Annahme, daß die serbische Regierung in irgendeiner Weise an der Vorbereitung des Attentats beteiligt war oder auch nur Kenntnis davon hatte.«

»Ja natürlich. Dieser Geheimbund verfolgt, wie gesagt, eigene Ziele, die den Intentionen der Regierung oft entgegengesetzt sind.«

»Und dieser Geheimbund ist an die jungen Burschen aus Bosnien herangetreten und hat sie für seine Pläne gewonnen.«

»Nein, nein, keineswegs. Die Initiative für das Attentat ist eindeutig von den jungen bosnischen Verschwörern ausgegangen. Niemand in Belgrad hat sie dazu verleitet. Sie haben dort nur nach Helfern gesucht und sie in den zwei Dunkelmännern Tankossitsch und Ziganowitsch gefunden.«

»Dann besteht keine Veranlassung, den Wortlaut meiner Depesche nach Wien zu ändern.« Der Sonderbeauftragte des k.u.k. Außenministeriums setzte sich wieder seinen Zwicker auf und hob seine Notizen hoch. »Ich habe weiter geschrieben: ›Durch Aussagen Beschuldigter kaum anfechtbar festgestellt, daß Attentat in Belgrad beschlossen und unter Mitwirkung serbischer Staatsbeamten Ziganowitsch und Major Tankossitsch vorbereitet, von welch beiden Bomben, Brownings, Munition und Zyankali beigestellt. Mitwirkung Pribitschewitsch nicht festgestellt und beruhen die ersten Meldungen hierüber auf bedauerlichem Mißverständnisse erhebenden Polizeiorganes ... Auf Grund Aussagen Beschuldigter kaum zweifelhaft, daß Princip, Tschabrinowitsch, Grabesch mit Bomben und Waffen auf Veranlassung Ziganowitsch von serbischen Organen geheimnisvoll über Grenze nach Bosnien geschmuggelt.‹« Friedrich von Wiesner sah Pfeffer über seine Notizen hinweg und über den Rand seines Zwickers an und fügte hinzu: »Ich habe das nach Ihren eigenen Angaben und nach Durchsicht der Verhörprotokolle verfaßt. Stimmt das nun oder nicht?«

Leo Pfeffer erschrak. Er hatte in einer Aufwallung von Vertrauensseligkeit doch mehr ausgeplaudert als es notwendig war.

»Ja, das stimmt«, beeilte er sich zu sagen. »Vollkommen.«

»Sie brauchen sich keine Sorgen zu machen«, sagte der Sonderbeauftragte des k.u.k. Außenministeriums. »Ich suche nicht krampfhaft nach irgendwelchen fadenscheinigen Beweisen, die der k.u.k.-Regierung einen Vorwand liefern könnten, einen unbesonnenen Schritt zu tun. Ich will nur die Wahrheit herausfinden, und die habe ich dank ihrer Hilfe im großen und ganzen erfahren. Das Außenministerium muß doch irgendwie auf diesen abscheulichen Mord reagieren, der hier in Ihrer Heimatstadt begangen wurde.«

»Sarajewo ist nicht meine Heimatstadt«, warf Leo Pfeffer ein. »Ich bin hier genauso fremd wie Sie, Herr Sektionsrat.«

»Ich verstehe«, sagte der Sonderbeauftragte des k.u.k. Außenministeriums und fuhr dann fort: »Außer dem ausdrücklichen Verlangen nach Einstellung jeglicher feindlicher Propaganda gegen die k.u.k. Monarchie schlage ich noch drei folgende Forderungen vor.« Herr von Wiesner

holte wieder seinen Zwicker und seine Notizen und las vor: »A – Unterdrückung, Mitwirkung serbischer Regierungsorgane an Schmuggel von Personen und Gegenständen über Grenze. B – Entlassung serbischer Grenzhauptleute Schabatz und Losnitza sowie beteiligter Finanzwachorgane. C – Strafverfahren gegen Ziganowitsch und Tankossitsch.«
Der Sonderbeauftragte des k.u.k. Außenministeriums legte seine Utensilien ab, blickte Pfeffer verständnisheischend an und fügte hinzu: »Wir sind schließlich eine Großmacht. Wir können solche Ungeheuerlichkeiten nicht so einfach hinnehmen. Wir müssen darauf reagieren.«
Jetzt war wieder Pfeffer an der Reihe zu sagen:
»Ich verstehe.«

6

Als der Sonderbeauftragte des k.u.k. Außenministeriums Friedrich von Wiesner ihn nach einem eiligen Händedruck verlassen hatte – er wollte schnell seine Depesche nach Wien abschicken und ihr dann selbst nachfahren –, verfiel Leo Pfeffer wieder in den durch Schlaflosigkeit hervorgerufenen lethargischen Zustand, in dem er sich vor diesem unerwarteten Besuch befunden hatte. Nach dem Mittagessen, das er mit seiner Frau zu Hause eingenommen hatte, hätte er sich am liebsten ein bißchen niedergelegt, doch das dumpfe Gefühl, daß eine große Gefahr allen Menschen in seiner näheren und weiteren Umgebung drohe, ja, allen Menschen im weitläufigen Reich, in dem er durch den Willen seiner Vorfahren verurteilt war zu leben, das vage Gefühl, daß alles endgültig und unwiderruflich schiefgehen könnte, ließ ihn wieder halbwegs wach werden, so daß er aufstand und zum wartenden Automobil hinunterging. Natürlich war es sinnlos, sich einzubilden, daß die ganze Verantwortung auf ihm laste und daß alles vom Ergebnis seiner Untersuchung abhänge, er wollte sich aber eines Tages nicht dem Vorwurf aussetzen, nicht das Seine getan zu haben, diese undefinierbare Gefahr abzuwenden.

So fing er wieder von vorne an, indem er Tschabrinowitsch in die ehemalige Apotheke des Garnisonsgefängnisses kommen ließ, den ersten Attentäter, den er vor Gott weiß wie langer Zeit zu Gesicht bekommen hatte. Damit verfolgte er einen doppelten Zweck. Erstens war Tschabrinowitsch tatsächlich geschwätzig, vielleicht würde er ihm einige neue wichtige Details verraten, und zweitens wußte er, manchmal absichtlich und zuweilen unfreiwillig, ganz amüsant zu

erzählen, was Leo Pfeffer helfen würde, seine trübe Stimmung zu überwinden.
Der junge Typograph freute sich offensichtlich, seine Einzelzelle verlassen zu haben – er vertrug die Einsamkeit schlechter als seine Kameraden – und revanchierte sich bei Pfeffer, indem er drauflos erzählte. Pfeffer wollte vor allem erfahren, wie die Reise verlaufen war, nachdem sich die drei Verschwörer in Losnitza getrennt hatten, und Tschabrinowitsch berichtete, wie der Hauptmann in Losnitza, an den sie von dem Hauptmann in Schabatz empfohlen worden waren, nicht nur Princip und Grabesch mit einem Zollwachtmeister zusammengebracht, sondern auch ihm einen Brief für den Lehrer Jakowljewitsch in Klein-Swornik mitgegeben hatte. Dieser Lehrer führte ihn zum Wachthaus und bat dort den Soldaten des serbischen Grenzschutzes, in den Paß seines Schützlings, der auf den Namen Trifko Grabesch lautete, den Vermerk einzutragen, daß er bei ihm die Grenze überschritten habe. Dann ließ er sich selbst und seinen Schützling von einem Mohammedaner in einem Boot über die Drina nach Groß-Swornik überführen und wartete dort vor dem österreichischen Wachthaus auf ihn, um sich zu überzeugen, daß alles in Ordnung sei.
Das bestätigte Pfeffers Vermutung, daß hinter der Lieferung der Waffen sowie deren Transport der großserbisch orientierte Geheimbund »Vereinigung oder Tod« stecken müsse, der auch »Die schwarze Hand« genannt wurde. Ob alle Mittelsleute Mitglieder dieser geheimen Vereinigung waren, konnte man nicht beweisen. Ganz oder beinahe ganz ausgeschlossen jedoch war, daß die serbische Regierung von den Vorbereitungen für das Attentat Kenntnis hatte, weil sich der Geheimbund aus ihren Gegnern rekrutierte. Pfeffer hatte versucht, das dem Sonderbeauftragten des k.u.k. Außenministeriums zu erklären, er war aber nicht sicher, daß Herr von Wiesner ihn richtig verstanden hatte.

Jetzt konnte er nur weiteres Material liefern, um seine Vermutung zu untermauern, ohne Hoffnung, daß man es auch in seinem Sinn bewerten würde.
Tschabrinowitsch ging seine ganze Reise Stunde um Stunde durch und berichtete haargenau, wem er alles begegnet war, bei wem er übernachtet, mit wem er gegessen und was er sonst getrieben hatte. So ging er am ersten Tag in Tusla gleich zweimal ins Kino. Das zweite Kino gehörte Michailo Jowanowitsch.
»Zu Anfang wußte ich nicht, wem dieses Kino gehörte«, erzählte er. »Erst als ich hörte, daß die Musik serbische Stücke spielte und als ich dann sah, daß die Plakate an erster Stelle in kyrillischer Schrift gedruckt waren, sagte mir jemand auf meine Frage hin, daß dieses Kino Mischko Jowanowitsch gehörte.«
Der junge Typograph hatte jedoch keine Ahnung, daß der Kinobesitzer dazu ausersehen war, die geschmuggelten Waffen bei sich zu verbergen, bis sie jemand abholte. Während seine beiden intellektuellen Freunde nach ihrer Ankunft ihrer eigenen Wege gingen, saß er im Gasthaus mit dem Detektiv Vila aus Sarajewo, den er durch seinen Vater von früher her kannte. Damals war Vila nur ein Gendarm. Jetzt hatte er als Detektiv einen Studenten nach Tusla gebracht, der seinen Schuldirektor in Mostar geschlagen hatte. Tschabrinowitsch traf den Detektiv wieder im Zug und setzte sich in sein Abteil. Während er sich mit Vila, einem Wachmann und dem Administrator der Zeitschrift »Stimme der Freiheit« unterhielt, schliefen seine beiden Kameraden in einem anderen Abteil. Der Detektiv erzählte Tschabrinowitsch, daß man in Sarajewo in aller Eile die Straßen ausbessere, weil man am 25. Juli den Besuch des Thronfolgers erwarte. Von ihm erfuhr der junge Attentäter, daß sein Opfer tatsächlich die Absicht habe, nach Sarajewo zu kommen.

»Gelegentlich meines Aufenthalts in Sarajewo«, berichtete Tschabrinowitsch weiter, »bin ich mit Ilitsch nur dreimal zusammengekommen. Ich beklagte mich bei ihm über Princip. Er sei ein Diktator, habe ich ihm gesagt, und sei mir gegenüber unaufrichtig. Auch sagte ich ihm, ich halte es für notwendig, daß wir zusammenkommen und alles über das Attentat genauer besprechen. Ilitsch antwortete mir darauf, wir hätten noch genügend Zeit. So war ich bis einen Tag vor dem Attentat nicht sicher, ob das Attentat ausgeführt werden würde.«

Die neuerliche Vernehmung des jungen Attentäters Tschabrinowitsch dauerte anderthalb Tage. Dann widmete sich Pfeffer dem zweiten und erfolgreicheren Attentäter Princip, den Tschabrinowitsch einen »Diktator« genannt hatte. Bei detaillierten Fragen kam heraus, daß Princip und Grabesch vor ihrer Abreise in der Nähe des Schießplatzes im Park Toptschider sich im Schießen aus der Pistole geübt hatten. Da Tschabrinowitsch in Triest eine Pistole besessen hatte, brauchte er keine Unterweisung. Oder hatten seine beiden Freunde oder ihr Waffenlieferant Ziganowitsch beschlossen, den einzigen Arbeiter unter ihnen, den sie für einen Schwätzer hielten, nur mit einer Bombe auszustatten, und zwar mit einer Bombe, die, wie Tschabrinowitsch nach ihrer Übernahme in Sarajewo feststellen mußte, nicht einmal ordentlich gesichert war, weil ihr die Schraube über der Zündkapsel fehlte?

Princip und Grabesch hatten noch einmal Gelegenheit, sich auf serbischem Boden im Schießen zu üben, und zwar mit dem Zollwachtmeister Grbitsch, einem großen Mann mit roter Trinkernase, der ihren heimlichen Übergang über die Grenze organisiert hatte.

»Am Abend zwischen sieben und acht Uhr gingen wir, nämlich ich, Grabesch und Grbitsch aus Ljesnitza zu Fuß zum Wachthaus«, erzählte Princip. »Bevor wir schlafen gingen, legten ich und Grabesch die Bomben und Revolver auf den Tisch und bedeckten sie mit unseren Kleidern. Aus dem Gespräch mit Grbitsch entnahm ich, er sei der Ansicht, daß wir diese Waffen jemandem nach Bosnien bringen sollten, weil wir über das Attentat nichts gesprochen haben. Am nächsten Morgen, nachdem wir gefrühstückt hatten, schossen wir aus diesen Revolvern, und zwar ich, Grabesch und Grbitsch. Ich glaube, daß wir fünfzig, sechzig Schüsse abgefeuert haben. Ich habe sehr gut gezielt. Um neun Uhr früh führten uns Grbitsch und ein anderer Finanzer über die Drina auf eine Insel. Der andere Finanzer kehrte zurück. Ich, Grabesch und Grbitsch gingen auf die Insel. Der Boden war sehr sumpfig, weil er immer wieder von der Drina überschwemmt wird. Grbitsch führte uns in ein Häuschen, in dem eine Frau anwesend war. Ich glaube, daß Grbitsch einen Bauern holen ließ, der uns über die Grenze bringen sollte. Da aber dieser Bauer nicht kam, ging Grbitsch in sein Wachthaus, während ich und Grabesch in diesem Häuschen übernachteten, in das auch der Mann der alten Frau gekommen war. An diesem Tag sind wir mit Grbitsch herumgegangen, und ich und Grabesch haben aus unseren Revolvern geschossen. Ich glaube, daß wir auch hier fünfzig, sechzig Schüsse, vielleicht auch mehr abgefeuert haben. Grbitsch selbst hat aus seinem Schnellfeuergewehr geschossen, er hat vorzüglich gezielt und einen großen Vogel abgeschossen.«

Da die Vernehmung diesmal genauso wie bei Tschabrinowitsch wegen der vielen Details nur langsam vor sich ging, mußte sie unterbrochen und konnte erst am nächsten Tag fortgesetzt werden.

Princip berichtete weiter, wie sie in der darauffolgenden Nacht von einem Bauern nach Priboj geführt und an Weljko Tschubrilowitsch, Lehrer in Priboj, gewiesen wurden, der sie dann weiterbeförderte.

Von da an konzentrierte sich Pfeffer auf Weljko Tschubrilowitsch, der beim Transport der Waffen offenbar die Schlüsselfigur war. Er kannte als einziger sowohl den Schmuggler, der Princip und Grabesch über die Grenze und dann zu ihm nach Priboj geführt hatte, als auch die beiden anderen Bauern, die er beauftragt hatte, die Waffen zum Kinobesitzer Michailo Jowanowitsch nach Tusla zu bringen. Doch der Lehrer aus Priboj, der mit seinem offenen Blick, seinen dichten, kastanienbraunen Haaren und ebensolchem Schnurrbart sowie seinen bedächtigen Bewegungen Ruhe und Konzentration ausstrahlte, weigerte sich hartnäckig, seine Helfer preiszugeben. Während Pfeffer mit ihm um ein Geständnis rang, verhaftete die Polizei immer neue Bauern aus der Gegend um Priboj sowie eine Reihe von Bauern aus dem Grenzgebiet, die verdächtigt wurden, sich gelegentlich mit Schmuggel abzugeben. Sie alle wurden nach und nach mit Weljko Tschubrilowitsch konfrontiert, er bestritt aber jedesmal, irgendeinen von ihnen zu kennen. Da seine stereotype Verneinung weder in der einen noch in der anderen Richtung als Beweis galt, wurden sie alle in Haft behalten.
Eines Tages, als Pfeffer wieder einmal in den Abort des Garnisonsgefängnisses ging – er hatte ihn nach dem Anblick des frisch errichteten Galgens lange Zeit gemieden –, sah er durch das Lüftungsloch einen Mann am Strick hängen und erschrak. Seiner Kleidung nach war er einer der bosnischen Bauern, wie sie in der letzten Zeit in großer Zahl vor ihm vorbeidefiliert waren. Er glaubte sogar, das in einem seltsamen Winkel vorgeneigte, unrasierte Gesicht zu erkennen und erschrak zum zweiten Mal.
Als er bald darauf beim Kreisgerichtspräsidenten Ilnitzky zum täglichen Rapport erschien, sagte er ihm geradeheraus: »Man hat einen Mann im Hof des Garnisonsgefängnisses gehängt.«
»Ach, das ist irgend so ein Bauer aus Südbosnien, bei dem

man Waffen gefunden hat«, antwortete Ilnitzky und grinste ihn sinnlos an. »Sein Vater hat sie nach dem Aufstand gegen die Türken vergraben, und er hat sie jetzt wieder ausgegraben und gereinigt, um sie, wie er sagt, für die kommenden Kämpfe bereitzumachen.«
»Aber er hat sie nicht benützt?!«
»Das weiß ich nicht. Vielleicht hat er geschossen, als die Gendarmen ihn holen wollten – vielleicht auch nicht. Ich bin darüber nicht so gut informiert. Es fällt nicht in meine Kompetenz. Der Besitz von Waffen genügt schon, um vor ein Militärgericht gestellt zu werden. Wir haben Ausnahmezustand.«
»Was wird nun aus den Attentätern und ihren Helfern?« wollte Pfeffer wissen.
»Man hat sich darüber geeinigt, daß sie von einem ordentlichen Gericht abgeurteilt werden sollen, weil sie ihre Tat vor dem Ausnahmezustand begangen haben.«
Am Abend ging Leo Pfeffer zurück ins Garnisonsgefängnis, ließ noch einmal Weljko Tschubrilowitsch zu sich kommen, erklärte ihm kurz die allgemeine sowie die eigene Situation und bat ihn dringend, ihm zu helfen, damit er alle Männer, die mit dem Attentat nichts zu tun hatten, nach Hause schicken könne. Nach einigem Überlegen nannte ihm jetzt der Lehrer, der vorher so hartnäckig geschwiegen hatte, die Bauern, die Princip und Grabesch beim Transport der Waffen von Priboj nach Tusla geholfen hatten. Es waren die Brüder Kerowitsch sowie ihr Nachbar Zwijan Stjepanowitsch. Den Schmuggler, der die Attentäter über die Grenze gelotst hatte, verriet Tschubrilowitsch erst einige Tage später, und zwar nur dessen Vornamen Jakow.
Aber da war schon der Krieg ausgebrochen.
Daß es einen Krieg geben werde, hatte Leo Pfeffer schon eine Woche zuvor gewußt, als er das an die serbische Regierung gerichtete Ultimatum der k.u.k. Regierung gelesen

hatte. Seine Vorgesetzten waren sicherlich am Tag der Überreichung des Ultimatums, das heißt am 23. Juli – es war ein Donnerstag –, davon unterrichtet worden, sie hatten es aber nicht für notwendig befunden, auch ihn darüber zu informieren, obwohl er an diesem Abend sowohl Ilnitzky als auch Chmielewski gesehen hatte. Er erfuhr davon erst am nächsten Tag aus der »Bosnischen Post«, die ihm Dr. Sertitsch ins Büro brachte. Da er den Lokalzeitungen nicht ganz traute, wartete er geduldig noch einen Tag ab, bis er alles in der »Wiener Zeitung« lesen konnte, die er am Samstag durch einen Boten aus seiner Wohnung holen ließ. Erst jetzt, da er es schwarz auf weiß in diesem amtlichen Organ sah, wußte er genau, worum es ging. Obwohl er so etwas Ähnliches erwartet und in verballhornter Form in den sensationslüsternen heimischen Zeitungen in Fragmenten gelesen hatte, empfand er die Lektüre des nüchternen, aggressiven Textes wie einen Schlag in den Magen. Es wurde ihm regelrecht schlecht, so daß er sein Büro verlassen und in Begleitung des fürsorglichen Detektivs Nemeth das nächste Gasthaus aufsuchen mußte, um einen Schnaps zu trinken. Der dicke ungarische Polizist glaubte offenbar, er habe etwas Fettes gegessen, und bot ihm eine seiner Magenpillen an, die er immer bei sich trug, weil er anscheinend Magenbeschwerden hatte. Leo Pfeffer schluckte automatisch die Pille, um sich dem Detektiv nicht anvertrauen zu müssen. Er hätte in diesem Augenblick keine langen Debatten oder irgendwelche Erklärungen ertragen. Dann kehrte er in sein Büro zurück und las die an die serbische königliche Regierung gerichtete Note des k.u.k. Außenministeriums noch einmal, in der Hoffnung, daß er sich bei der ersten Lektüre getäuscht habe. Er hatte sich aber nicht getäuscht. Der Text roch nicht nur wegen der Druckerschwärze nach Blei.

Um ganz sicher zu sein, ging er den Text zum dritten Mal durch.

»Am 31. März 1909 hat der königlich serbische Gesandte am Wiener Hofe im Auftrage seiner Regierung der k.u.k. Regierung folgende Erklärung abgegeben:
›Serbien anerkennt, daß es durch die in Bosnien geschaffene Tatsache in seinen Rechten nicht berührt wurde und daß es sich demgemäß den Entschließungen anpassen wird, welche die Mächte in bezug auf den Artikel 25 des Berliner Vertrages treffen werden. Indem Serbien den Ratschlägen der Großmächte Folge leistet, verpflichtet es sich, die Haltung des Protestes und des Widerstandes, die es hinsichtlich der Annexion seit dem vergangenen Oktober eingenommen hat, aufzugeben, und es verpflichtet sich ferner, die Richtung seiner gegenwärtigen Politik gegenüber Österreich-Ungarn zu ändern und künftighin mit diesem letzteren auf dem Fuße freundnachbarlicher Beziehungen zu leben.‹
Die Geschichte der letzten Jahre nun, und insbesondere die schmerzlichen Ereignisse des 28. Juni, haben das Vorhandensein einer subversiven Bewegung in Serbien erwiesen, deren Ziel es ist, von der österreichisch-ungarischen Monarchie gewisse Teile ihres Gebietes loszutrennen. Diese Bewegung, die unter den Augen der serbischen Regierung entstand, hat in der Folge jenseits des Gebietes des Königreiches durch Akte des Terrorismus, durch eine Reihe von Attentaten und durch Morde Ausdruck gefunden.
Weit entfernt, die in der Erklärung vom 31. März 1909 enthaltenen formellen Verpflichtungen zu erfüllen, hat die k.serbische Regierung nichts getan, um diese Bewegung zu unterdrücken. Sie duldete das verbrecherische Treiben der verschiedenen, gegen die Monarchie gerichteten Vereine und Vereinigungen, die zügellose Sprache der Presse, die Verherrlichung der Urheber von Attentaten, die Teilnahme von Offizieren und Beamten an subversiven Umtrieben, sie duldete schließlich alle Manifestationen, welche die serbi-

sche Bevölkerung zum Hasse gegen die Monarchie und zur Verachtung ihrer Einrichtungen verleiten konnten.
Diese Duldung, der sich die k. serbische Regierung schuldig machte, hat noch in jenem Monat angedauert, in dem die Ereignisse des 28. Juni der ganzen Welt die grauenhaften Folgen solcher Duldung zeigten.
Es erhellt aus den Aussagen und Geständnissen der verbrecherischen Urheber des Attentats vom 28. Juni, daß der Mord von Sarajewo in Belgrad ausgeheckt wurde, daß die Mörder die Waffen und Bomben, mit denen sie ausgestattet waren, von serbischen Offizieren und Beamten erhielten, die der ›Narodna odbrana‹ angehörten, und daß schließlich die Beförderung der Verbrecher und deren Waffen nach Bosnien von leitenden serbischen Grenzorganen veranstaltet und durchgeführt wurde.
Die angeführten Ergebnisse der Untersuchung gestatten es der k.u.k. Regierung nicht, noch länger die Haltung zuwartender Langmut zu beobachten, die sie durch Jahre jenen Treibereien gegenüber eingenommen hatte, die ihren Mittelpunkt in Belgrad haben und von da auf die Gebiete der Monarchie übertragen werden. Diese Ergebnisse legen der k.u.k. Regierung vielmehr die Pflicht auf, Umtrieben ein Ende zu bereiten, die eine ständige Bedrohung für die Ruhe der Monarchie bilden.
Um diesen Zweck zu erreichen, sieht sich die k.u.k. Regierung gezwungen, von der serbischen Regierung eine offizielle Versicherung zu verlangen, daß sie die gegen Österreich-Ungarn gerichtete Propaganda verurteilt, das heißt die Gesamtheit der Bestrebungen, deren Endziel es ist, von der Monarchie Gebiete loszulösen, die ihr angehören, und daß sie sich verpflichtet, diese verbrecherische und terroristische Propaganda mit allen Mitteln zu unterdrücken.
Um diesen Verpflichtungen einen feierlichen Charakter zu geben, wird die k. serbische Regierung auf der ersten Seite

ihres offiziellen Organs vom 26. Juli nachfolgende Erklärung veröffentlichen:
›Die k. serbische Regierung verurteilt die gegen Österreich-Ungarn gerichtete Propaganda, das heißt die Gesamtheit jener Bestrebungen, deren Ziel es ist, von der österreichisch-ungarischen Monarchie Gebiete loszutrennen, die ihr angehören, und sie bedauert aufrichtigst die grauenhaften Folgen dieser verbrecherischen Handlungen.
Die k. serbische Regierung bedauert, daß serbische Offiziere und Beamte an der vorgenannten Propaganda teilgenommen und damit die freundnachbarlichen Beziehungen gefährdet haben, die zu pflegen sich die k. Regierung durch ihre Erklärung vom 31. März 1909 feierlichst verpflichtet hatte.
Die k. Regierung, die jeden Gedanken oder jeden Versuch einer Einmischung in die Geschicke der Bewohner was immer für eines Teiles Österreich-Ungarns mißbilligt und zurückweist, erachtet es für ihre Pflicht, die Offiziere, Beamten und die gesamte Bevölkerung des Königreichs ganz ausdrücklich aufmerksam zu machen, daß sie künftighin mit äußerster Strenge gegen jene Personen vorgehen wird, die sich derartiger Handlungen schuldig machen sollten, Handlungen, denen vorzubeugen und die zu unterdrücken sie alle Anstrengungen machen wird.‹
Diese Erklärung wird gleichzeitig zur Kenntnis der k. Armee durch einen Tagesbefehl Sr. M. des Königs gebracht und in dem offiziellen Organe der Armee veröffentlicht werden.
Die k. serbische Regierung verpflichtet sich überdies:
1. jede Publikation zu unterdrücken, die zum Haß und zur Verachtung der Monarchie aufreizt und deren allgemeine Tendenz gegen die territoriale Integrität der letzteren gerichtet ist,
2. sofort mit der Auflösung des Vereines ›Narodna odbra-

na‹ vorzugehen, dessen gesamte Propagandamittel zu konfiszieren und in derselben Weise gegen die anderen Vereine und Vereinigungen in Serbien einzuschreiten, die sich mit der Propaganda gegen Österreich-Ungarn beschäftigen; die k.Regierung wird die nötigen Maßregeln treffen, damit die aufgelösten Vereine nicht etwa ihre Tätigkeit unter anderem Namen oder in anderer Form fortsetzen,

3. ohne Verzug aus dem öffentlichen Unterricht in Serbien, sowohl was den Lehrkörper als auch die Lehrmittel betrifft, alles zu beseitigen, was dazu dient oder dienen könnte, die Propaganda gegen Österreich-Ungarn zu nähren,

4. aus dem Militärdienst und der Verwaltung im allgemeinen alle Offiziere und Beamten zu entfernen, die der Propaganda gegen Österreich-Ungarn schuldig sind und deren Namen unter Mitteilung des gegen sie vorliegenden Materials der k.Regierung bekanntzugeben sich die k.u.k. Regierung vorbehält,

5. einzuwilligen, daß in Serbien Organe der k.u.k. Regierung bei der Unterdrückung der gegen die territoriale Integrität der Monarchie gerichteten subversiven Bewegung mitwirken,

6. eine gerichtliche Untersuchung gegen jene Teilnehmer des Komplotts vom 28. Juni einzuleiten, die sich auf serbischem Territorium befinden; von der k.u.k. Regierung hiezu delegierte Organe werden an den bezüglichen Erhebungen teilnehmen,

7. mit aller Beschleunigung die Verhaftung des Majors Woja Tankossitsch und eines gewissen Milan Ziganowitsch, serbischen Staatsbeamten, vorzunehmen, welche durch die Ergebnisse der Untersuchung kompromittiert sind,

8. durch wirksame Maßnahmen die Teilnahme der serbischen Behörden an dem Einschmuggeln von Waffen und Explosivkörpern über die Grenze zu verhindern; jene Organe des Grenzdienstes von Schabatz und Losnitza, die den

Urhebern des Verbrechens von Sarajewo bei dem Übertritt über die Grenze behilflich waren, aus dem Dienst zu entlassen und streng zu bestrafen,

9. der k.u.k. Regierung Aufklärungen zu geben über die nicht zu rechtfertigenden Äußerungen hoher serbischer Funktionäre in Serbien und im Ausland, die, ihrer offiziellen Stellung ungeachtet, nicht gezögert haben, sich nach dem Attentat am 28. Juni in Interviews in feindlicher Weise gegen Österreich-Ungarn auszusprechen,

10. die k.u.k. Regierung ohne Verzug von der Durchführung der in den vorigen Punkten zusammengefaßten Maßnahmen zu verständigen.

Die k.u.k. Regierung erwartet die Antwort der k.Regierung spätestens bis Samstag, den 25. d. M., um 6 Uhr nachmittags.«

Als er das Ultimatum, das an diesem Tag um sechs Uhr nachmittags ablaufen sollte, Satz um Satz verdaut hatte, überkam Leo Pfeffer das Gefühl, versagt zu haben. Er war endlich so weit, daß er jetzt alles oder beinahe alles im Zusammenhang mit dem Attentat wußte, aber das nützte ihm nichts. Die anderen machten doch, was sie wollten, ohne sich um die von ihm eruierte Wahrheit zu scheren. Er war nur ein kleines, unbedeutendes Rädchen in einer riesigen Maschinerie, die nach ihren eigenen, für ihn undurchdringlichen Gesetzen funktionierte.

Mit einem Teil dieser Maschinerie wurde er konfrontiert, als er um sechs Uhr abends Chmielewskis Büro betrat, um ihm Bericht zu erstatten. Außer Ilnitzky, der ihn hinbefohlen hatte, war dort auch noch der Oberstaatsanwalt Holländer, der ihm die letzten Ergebnisse der Untersuchung aus der Hand riß, obwohl er nicht sein Vorgesetzter war, sich in einen Fauteuil setzte und mißtrauisch in den Protokollen zu blättern begann. Ilnitzky saß auf dem Rand eines anderen Fauteuils und sah mit seinem grundlosen Lächeln in die

Runde. Er traute sich offenbar nicht, sich zurückzulehnen, aus Angst, daß er dann mit seinem dicken Bauch nur mühsam würde wieder aufstehen können.
»Ich würde Ihnen raten, sich reisebereit zu halten«, sagte Chmielewski, der oberste Chef der Justiz in Bosnien und der Herzegowina, mit seiner üblichen säuerlichen Miene. »Sie werden vielleicht bald nach Belgrad fahren, um die Untersuchung am Ursprungsort des Attentats weiterzuführen.«
Da Pfeffer ihn nur ratlos ansah, fügte er hinzu:
»Sie haben doch die Note an die serbische Regierung gelesen. In Punkt fünf und sechs wird ausdrücklich verlangt, daß die Organe der k.u.k. Regierung an der gerichtlichen Untersuchung gegen alle Teilnehmer mitwirken, die sich auf serbischem Territorium befinden. Wer ist dafür besser geeignet als Sie? Ich werde vorschlagen, daß Sie auf jeden Fall dabei sind.«
»Ich weiß nicht, ob die serbische Regierung damit einverstanden sein wird«, antwortete Pfeffer zweifelnd. »Das würde der Aufgabe ihrer Souveränität gleichkommen.«
»Ach was«, sagte Chmielewski verächtlich. »Die Serben müssen in die Knie gehen. Wenn sie es nicht tun, gibt es Krieg.«
»Serbien ist eine Räuberbande, die für Verbrechen gefaßt werden muß!« meldete sich plötzlich Oberstaatsanwalt Holländer. »Das müssen Sie doch besser wissen als irgendeiner von uns. Warum gehen Sie dann so milde mit diesen Mördern um? Kein einziger von ihnen hat bisher gestanden, in direktem Kontakt mit der ›Narodna odbrana‹ gewesen zu sein.«
»Das stimmt«, mischte sich Ilnitzky unerwartet ein. »Wir konnten dafür noch keinen Beweis erbringen. Aber sonst hat der Gerichtssekretär Pfeffer als Untersuchungsrichter eine sehr gute Arbeit geleistet.«

»Ich finde den Augenblick nicht sehr geeignet, darüber zu streiten«, sagte Chmielewski.
Er hatte recht. Es war die Stunde, in der das Ultimatum an die serbische Regierung abgelaufen war. Leo Pfeffer fühlte sich elend. Ihm war, als sei er wieder in seine Kindheit versetzt worden, in der alles von Erwachsenen bestimmt wurde. Er lag im Scharlachfieber in seinem Gitterbett, und drei Männer unterhielten sich leise, ob er durchkommen werde oder nicht. Er lag nur da, rettungslos ausgeliefert, und konnte nichts unternehmen, um irgendetwas zu ändern.
Die Nachricht, die ihn am nächsten Morgen erreichte, bestätigte Pfeffers Befürchtungen. Da die Antwort der serbischen Regierung als ungenügend bezeichnet worden sei, hieß es, habe die k.u.k. Regierung die diplomatischen Beziehungen zu Serbien abgebrochen. Man sprach von Mobilmachung auf beiden Seiten. Im amtlichen Teil der »Wiener Zeitung« vom Sonntag, dem 26. Juli, die er am Dienstag bekam, las Leo Pfeffer eine Reihe von kaiserlichen Verordnungen, die keinen Zweifel darüber ließen, daß der Krieg unmittelbar bevorstand, so die Verordnung betreffend die Übertragung von Befugnissen der politischen Verwaltung an den Höchstkommandierenden der Streitkräfte in Bosnien, Herzegowina und Dalmatien sowie die Verordnung über die zeitweilige Unterstellung von Zivilpersonen unter die Militärgerichtsbarkeit. Die »Wiener Zeitung« berichtete weiter in knappen Worten über die Schließung des Reichsrats und mehrerer Landtage sowie über patriotische Kundgebungen auf den Straßen und Plätzen der Hauptstadt.
Leo Pfeffer suchte vergeblich nach dem Text der serbischen Antwort auf die österreichische Note. Aber dann fiel ihm ein, daß sie in der Sonntagsausgabe der »Wiener Zeitung« noch gar nicht gedruckt worden sein konnte. Die Nummer vom Montag bekam er aus unerklärlichen Gründen nicht, wahrscheinlich war die Post in diesen Tagen auch durchein-

andergeraten, dafür las er aber in den lokalen Blättern, die ihm ein leicht verwirrter Dr. Sertitsch wortlos auf den Tisch legte, daß die Großmacht Österreich-Ungarn dem kleinen Serbien den Krieg erklärt habe.

»Da die königl. serbische Regierung die Note, welche ihr vom österreichisch-ungarischen Gesandten in Belgrad am 23. Juli 1914 übergeben worden war«, hieß es »nicht in befriedigender Weise beantwortet hat, so sieht sich die k.u.k. Regierung in die Notwendigkeit versetzt, selbst für die Wahrung ihrer Rechte und Interessen Sorge zu tragen und zu diesem Ende an die Gewalt der Waffen zu appellieren. Österreich-Ungarn betrachtet sich daher von diesem Augenblicke an als im Kriegszustande mit Serbien befindlich. –

Der österreichisch-ungarische Minister des Äußeren
Graf Berchtold«.

Leo Pfeffer unterbrach sein Aktenstudium, das an diesem Tag ohnehin nur vorgetäuscht war, und verließ sein Büro. Da er nicht von einem seiner Beschützer begleitet werden wollte, ließ er seinen Hut am Haken hängen, tat im Gang so, als habe er vor, in den Abort zu gehen und stahl sich durch den Nebeneingang auf die Straße. Der Polizist, der diesen Eingang bewachte, hatte nicht die Order, ihn daran zu hindern, das Rathaus zu verlassen, und salutierte nur, als er an ihm vorbeiging. Das war das erste Mal, daß Pfeffer das strenge Ritual seiner Bewachung durchbrochen und sich selbstständig gemacht hatte. Er wollte jedoch nicht weit gehen, er wollte nur seinen Freund Dr. Rudolf Zistler aufsuchen, der in der Nähe wohnte.

»Jetzt haben wir die Bescherung«, sagte Dr. Zistler, als Leo Pfeffer seine Wohnung betrat, in der er auch seine Anwaltskanzlei hatte.

»Kannst du mir den Text der serbischen Antwort auf das Ultimatum geben?«

»Aber natürlich. Komm herein.«

Dr. Zistler führte ihn in seine Kanzlei, kramte auf seinem Schreibtisch, der mit Papieren übersät war, holte einige mit Schreibmaschine vollgetippte Blätter und reichte sie ihm.
»Ich habe den Text heute bekommen«, sagte er, »und ihn gleich abschreiben lassen – für alle Fälle.«
Leo Pfeffer fragte ihn nicht, woher er ihn bekommen hatte, wahrscheinlich stammte er aus einem sozialdemokratischen Organ oder aus einer ähnlichen Quelle, sondern sagte nur: »Danke.«
»Willst du nicht Platz nehmen?« Dr. Zistler wies einladend auf die Sitzgarnitur in seiner Kanzlei. »Darf ich dir etwas zum Trinken anbieten?«
»Nein danke, ich muß leider zurück ins Rathaus. Ich wollte nur ...«
»Schade. Ich hätte mich gern mit dir unterhalten. Sehen wir uns bald?«
»Ich hoffe ja. Nochmals herzlichen Dank.« Leo Pfeffer schwenkte die Papiere, die er von Dr. Zistler bekommen hatte, und ging schnell hinaus und die Treppe hinunter.
Bevor er sein Zimmer im Rathaus betrat, sagte er dem Wachtmeister vor der Tür, er wünsche nicht gestört zu werden. Dann setzte er sich an seinen Schreibtisch und las die Antwort der serbischen Regierung, die in Wien als nicht befriedigend bezeichnet und deshalb als Vorwand für eine Kriegserklärung an Serbien benützt worden war.
»Die königliche serbische Regierung hat die Mitteilung der k.u.k. Regierung vom 23. d.M. erhalten und ist überzeugt, daß ihre Antwort jedes Mißverständnis zerstreuen wird, welches die freundnachbarlichen Beziehungen zwischen der österreich-ungarischen Monarchie und dem Königreich Serbien zu stören droht.
Die königliche Regierung ist sich bewußt, daß der großen Nachbarmonarchie gegenüber bei keinem Anlasse jene Proteste erneuert wurden, die seinerzeit sowohl in der

Skupschtina als auch in Erklärungen und Handlungen der verantwortlichen Vertreter des Staates zum Ausdruck gebracht wurden und die durch die Erklärung der serbischen Regierung vom 31. März 1909 ihren Abschluß gefunden haben, sowie weiters, daß seit jener Zeit weder von den verschiedenen einander folgenden Regierungen des Königreiches noch von deren Organen der Versuch unternommen wurde, den in Bosnien und der Herzegowina geschaffenen politischen und rechtlichen Zustand zu ändern. Die königliche Regierung stellt fest, daß die k.u.k. Regierung in dieser Richtung keinerlei Vorstellungen erhoben hat, abgesehen von dem Fall eines Lehrbuchs, hinsichtlich dessen die k.u.k. Regierung eine vollkommen befriedigende Aufklärung erhalten hat. Serbien hat während der Dauer der Balkankrise in zahlreichen Fällen Beweise für seine pazifistische und gemäßigte Politik geliefert, und es ist nur Serbien und den Opfern, die es ausschließlich im Interesse des europäischen Friedens gebracht hat, zu danken, wenn dieser Friede erhalten geblieben ist.

Die königliche Regierung kann nicht für Äußerungen privaten Charakters verantwortlich gemacht werden, wie es Zeitungsartikel und die friedliche Arbeit von Gesellschaften ist, Äußerungen, die fast in allen Ländern ganz gewöhnliche Erscheinungen sind und die sich im allgemeinen der staatlichen Kontrolle entziehen. Dies um so weniger, als die königliche Regierung bei der Lösung einer ganzen Reihe von Fragen, die zwischen Serbien und Österreich-Ungarn aufgetaucht waren, großes Entgegenkommen bewiesen hat, wodurch es ihr gelungen ist, deren größeren Teil zugunsten des Fortschritts der beiden Nachbarländer zu lösen.

Die königliche Regierung war deshalb durch die Behauptungen, daß Angehörige Serbiens an der Vorbereitung des in Sarajewo verübten Attentats teilgenommen hätten, schmerzlich überrascht. Sie hatte erwartet, zur Mitwirkung bei den Nachforschungen über dieses Verbrechen eingeladen zu werden und war bereit, um ihre volle Korrektheit durch Taten zu beweisen, gegen alle Personen vorzugehen, hinsichtlich welcher ihr Mitteilungen zugekommen wären. Den Wünschen der k.u.k. Regierung entsprechend ist die königliche Regierung somit bereit, dem Gericht ohne Rücksicht auf Stellung und Rang jeden serbischen Staatsangehörigen zu übergeben, für dessen Teilnahme an dem Sarajewoer Verbrechen ihr Beweise geliefert werden sollten; sie verpflichtet sich insbesondere, auf der ersten Seite des Amtsblattes vom 26. Juli folgende Enunziation zu veröffentlichen:

›Die königliche serbische Regierung verurteilt jede Propaganda, die gegen Österreich-Ungarn gerichtet sein sollte, d. h. die Gesamtheit der Bestrebungen, die in letzter Linie auf die Losreißung einzelner Gebiete von der österreichisch-ungarischen Monarchie abzielen, und sie bedauert aufrichtig die traurigen Folgen dieser verbrecherischen Machenschaften.

Die königliche Regierung bedauert, daß laut der Mitteilung der k.u.k. Regierung gewisse serbische Offiziere und Funktionäre an der ebengenannten Propaganda mitgewirkt und daß diese damit die freundnachbarlichen Beziehungen gefährdet hätten, zu deren Beobachtung sich die königliche Regierung durch die Erklärung vom 31. März 1909 feierlich verpflichtet hatte.

Die königliche Regierung, die jeden Gedanken oder jeden Versuch einer Einmischung in die Geschicke der Bewohner was immer für eines Teils Österreich-Ungarns mißbilligt und zurückweist, erachtet es für ihre Pflicht, die Offiziere, Beamten und die gesamte Bevölkerung des Königreichs feierlich aufmerksam zu machen, daß sie künftighin mit äußerster Strenge gegen jene Personen vorgehen wird, die sich derartiger Handlungen schuldig machen sollten, Handlungen, denen vorzubeugen und die zu unterdrücken sie alle Anstrengungen machen wird.‹

Diese Erklärung wird gleichzeitig zur Kenntnis der königlichen Armee durch einen Tagesbefehl Seiner Majestät des Königs gebracht und in dem offiziellen Organ der Armee veröffentlicht werden.

Die königliche Regierung verpflichtet sich weiters:

1. anläßlich des nächsten ordnungsmäßigen Zusammentritts der Skupschtina in das Pressegesetz eine Bestimmung einzuschalten, wonach die Aufreizung zum Haß und zur Verachtung gegen die Monarchie sowie jede Publikation strengstens bestraft würde, deren allgemeine Tendenz gegen die territoriale Integrität Österreich-Ungarns gerichtet ist. Sie verpflichtet sich anläßlich der demnächst erfolgenden Revision der Verfassung in den Artikel XXII des Verfassungsgesetzes einen Zusatz aufzunehmen, der die Konfiskation derartiger Publikationen gestattet, was nach den klaren Bestimmungen des Artikels XXII der Konstitution derzeit unmöglich ist.

2. Die Regierung besitzt keinerlei Beweise dafür und auch die Note der k.u.k. Regierung liefert ihr keine solchen, daß der Verein ›Narodna odbrana‹ und andere ähnliche Gesellschaften bis zum heutigen Tag durch eines ihrer Mitglieder irgendwelche verbrecherischen Handlungen dieser Art begangen hätten. Nichstdestoweniger wird die königliche Regierung die Forderung der k.u.k. Regierung annehmen und die Gesellschaft ›Narodna odbrana‹ sowie jede Gesellschaft, die gegen Österreich-Ungarn wirken sollte, auflösen.

3. Die königlich serbische Regierung verpflichtet sich, ohne Verzug aus dem öffentlichen Unterricht in Serbien alles auszuscheiden, was die gegen Österreich-Ungarn gerichtete Propaganda fördern könnte, falls ihr die k.u.k. Regierung tatsächlich Nachweise für diese Propaganda liefert.

4. Die königliche Regierung ist auch bereit, jene Offiziere und Beamten aus dem Militär- und Zivildienst zu entlassen, hinsichtlich welcher durch gerichtliche Untersuchung festgestellt wird, daß sie sich Handlungen gegen die territoriale Integrität der Monarchie haben zu Schulden kommen lassen; sie erwartet, daß ihr die k.u.k. Regierung zwecks Einleitung des Verfahrens die Namen dieser Offiziere und Beamten und die Tatsachen mitteilt, welche denselben zur Last gelegt werden.
5. Die königliche Regierung muß bekennen, daß sie sich über den Sinn und die Tragweite jenes Begehrens der k.u.k. Regierung nicht volle Rechenschaft geben kann, welches dahingeht, daß die königlich serbische Regierung sich verpflichten soll, auf ihrem Gebiet die Mitwirkung von Organen der k.u.k. Regierung zuzulassen, doch erklärt sie, daß sie jene Mitwirkung anzunehmen bereit wäre, welche den Grundsätzen des Völkerrechts und des Strafprozesses sowie den freundnachbarlichen Beziehungen entsprechen würde.
6. Die königliche Regierung hält es selbstverständlich für ihre Pflicht, gegen alle jene Personen eine Untersuchung einzuleiten, die an dem Komplott vom 28. Juni beteiligt waren oder beteiligt gewesen sein sollen und die sich auf ihrem Gebiet befinden. Was die Mitwirkung von hiezu speziell delegierten Organen der k.u.k. Regierung an dieser Untersuchung anbelangt, so kann sie eine solche nicht annehmen, da dies eine Verletzung der Verfassung und des Strafprozeßgesetzes wäre. Doch könnte den österreichisch-ungarischen Organen in einzelnen Fällen Mitteilung von dem Ergebnis der Untersuchung gemacht werden.
7. Die königliche Regierung hat noch am Abend des Tages, an dem ihr die Note zukam, die Verhaftung des Majors Wojislaw Tankossitsch verfügt.
Was aber den Milan Ziganowitsch anbelangt, der ein Ange-

höriger der österreichisch-ungarischen Monarchie ist und der bis zum 28. Juni (als Aspirant) bei der Eisenbahndirektion bedienstet war, so konnte dieser bisher nicht ausgeforscht werden, weshalb ein Steckbrief gegen ihn erlassen wurde.

Die k.u.k. Regierung wird gebeten, zwecks Durchführung der Untersuchung so bald als möglich die bestehenden Verdachtsgründe und die bei der Untersuchung in Sarajewo gesammelten Schuldbeweise in der üblichen Form bekanntzugeben.

8. Die serbische Regierung wird die bestehenden Maßnahmen wegen der Unterdrückung des Schmuggels von Waffen und Explosivstoffen verschärfen und erweitern.

Es ist selbstverständlich, daß sie sofort eine Untersuchung einleiten und jene Beamten des Grenzdienstes in der Linie Schabatz-Losnitza streng bestrafen wird, die ihre Pflicht verletzt und die Urheber des Verbrechens die Grenze haben überschreiten lassen.

9. Die königliche Regierung ist gern bereit, Aufklärung über die Äußerungen zu geben, welche ihre Beamten in Serbien und im Ausland nach dem Attentat in Interviews gemacht haben und die nach der Behauptung der k.u.k. Regierung der Monarchie feindselig waren, sobald die k.u.k. Regierung die Stellen dieser Ausführungen bezeichnet und bewiesen haben wird, daß diese Äußerungen von den betreffenden Funktionären tatsächlich gemacht worden sind. Die königliche Regierung wird selbst Sorge tragen, die nötigen Beweise und Überführungsmittel hiefür zu sammeln.

10. Die königliche Regierung wird, insofern dies nicht schon in dieser Note geschehen ist, die k.u.k. Regierung von der Durchführung der in den vorstehenden Punkten enthaltenen Maßnahmen in Kenntnis setzen, sobald eine dieser Maßregeln angeordnet und durchgeführt wird.

Die königlich serbische Regierung glaubt, daß es im gemeinsamen Interesse liegt, die Lösung dieser Angelegenheit nicht zu überstürzen, und ist daher, falls sich die k.u.k. Regierung durch diese Antwort nicht für befriedigt erachten sollte, wie immer bereit, eine friedliche Lösung anzunehmen, sei es durch Übertragung der Entscheidung dieser Frage an das Internationale Gericht in Haag, sei es durch Überlassung der Entscheidung an die Großmächte, welche an der Ausarbeitung der von der serbischen Regierung am 31. März 1909 abgegebenen Erklärung mitgewirkt haben.«

Zu Anfang der Lektüre war Leo Pfeffer der ruhige Ton aufgefallen, in dem die serbische Regierung auf das Ultimatum der k.u.k. Regierung antwortete. Trotzdem spürte man zwischen den Zeilen die Angst, die den Stil der Verfasser beeinflußt hatte. Die Unterwerfung unter das Diktat einer Großmacht, das eine unverhüllte Drohung enthielt, sollte die kurze Frist, die sie dem Empfänger für eine Antwort gesetzt hatte, nicht eingehalten werden und sollte er sich erdreisten, es nicht rückhaltlos anzunehmen, diese beinahe totale Unterwerfung erinnerte Pfeffer an die Demut der Tiere, die ihren stärkeren Gegnern die ungeschützte Flanke zeigen, zum Zeichen dafür, daß sie ein Nachgeben einem aussichtslosen Kampf vorziehen.

Die serbische Regierung hatte alle Punkte des Diktats angenommen. Sie hatte lediglich bei zwei Forderungen Bedenken geäußert, weil deren Erfüllung die Aufgabe der staatlichen Selbständigkeit bedeutet hätte. Sie konnte ganz einfach nicht hinnehmen, daß fremde Staatsorgane auf ihrem Territorium zu Gericht saßen. Das hatte man in Wien sicherlich gewußt. Man hatte also absichtlich etwas Unannehmbares verlangt, um den Krieg vom Zaun brechen zu können, der in den Köpfen der Militärs schon längst eine beschlossene Sache war. Und er, Pfeffer, hatte sich törichterweise eingebildet, den Krieg durch die Findung der Wahrheit überflüssig machen zu können. Es war alles umsonst gewesen. Er stützte den Kopf, der ihm plötzlich zu schwer geworden war, auf beide Hände und spürte, wie sich sein Blick vor ohnmächtiger Wut trübte.

7

Leo Pfeffer ging nach festgelegtem Zeitplan weiter seiner Arbeit nach, er wurde jedoch das Gefühl nicht los, daß ein anderer an seiner Stelle die Beschuldigten vernehme, die vielen Akten erledige, Befehle entgegennehme und sie weitergebe, esse, schlafe oder seine Frau streichle, wenn sie mutlos oder traurig war. Er selbst war nur ein Beobachter, der völlig unbeteiligt den anderen auf allen seinen Wegen und Irrwegen begleitete, ohne sich in irgendeine seiner Tätigkeiten einzumischen.

Zu diesem Gefühl der Entfremdung trug auch die Uniform bei, die er auf höhere Weisung tragen mußte, als äußeres Zeichen dafür, daß von nun an die Militärs das Kommando über alles Leben übernommen hatten. Es war die veilchenblaue Uniform eines Justizbeamten, die er vor vielen Jahren hatte anfertigen lassen. Obwohl seine Frau vor kurzem die Knöpfe versetzt hatte, war sie noch immer zu eng, so daß er sich in ihr nicht wohl fühlte und zuweilen glaubte, ersticken zu müssen, wenn er nicht sofort durch Öffnung der Knöpfe den ihn umgebenden Panzer lockere.

Während er vergeblich gegen das stetig wachsende Unbehagen der Entfremdung ankämpfte, setzte sich die riesige militärische Maschinerie in Bewegung, deren Mechanismus ihm ebenso fremd war wie er selbst. Nun gut. Österreich-Ungarn hatte Serbien den Krieg erklärt, um es wegen der Freveltaten einiger seiner Bürger zu bestrafen. Das rief in Rußland eine Teilmobilmachung hervor, das sich verpflichtet fühlte, den kleinen slawischen Brüdern im Süden in der Stunde der Not beizustehen oder auch seinem alten Rivalen

Österreich-Ungarn im Spiel der Großmächte eins auszuwischen. Darauf erklärte Deutschland dem östlichen Nachbarn Rußland den Krieg, um seinen deutschen Brüdern im Süden zu Hilfe zu eilen, obwohl sich Österreich noch gar nicht im Kriegszustand mit Rußland befand. Die Deutschen handelten überhaupt sehr schnell. Sie erklärten in einem Aufwaschen auch Frankreich den Krieg, mit dem sie irgendwelche alten Rechnungen zu begleichen hatten. Nach den schon längst ausgearbeiteten Plänen ihrer Militärs besetzten sie sofort Luxemburg und marschierten in Belgien ein, um von dort aus leichter Frankreich anzugreifen. Das bewog wieder England, das die Neutralität Belgiens garantiert hatte, sich einzumischen und Deutschland den Krieg zu erklären. Die Kriegserklärungen Österreichs an Rußland sowie Frankreichs und Englands an Österreich waren dann nur mehr eine Formsache. So waren in wenigen Tagen alle europäischen Großmächte in den Krieg verwickelt.
Leo Pfeffer konnte sich des Eindrucks nicht erwehren, daß sie alle nur nach einem Vorwand gesucht hatten, um ihre mehr oder weniger versteckten Divergenzen nun offen auszutragen und ihre Machtfülle zu demonstrieren. Das einzige Land, das aus eher lauteren Motiven an diesem allgemeinen Krieg teilnahm, war das winzige Montenegro, das an die Seite Serbiens trat, mit dem zusammen es vor zwei Jahren gegen das Joch des übermächtigen osmanischen Reichs gefochten hatte. Aber das konnte Pfeffer niemandem sagen.
Während er in der ehemaligen Apotheke des Garnisonsgefängnisses saß und in den Stunden, in denen er die Akten studieren sollte, über all das nachdachte, schweifte sein Blick zuweilen über die vielen Tiegel, Schachteln und Fläschchen, die noch immer in den Regalen aufgereiht standen. Hier gab es Medikamente gegen alle möglichen Krankheiten, nur nicht gegen den Kriegswahnsinn, der sich schnell und unaufhaltsam über ganz Europa ausbreitete,

wie eine Seuche, gegen die offenbar kein Kraut gewachsen war.
Es dauerte einige Zeit, bis die Lähmung, die Leo Pfeffer erfaßt hatte, etwas nachließ, so daß er wieder imstande war, die Untersuchung mit mehr Anteilnahme fortzusetzen. Was immer auch geschah, versuchte er sich einzureden – die Tatsachen, die er in dieser dunklen Geschichte ans Licht gebracht hatte, würden für die Nachwelt vielleicht von Nutzen sein. Da Weljko Tschubrilowitsch und Mischko Jowanowitsch schließlich zugegeben hatten, Vertrauensmänner der »Narodna odbrana« gewesen zu sein, ohne jedoch etwas anderes für diese Vereinigung getan zu haben als Bücher und Schriften im nationalistischen Geist zu vertreiben, nahm sich Pfeffer wieder Tschabrinowitsch vor, um dieser Sache, die in der Note des k.u.k. Außenministeriums an die serbische Regierung einen der wichtigsten Anklagepunkte bildete, noch einmal auf den Grund zu gehen.
»Da es nun zum Krieg zwischen Österreich und Serbien gekommen ist und die Zeit der Abrechnung da ist«, sagte er zu dem jungen Attentäter, der, wie es ihm schien, schon seit einer ganzen Ewigkeit vor ihm saß und ihn aufmerksam ansah, »so ist jetzt alles gleichgültig geworden. Jetzt kannst du mir ruhig sagen, was du bisher verheimlicht hast. Du kannst vor allem alles aufrichtig bekennen, was die ›Narodna odbrana‹ betrifft.«
»Ich kann dazu nicht mehr sagen als ich schon früher gesagt habe. Ich weiß nur, daß ein gewisser Boscho Jankowitsch der Präsident und der Major Milan Pribitschewitsch der Sekretär der ›Narodna odbrana‹ war. Ich war tatsächlich vor zwei Jahren bei diesem Verein, und der verstorbene Major Wassitsch, der damals Sekretär war, hat mir fünfzehn Dinar als Unterstützung gegeben.«
»Und das ist wirklich alles?«
»Ah, ich weiß, wo Sie hinauswollen. Ich glaube nicht, daß

die ›Narodna odbrana‹ mit dem Attentat in Verbindung gestanden ist. Nein, sie hat kein Geld dafür gegeben. Ziganowitsch hat mir erzählt, Tankossitsch habe die für die Beschaffung der Revolver notwendige Summe mit einem Wechsel decken müssen.«

»War die Ankunft des Thronfolgers am Sankt-Veits-Tag auch in Serbien schon früher bekannt, und hat dieser Tag irgendeine Rolle in bezug auf die Ausführung des Attentats gespielt?«

»Noch in Belgrad vermuteten wir auf Grund von Zeitungsberichten, daß der Thronfolger um den Sankt-Veits-Tag herum nach Sarajewo kommen werde, aber das wußten wir nicht genau. Als ich in Sarajewo in den Zeitungen las, daß der Thronfolger offiziell gerade am Sankt-Veits-Tag, der für uns Serben der größte Nationalfeiertag ist, kommen soll, haben wir, Princip und ich, ausführlich darüber gesprochen. Dieser Umstand hat mich besonders angespornt, das Attentat zu begehen. Die Volksüberlieferung sagt, daß vor dem Sankt-Veits-Tag dem Helden Milosch Obilitsch gesagt worden sei, er sei ein Verräter, worauf er geantwortet habe: ›Am Sankt-Veits-Tag wird man sehen, wer Verräter ist und wer nicht.‹ Obilitsch war der erste Attentäter der Serben, denn am Sankt-Veits-Tag ging er in das feindliche Lager und tötete den Sultan Murad. Auch mich haben die hiesigen Sozialisten ebenso wie meinen Vater als Spion bezeichnet, seitdem mir nach dem Typographenstreik die Rückkehr nach Sarajewo erlaubt worden war.«

»Ist in Serbien darüber gesprochen worden, daß beabsichtigt ist, Bosnien und die Herzegowina von Österreich zu befreien?«

»In Serbien hat jeder gedacht, daß Bosnien und die Herzegowina mit der Zeit von Österreich, und zwar durch einen Krieg, losgetrennt werden müsse, und deshalb hat auch das serbische Parlament die nötigen Mittel dafür beschlossen. Man kann sagen, daß Serbien sich im allgemeinen darauf vorbereitet hat.«

»Und wie hätte das Serbien als ein kleines Land gegen Österreich durchführen können?«

»Serbien dachte nicht daran, das allein durchzuführen, sondern mit Hilfe seiner Verbündeten Rußland, Griechenland und Rumänien. Außerdem habe ich mit Studenten darüber gesprochen, und die haben dabei in Erwägung gezogen, wie man in Bosnien einen Aufstand organisieren könnte, ähnlich dem Aufstand in Italien, den Mazzini angeführt hat. Ich habe mir diese Bewegung so vorgestellt, daß ein Mitglied das andere anwerben sollte, aber das erste dürfte nicht das dritte und so weiter kennen. Wenn dann die Zeit für den Aufstand reif wäre, müßte man Bomben und Waffen beschaffen, um in Bosnien alles in die Luft zu sprengen, nämlich die Kasernen, die Magazine und alle Behörden.«

»Ist dir bekannt, daß eine derartige Bewegung in Bosnien bestanden hat?«

»Mir ist das nicht bekannt. Wenn mir bekannt gewesen wäre, daß in Bosnien eine derartige Bewegung möglicherweise besteht, hätte ich das Attentat auf den Thronfolger nicht begangen.«

»Warum hast du also das Attentat auf den Thronfolger begangen?«

»In erster Linie aus Rache, weil auf seine Veranlassung hin über Bosnien der Ausnahmezustand verhängt worden ist. In zweiter Linie deshalb, weil er die Slawen haßte und man im allgemeinen in ihm einen Menschen sah, der den Slawen schaden würde. Da er ein guter Stratege und ein guter Soldat war, dachte ich mir auch, wenn er nicht mehr sein werde, wird Serbien leichter Bosnien erobern können.«

»Ich glaube, das wird nicht so leicht gehen, wie du es dir vorstellst.«

»Ich habe in den Zeitungen gelesen, vor allem im ›Piemont‹,

daß Österreich ein morsches Reich ist und daß unser Kaiser, den ich verehre, geweint hat, als er erfuhr, daß im vergangenen Jahr aus Österreich zweihundertneunzigtausend Soldaten desertiert sind. Ferner, daß nach Serbien an manchen Tagen trotz des Ausnahmezustands bis zu fünfzig Militärpersonen desertieren. Ich habe auch gelesen, daß Serbien immer mehr und mehr Soldaten gegen Österreich aufstellen könne als Österreich gegen Serbien, und zwar aus folgenden Gründen: Serbien ging im Balkankrieg erst dann gegen Kumanowo vor, als Rußland an der Grenze zu Österreich ein großes Heer aufgestellt hatte. Falls zwischen Österreich und Serbien ein Krieg ausbrechen sollte, so las ich im ›Piemont‹, müßte Österreich, das höchstens drei Millionen Soldaten hat, die allen möglichen Nationen angehören, ein Riesenheer gegen Rußland, Rumänien und selbst gegen seinen Verbündeten Italien aufstellen. Außerdem müßte Österreich auch eine große Anzahl Soldaten zu Hause behalten, um sich gegen die unzufriedenen Tschechen, Polen, Magyaren, Serben, Slowenen und Kroaten zu schützen, und den Rest des Heeres, der gegen Serbien gehen würde, brauche Serbien nicht zu fürchten. Selbst wenn das ganze österreichische Heer gegen Serbien aufgestellt werden würde, würden sich die serbischen Soldaten nicht fürchten. Sie sind in drei Kriegen erprobt, sie kämpfen mit Begeisterung für die Freiheit, und in den serbischen Zeitungen steht es, daß sie das von geschnürten und geschminkten österreichischen Offizieren geführte Operettenheer nicht fürchten, denn der serbische Offizier ruft ›Mir nach!‹, der österreichische Offizier aber schreit ›Vorwärts!‹.«

Gawrilo Princip gab sich nicht minder patriotisch als sein Freund Tschabrinowitsch. Das hatte Pfeffer erfahren, noch ehe er ihn in sein Büro kommen ließ. Die Gefangenen hatten schon vor einiger Zeit außer den Klopfzeichen noch eine andere Art erfunden, miteinander zu kommunizieren. Sie kratzten auf den äußeren Boden ihrer Menageschalen Botschaften. Da sie nicht wußten, in wessen Hände ihre Schale geraten würde, waren diese Mitteilungen meistens kurz und allgemein gehalten. Sie lauteten etwa »Harret aus!«, »Wir werden siegen!« oder »Nehmt euch in acht vor Iwassiuk!« Der Gefängnisintendant erhob ein Mordsgeschrei wegen der zerkratzten Schalen, doch Pfeffer gebot ihm, nichts in dieser Sache zu unternehmen; ihm war es wichtiger, zu erfahren, was die Gefangenen einander zu sagen hatten. Nach dem Kriegsausbruch entwickelten sich diese Botschaften zu kleinen handgeschriebenen Zeitungen. Die Böden der Menageschalen waren so vollgekratzt, daß auf ihnen kein Platz mehr für eine eventuelle Antwort übrigblieb. Der ruhige, sehr besonnen wirkende Sohn des orthodoxen Priesters Grabesch nannte seine Zeitung »Die Bombe«, der Sohn des Kaffeehausbesitzers und Polizeispitzels Tschabrinowitsch die seine »Der Napf« und Princip die seine »Der Specht«. Er benützte sie, um darin Gedichte zu veröffentlichen, die er in seiner Einzelzelle ersonnen hatte. Das erste von ihnen, das Pfeffer hinterbracht wurde, lautete:

Langsam vergeht die Zeit
und es gibt nichts Neues …
Heute ist alles wie gestern,
und morgen wird alles wieder gleich sein …
Doch ich denke stets an die Worte
des gefallenen Falken Scherajitsch:
»Wer leben will, muß sterben,
wer zu sterben bereit ist, wird ewig leben.«

Im letzten seiner Gedichte brachte der Abkomme des riesenhaften, gewalttätigen Grenzbewachers und Ordnungshüters Princip, der kleine Princip, der seinem Vorfahren um jeden Preis nachzueifern versuchte und den die Komitadschi wegen seines kleines Wuchses vor zwei Jahren nicht in ihre Reihen aufnehmen wollten, sein Bedauern zum Ausdruck, daß er durch die Widrigkeit der Umstände nicht an der Front kämpfen könne.

> Anstatt im Feld zu sein,
> wo ins Kriegshorn geblasen wird,
> schmachten wir im Kerker hier
> und lauschen dem Klirren der Ketten.

Als dann der schmächtige, blauäugige Autor dieser patriotischen Gedichte vor ihm saß, war es natürlich, daß Pfeffer ihm zunächst die folgende Frage stellte:
»Konnte man in Serbien bemerken, daß dort die Absicht bestand, die Jugoslawen von Österreich zu befreien?«
»Darüber hat man in Serbien nicht nur gesprochen, sondern es auch als moralische Pflicht angesehen, denn Serbien ist ein freier Teil Jugoslawiens, und so hat jeder anständige Serbe oder Kroate erwartet, daß Serbien wann immer die Jugoslawen befreien wird. Diesen Eindruck haben wir national gesinnten Studenten aus Bosnien gehabt.«
»Seit wann besteht unter den Studenten dieser Nationalismus?«
»Diese Bewegung hat sich hauptsächlich entwickelt, als Zuvaj Kommissar in Sarajewo war, und zur Zeit des Balkankrieges, zuerst in Belgrad und dann in Agram. Es wurde ein serbisch-kroatischer Almanach veröffentlicht, das war eine gemeinsame Arbeit der serbischen und kroatischen literarischen Vereine. Schließlich gab die Akademie ein gemeinsames Wörterbuch heraus, so daß die literarisch-kulturelle Vereinigung bereits vollendet war. Sofort entstand unter der nationalistischen Jugend ein radikales Programm. Diese Bewegung unter den nationalistischen Studenten entwickelte sich in allen Schulen Kroatiens, Dalmatiens und Bos-

niens, unter den Slawonen und den Magyaren, das heißt überall, wo es Serben und Kroaten und im allgemeinen Jugoslawen gibt. Da die Fortschrittler und die alten Jugoslawen Separatisten waren, so hatten wir Jungen uns das Ziel gesetzt, diesen Separatismus auszurotten, damit sich alle Jugoslawen als eine Nation bekennen und betrachten.«

»Da also diese kulturelle Vereinigung, wie du sagst, bereits vollendet war, mit welchen Mitteln und auf welche Weise habt ihr beabsichtigt, die politische Vereinigung durchzuführen?«

»Unsere Beteiligung bei den Zeitschriften hatte in erster Linie das Bestreben, den nationalen Geist aufzurichten, damit das Volk nicht verdorrt. Als Beispiel für die politische Vereinigung diente uns die Vereinigung in Deutschland und besonders in Italien, und im gegebenen Moment hätte man diese Vereinigung auch bei uns durchgeführt. Als solcher Moment war ein europäischer Krieg gedacht, in dessen Verlauf sich Serbien und Jugoslawien so gestärkt hätten, daß sie von Österreich abfallen könnten. Ich bemerke, daß dies meine Gedanken sind und auch die Gedanken der idealistischen Jugend, aber es gibt jetzt genug Schufte, die anders denken.«

»Haben dich diese deine Gedanken und deine Ideale bei der Ausführung des Attentats geleitet?«

»Jawohl, denn wenn der Mensch sich selbst vergißt, aber sein Volk liebt, so ist er imstande, alles zu begehen. Wir haben niemals von Österreich erwartet, daß es die Jugoslawen vereinigen werde, wir haben im Gegenteil erwartet, daß Österreich wie durch die Pest zerfällt und daß es zwischen uns Jugoslawen verschwindet.«

»Waren die in den letzten Jahren in Kroatien und in Bosnien vorgekommenen Attentate auch die Frucht dieser nationalistischen Ideen?«

»Zweifellos, denn die Attentate, die Jukitsch und Schera-

jitsch begangen haben, waren ein Protest gegen Ungarn und Österreich und ebenso die anderen Attentate. Meine Gedanken waren, daß jeder, der eine Seele hat und für das leidende Volk etwas empfindet, protestieren und irgend etwas unternehmen muß, denn die Rache ist süß und blutig.«
Dieser trotzige Ausbruch des jungen Attentäters hatte Pfefer für einen Augenblick stumm gemacht, aber dann faßte er sich wieder; er war nur ein unparteiischer Apparat, der die Schwingungen der fremden Leidenschaften registrierte.
»Hast du jemals daran gedacht, was für Folgen das Attentat auf den Thronfolger haben könnte?«
»Das Attentat habe ich hauptsächlich aus Rache und Haß gegen Österreich begangen«, antwortete Princip nach kurzer Überlegung. »Österreich war gegen die Jugoslawen immer ungerecht und hat sie unterdrückt. Wie ich schon bemerkt habe, war ich der Ansicht, daß der Thronfolger ein sehr mächtiger Mann sei, der in Zukunft den Jugoslawen sehr schaden könnte. Ich hatte die feste Absicht, mich zu töten und war daher der Meinung, daß man nach dem vollzogenen Attentat nicht wissen werde, warum es verübt wurde. Ich habe mich deshalb nur darauf konzentriert, daß der Anschlag gelinge. An irgendwelche ungünstigen Folgen habe ich gar nicht gedacht.«
»Bist du jetzt zur Überzeugung gekommen, daß dieses Attentat unvernünftig war und keinen Sinn gehabt hat?«
Der junge Attentäter überlegte diesmal etwas länger und sagte dann:
»Ich habe darüber nachgedacht. Opfer muß es geben – und sei nun der Ausgang glücklich oder unglücklich ausgefallen. Das ist gleichgültig. Niemals hat einer von uns daran gedacht, die Herzogin von Hohenberg zu töten. Ich habe bereits beim ersten Verhör mein Bedauern zum Ausdruck gebracht, daß sie sterben mußte. Ich wollte das nicht. Das ist nur durch einen unglücklichen Zufall passiert. Ich bedauere

alle Opfer. Ich bin ganz niedergeschlagen, besonders wenn ich daran denke, wie die armen Bauern für uns leiden.«
Um die Zahl der Opfer zu senken, mußte Leo Pfeffer die Rolle eines Henkers übernehmen. Nachdem Weljko Tschubrilowitsch gestanden hatte, daß der Schmuggler, der Princip und Grabesch über die Grenze gelotst hatte, Jakow heiße, hatte der eifrige Iwassiuk mit seinen Mannen sechs Schmuggler oder des Schmuggels verdächtige Bauern aus dem Grenzgebiet,die Jakow hießen, ausforschen, verhaften und nach Sarajewo verfrachten lassen. Nun mußte unter ihnen der richtige Jakow gefunden werden, damit die anderen entlassen werden konnten. Wenn man den richtigen nicht fand, mußten alle im Gefängnis bleiben, wo man sie jetzt, nachdem der Krieg ausgebrochen war, vielleicht als Geiseln betrachten und eines Tages im Hinterhof hinrichten würde. Die Militärbehörden, die jetzt das Sagen hatten, waren, wie Pfeffer schon vor Kriegsbeginn bei einem Blick in den Hinterhof festgestellt hatte, nicht besonders zimperlich. So ließ er alle verhafteten Jakows in einem leeren Schlafsaal antreten und sie mit Princip konfrontieren.
Als Princip an den Bauern vorbeiging und sie scheinbar aufmerksam musterte, sah Pfeffer, daß er bei dem dritten von ihnen kaum merklich stockte. Es war ein lang aufgeschossener, hagerer Mann mit länglichem Gesicht, Schnurrbart und unruhigem Blick, den er plötzlich beschwörend auf den kleinen Jüngling richtete. Princip wollte natürlich keinen der Bauern erkennen. Ähnlich verlief die Konfrontation mit Grabesch und Weljko Tschubrilowitsch. Jedesmal, wenn einer von ihnen an der Reihe vorbeiging, sah ihn der dritte Bauer flehend oder verzweifelt an, so daß Leo Pfeffer endgültig wußte, wer der gesuchte Schmuggler war, obwohl ihn niemand verraten hatte. Er hieß Jakow Milowitsch. Zu Anfang leugnete er alles, aber am nächsten Tag gestand er, die beiden ihm vom serbischen Finanzer anvertrauten Stu-

denten auf Schleichpfaden über die Grenze gebracht zu haben.
Leo Pfeffer wußte, daß seine Arbeit notwendig war. Es war aber zugleich auch eine schmutzige Arbeit, der er sich schämte, so daß er weder zu Hause noch sonstwo davon erzählte.
Während er in diesen heißen Augusttagen – oder war es schon September geworden – seiner schmutzigen, aber notwendigen Arbeit nachging, war der Krieg, den er, ohne genau zu wissen warum, rein instinktiv ablehnte, noch immer eine ziemlich abstrakte Angelegenheit. Daß er eine ernste und blutige Sache war, merkte er erst, als er eines Tages vom Fenster seines Büros im Rathaus aus eine Einheit der Tiroler Gebirgsjäger am Kai marschieren sah. Sie wurden eingesetzt, um die Freischärler, die in der Umgebung von Sarajewo, vor allem beim Bad Ilidsche, aufgetaucht waren, zu bekämpfen. In Bad Ilidsche war vor einigen Wochen der Erzherzog Franz Ferdinand mit seiner Gemahlin anläßlich seines Besuches in Bosnien abgestiegen. Als Leo Pfeffer nach mehreren Stunden in einer Pause wieder am Fenster stand, sah er, wie ein Dutzend verwundeter Gebirgsjäger mit verbundenen Köpfen, Schultern oder Armen, humpelnd oder auf Tragbahren liegend, wieder heimkehrten. Dabei fiel ihm ein kleiner, dunkelhaariger Gefreiter auf, der wie ein Südländer aussah und auf dem Hinweg besonders munter an der Spitze der letzten Gruppe ausgeschritten war. Jetzt lag er, ein elender Klumpen, mit käseweißem Gesicht, den Bauch mit weißen Binden umwickelt, die sich rot färbten, auf der Tragbahre und schaute mit erlöschendem Blick auf Häuser und Menschen, die ihm fremd waren. Leo Pfeffer konnte sich gut vorstellen, wie es erst an den vielen Fronten zuging, die von seinem Büro im Rathaus der Landeshauptstadt Bosniens weit entfernt waren.
Plötzlich erinnerte er sich an einen Vorfall aus seiner Ju-

gend, den er aus seinem Gedächtnis verbannt hatte. Er war damals zwölf oder dreizehn Jahre alt und besuchte die zweite oder dritte Klasse des Gymnasiums von Esseg, wo sein Vater ein kleiner Kolonialwarenhändler war. Es war Sommer, und die jungen Gymnasiasten vertrieben sich die Zeit an den Ufern der Drau, in der sie an den heißen Tagen badeten. Er wußte beim besten Willen nicht mehr, was er zu einem der Mitschüler gesagt hatte, einem sommersprossigen Ungarn namens Karoly, dessen Vater ein Hotel mit Restaurant besaß. Er erinnerte sich nur, daß seine Bemerkung ein Witz sein sollte. Der sommersprossige, flachgesichtige Karoly wurde darauf plötzlich steif, er hatte den Witz offenbar mißverstanden, richtete sich kerzengerade auf und sagte:

»Komm mit!«

Der zwölf- oder dreizehnjährige Pfeffer folgte ihm automatisch in einen benachbarten Hof, in dem sich Karoly vor einem Hühnerstall mit geballten Fäusten in Kampfstellung brachte und ihm zuraunte:

»Verteidige dich!«

Bevor Leo Pfeffer überhaupt begriffen hatte, worum es ging, schlug ihm der andere mit der Faust auf die Nase, so daß sie zu bluten begann. Hilflos und benommen mußte er noch einige weitere Schläge einstecken, bis er anfing, sich zu verteidigen, zuerst lahm und unbeholfen, aber nach jedem weiteren Schlag seines Gegners wütender und verbissener, bis er zuletzt mit blindem Haß auf den Kürbiskopf des dummen Ungarn einschlug. So standen sie einander gegenüber und schlugen wild aufeinander ein, bis sie ganz blutig und zerschunden zusammenfielen und nach Atem rangen. Obwohl er kaum auf den Füßen stehen konnte, richtete sich Karoly wieder auf, was Pfeffer bewog, sich auch mit letzter Kraft hochzustemmen. Der sommersprossige Knabe mit leeren grauen Augen wollte jedoch nicht weiterkämpfen, er streckte Pfeffer die Hand entgegen, schüttelte die seine feierlich, verbeugte sich eckig und ging weg. Mit dieser grotesken Art, einen vermeintlichen Ehrenhandel auszutragen, war die Sache für ihn erledigt.

Als der Knabe Pfeffer dann zu Hause von diesem Kampf berichtet hatte, um seine Wunden zu rechtfertigen, sagte sein Vater nur:

»Ich hoffe, du hast es diesem ungarischen Bengel ordentlich gegeben.«

Jetzt konnte sich Pfeffer wieder erinnern, daß er noch monatelang darunter gelitten hatte, weil er in dieser Geschichte keinen Sinn finden konnte, so sehr er sich auch darum bemühte.

Je unruhiger und bewegter es in der Ferne zuging, desto stiller wurde es am Ausgangspunkt des sinnlosen Gemetzels, das man Krieg nannte. Leo Pfeffer hatte seine Arbeit so gut wie abgeschlossen, doch niemand drängte ihn, die Ergebnisse seiner Untersuchung abzuliefern. Das schien nicht mehr wichtig zu sein. Die große Welt war mit anderen Dingen beschäftigt. So hatte er wieder Zeit, sich ab und zu auszuschlafen, seine Mittagszeit einzuhalten und sich überhaupt etwas mehr seiner Frau zu widmen – die Kinder blieben den ganzen Sommer bei den Großeltern in Karlowatz –, er hatte sogar einmal Zeit gefunden, mit seinen Freunden Dr. Sattler und Dr. Zistler sowie mit seinem Schwager Slawko Tarock zu spielen. Es war eine eher mißglückte Partie, bei der Dr. Sattler, der einzige, der ganz bei der Sache war, gewann. Leo Pfeffer saß nur stumm vor seinen Karten und brütete vor sich hin, ohne genau zu wissen worüber. Auch in seinem Büro saß er oft untätig über seinen Akten und dachte an nichts.

Einmal, als er abwesend in der Nähe des Hauses vorbeifuhr, in dem Ilitsch und Princip gewohnt hatten, erwachte er plötzlich aus seiner Lethargie, ließ anhalten und ging hin-

ein. Der dicke Detektiv Nemeth, der ihn diesmal begleitete, blieb diskret in der Tür stehen.
Die Mutter des zweifelnden Revolutionärs Danilo Ilitsch wusch gerade die Holztreppe. Als sie hörte, daß die Tür aufging, unterbrach sie ihre Arbeit, richtete sich auf, strich sich mit der Linken, in der Rechten hielt sie den Lappen, eine Haarsträhne aus der Stirn und sah Pfeffer an. Da Pfeffer stumm blieb, sagte sie einfach:
»Kommen Sie herauf.«
Sie schob den Eimer zur Seite und ging ihm voraus.
Das Zimmer, in das sie ihn führte, strahlte die eigenartige Atmosphäre musealer Unbewohntheit aus, wie sie Zimmer von Verstorbenen haben. Das spärliche Mobiliar war peinlich sauber. Auf dem mit grünem Filz ausgelegten Schreibtisch standen in akkurater Ordnung nebeneinander ein Tintenfaß, ein Löscher, eine kleine Porzellanschüssel mit frischen Federn sowie ein Federstiel; die weißen Papierblätter mußten in der Lade sein. Alles war bereit, damit der abwesende Bewohner sich nach seiner Rückkehr an den Schreibtisch setzen und zu schreiben beginnen könne.
»Es tut mir leid, daß Sie Ihr Geld noch nicht zurückbekommen haben«, sagte Leo Pfeffer zu der abgehärmten Frau, die aufrecht vor dem Schreibtisch stand, als wolle sie die Domäne ihres Sohnes verteidigen. »Ich habe veranlaßt, daß es Ihnen ausgehändigt wird, es sind aber noch einige Formalitäten zu erledigen. Gegen die Bürokratie bin ich machtlos.«
Frau Ilitsch ging darauf gar nicht ein, sondern fragte:
»Werden sie meinen Sohn hängen?«
Pfeffer wußte nicht, was er darauf antworten sollte. In seiner Verlegenheit griff er nach einem der Bücher, die Iwassiuks Leute im Bücherregal gelassen hatten. Es war eine Sammlung von Kinderreimen, die Danilo Ilitsch während seiner kurzen Tätigkeit als Lehrer gebraucht hatte. Das Buch ging von selbst auf, weil sein Besitzer ein zusammen-

gefaltetes Blatt hineingelegt hatte. Es war ein Ausschnitt aus einer Zeitschrift in deutscher Sprache, mit einem Zitat aus einem Artikel des russischen Anarchisten Petr Kropotkin, das Ilitsch unterstrichen hatte. Iwassiuks Sbirren waren doch nicht so tüchtig wie sie taten.

»Werden sie ihn hängen?« wiederholte Frau Ilitsch ihre Frage.

»Ich fürchte ja, obwohl er zuletzt gegen das Attentat war. Das letzte Wort hat das Gericht. Vielleicht ...«

»Werde ich die Bücher zurückbekommen?«

»Ich werde sehen, was sich machen läßt. Wenn sie nicht als Beweisstücke dienen ...«

»Ich verstehe nichts von alldem, was in den Büchern steht. Es müssen aber wichtige Dinge sein, wenn mein Sohn dafür sein Leben opfert.«

Leo Pfeffer stellte die Sammlung von Kinderreimen wieder ins Regal und behielt das herausgezogene Blatt in der Hand.

»Darf ich das mitnehmen?« fragte er und hob den Ausschnitt hoch. »Privat«.

»Ja, bitte. Wollen Sie auch das Zimmer von Gawrilo Princip sehen?«

»Wenn es Ihnen keine Mühe macht.«

Frau Ilitsch führte ihn wortlos in das gegenüberliegende Zimmer, das noch kleiner und noch spärlicher möbliert war als das erste. Bis auf das Bett, einen kleinen Tisch, zwei Stühle und einen kleinen Schrank war es vollkommen leer. Pfeffer entdeckte unter dem Bett eine Holzkiste, wie sie die Bauernburschen benützen, wenn sie in die Stadt ziehen oder einrücken müssen.

»Darf ich«, fragte Pfeffer, ging, ohne auf die Antwort zu warten, zum Bett, zog die Kiste hervor und öffnete sie. Drinnen lag nur eine ziemlich mitgenommene Hose aus grauem Stoff, der am Hosenboden und in der Kniegegend glänzte. Pfeffer verstand, warum sich Princip von den sehr mageren Reisespesen in Tusla eine neue Hose gekauft hatte. Er schob die Kiste wieder unter das Bett, richtete sich auf und fragte:

»Wieso hat Princip hier gewohnt? Dadurch sind wir sofort auf Ihren Sohn gestoßen.«

»Er hat kein Geld gehabt«, antwortete Frau Ilitsch schlicht. »Mir konnte er die Miete schuldig bleiben.«

Als Leo Pfeffer in sein Büro im Rathaus kam – dort war es weniger auffällig, wenn er sich nur mit Papieren beschäftigte –, holte er den Ausschnitt aus der Tasche und legte ihn auf den Tisch. Das Zitat von Kropotkin stammte aus einem Artikel »Der Anarchismus und die Gewaltlosigkeit«.

»Mordanschläge sind seit Urzeiten die Antwort auf das Unrecht, das aufgeschreckten und verzweifelten Gesellschaftsklassen und aufgeschreckten und verzweifelten Individuen zugefügt worden ist, und das ihnen unerträglich schien«, schrieb der russische Fürst und angesehene Geograph, der als Abkömmling eines reichen und mächtigen Geschlechts aus schlechtem Gewissen Anarchist geworden war, wobei er allerdings eher für einen gewaltlosen Widerstand gegen die staatlichen Unterdrückungsapparate eintrat. »Solche Handlungen sind die heftige Rückwirkung auf Gewalttätigkeiten, gleichgültig, ob sie repressiv oder aggressiv sind; sie sind der letzte verzweifelte Kampf der empörten und erbitterten menschlichen Natur, um atmen zu können. Der Grund für diese Taten liegt nicht in einer bestimmten Überzeugung, sondern in der Tiefe der menschlichen Natur. Der Ablauf der Geschichte, der politischen wie der sozialen, liefert viele Beweise für diese Tatsache. Wir brauchen nicht weiter zurückzugreifen: Man nehme nur die Beispiele jener politischen Parteien, die in den letzten dreißig Jahren zu solchen Taten gezwungen worden sind – die Partei Mazzinis in Italien, die Fenier in Irland und die Terroristen in Rußland. Waren diese Menschen Anarchisten? Nein. Hatten sie vielleicht die gleiche politische Überzeugung? Nein. Die Anhänger Mazzinis waren Republikaner, die Fenier politische Separatisten und die Russen Sozialdemokraten oder Konstitutionalisten. Doch alle wurden, wenn auch durch verschiedene Umstände, zu dieser entsetzlichen Form der Revolte getrieben. Und wenn wir nun nicht die Parteien, sondern Individuen betrachten, dann sehen wir eine große Anzahl menschlicher Wesen, die durch die bloße Verzweiflung zu einem Verhalten getrieben worden sind, das ihren sozialen Instinkten offensichtlich stark widerspricht ... Dürfen wir diese menschlichen Wesen als Ungeheuer und Bösewichte brandmarken, die oft in heroischer Selbstaufopferung handeln und ihr Leben aus Protest gegen das hergeben, was weniger sozial bewußte und weniger energische Naturen hinnehmen würden, indem sie sich unterwerfen und vor Unrecht und Ungerechtigkeit auf dem Boden kriechen? Wir hassen das Morden mit einem Haß, der den Befürwortern von Massakern und den gefühllosen Betrachtern von Bombardements viel zu betont erscheinen mag; aber wir geben die Schuld an Mordanschlägen und versuchten Attentaten jenen, die für die Handlung des unmittelbaren Täters die Verantwortung tragen. Die Schuld am politischen Mord trifft alle jene Männer und Frauen, die – absichtlich oder aus bloßer Gleichgültigkeit – jene asozialen Verhältnisse aufrechtzuerhalten helfen, die menschliche Wesen zur Verzweiflung treiben.«

Leo Pfeffer war ziemlich verwirrt, als er diesen Versuch einer Rechtfertigung des individuellen Terrors zu Ende gelesen hatte, weil er nicht wußte, wo er da die Attentäter von Sarajewo unterbringen sollte. Jeder von ihnen hatte, soweit er in langen Gesprächen mit ihnen feststellen konnte, außer den vorgeschobenen echten oder angezüchteten nationalen Rachegefühlen ganz verschiedene persönliche Motive, die wesentlich dazu beigetragen hatten, ihre Verzweiflungstat auszuführen, die einem Selbstmord gleichkam. Aber dann war alles anders verlaufen, als sie es sich gedacht hatten. Vor allem war die Rechnung Danilo Ilitschs nicht aufgegangen, der in seinem Dilemma vergeblich bei Kropotkin Hilfe gesucht hatte.

Leo Pfeffer hatte keine Lust, nach dem Mittagessen wieder in eines seiner Büros zu gehen und ließ sich deshalb in den Gasthausgarten »Zum goldenen Faß« bringen, in der Hoffnung, dort seine Freunde Dr. Sattler und Dr. Zistler anzutreffen. Außerdem wollte er Dr. Sattler endlich die Trabuko-Zigarre geben, die er als Belohnung für gute Arbeit bekommen hatte. Da die Mittagszeit schon vorbei war, gab es nur ein paar vereinzelte Gäste an den leeren abgeräumten Tischen, aber seine beiden Freunde saßen noch unter der großen Kastanie an ihrem Stammtisch und vor vollen Gläsern, als gelte es, eine Festung zu verteidigen.

Der Detektiv Nemeth war froh, sich ein Bier genehmigen zu können und setzte sich an einen der abseits gelegenen Tische, an dem ein älterer, müder Kellner Platz genommen hatte, um sich ein bißchen auszuruhen. Der Kellner war sichtlich mißmutig, als er aufstehen mußte, um ein frisches Glas für Pfeffer und ein Krügel Bier für Nemeth zu holen.

Dr. Sattler bedankte sich für die mitgebrachte Zigarre überschwenglich, goß Pfeffer aus der noch beinahe vollen Karaffe Rotwein ein, stieß mit ihm an, lehnte sich wieder auf seinem Stuhl zurück, zog vergeblich an seiner erloschenen Virginier und sagte:

»Ich wollte es dir eigentlich nicht erzählen, um dich nicht zu kränken, aber jetzt ist das alles schon Wurscht. Du hast dir im Verlauf der Ermittlungen offenbar Feinde eingehandelt. Einige Leute von hier, ich will die Namen nicht nennen, haben in Wien verlangt, daß man dich ablöst.«

»Ich weiß«, antwortete ihm Pfeffer, »Oberstaatsanwalt Holländer und Polizeipräsident Gerde stecken dahinter.«

»Ich hätte mir nicht gedacht, daß du das weißt. Man hat es mir unter strengster Diskretion anvertraut.«

»Ich bin nicht von lauter Feinden umgeben«, sagte Pfeffer, trank sein Glas aus – er verspürte plötzlich einen quälenden Durst – und schenkte sich von neuem ein, ließ aber den Wein vor sich stehen. Von den Quertreibereien des Oberstaatsanwalts Holländer und des Polizeipräsidenten Gerde, die ihn durch einen ihrer Meinung nach energischeren Untersuchungsrichter ersetzen wollten, hatte ihm unter dem Siegel der Verschwiegenheit in einem Anflug von Mitleid, schlechtem Gewissen oder kollegialer Sympathie der Staatsanwalt Swara erzählt und auch davon, daß sich der scheinbar weichliche und nach allen Seiten katzbuckelnde Ilnitzky sowie der ewig mürrische Chmielewski für ihn eingesetzt hatten. Swara hätte es sicherlich nicht ausgeplaudert, wäre die endgültige Entscheidung nicht zu Pfeffers Gunsten ausgefallen.

»Aber du hast recht«, fügte Pfeffer hinzu. »Ich bin den meisten hohen Herren ein Dorn im Auge, weil ich ihnen nicht prompt genug den Beweis für die Beteiligung der serbischen Regierung am Attentat geliefert habe.«

»Ist die denn wirklich so unschuldig, wie sie tut?« fragte Dr. Sattler augenzwinkernd.

»Ich habe keine Beweise für ihre Schuld gefunden. Im juristischen Sinn ist sie also nicht schuldig. Und das ist das einzige, was für mich zählt. Ich bin Jurist, kein Politiker, der auf Vermutungen und Spekulationen seine Theorien aufbaut und dann irgendwelche verhängnisvollen Entscheidungen trifft.«

»Das habe ich dir ja vorausgesagt. Es gibt keine ganze Wahrheit. Na ja, wie dem auch sei, so klein und schmächtig dein Schützling Princip ist, hat er doch eine gewaltige Lawine in Bewegung gesetzt, die noch ganz Europa unter sich begraben wird.«

»Ich habe alles getan, damit das nicht geschieht, weil ich von Anfang an geahnt habe, daß so etwas passieren könnte. Ich habe es natürlich nicht gewußt, aber irgendwie geahnt. Es lag ja in der Luft.«

»Und was hast du erreicht?«

»Nichts«, antwortete Pfeffer entmutigt, griff nach seinem Glas und trank es aus.

Dr. Zistler, der bisher vor sich hinbrütend zugehört hatte, mischte sich ein.

»Ich kann dich beruhigen«, sagte er zu Pfeffer. »Das Attentat war nicht die Ursache, sondern nur der Anlaß dieses Krieges. Princip hat nicht den Krieg ausgelöst.«

»No na«, warf Dr. Sattler ein. »Ich habe auf den Thronfolger geschossen.«

»Bleiben wir im Augenblick ernst, wie es die Lage erfordert«, sagte Dr. Zistler sachlich. »Das, was diese halben Kinder getan haben, kann doch nicht genügen, um einen europäischen Krieg zu entfesseln.«

»Aber diese deine halben Kinder haben auf jeden Fall den Leuten, die den Krieg gewollt haben, einen guten Dienst erwiesen. Sie haben ihnen den Vorwand geliefert.«

»Ich glaube, daß der Krieg ausgebrochen wäre – vielleicht nicht heute, aber morgen oder übermorgen –, auch wenn diese Burschen nicht hier in Sarajewo Bomben geworfen und geschossen hätten. Man hätte irgendeinen anderen Vorwand gefunden. Der Krieg lag schon, wie Leo gerade gesagt hat, in der Luft. So hat es auch nichts genützt, daß die serbische Regierung sehr demütig auf das Ultimatum geantwortet hat.«

»Warum hat sie dann nicht ...«

»Laß mich bitte ausreden. Sie hat alle Bedingungen angenommen. Sie war bereit, jegliche gegen die Monarchie gerichtete Propaganda zu unterbinden, sie hat Haftbefehle gegen ihre Staatsbürger Ziganowitsch und Tankossitsch erlas-

sen, um sie vor Gericht zu stellen. Aber sie konnte als Regierung eines souveränen Staates nicht zulassen, daß unsere Gerichtsorgane in ihrem Land schalten und walten wie sie wollen. Das geht einfach nicht. Und das hat man in Wien auch gewußt.«
»Und was hat die serbische Regierung durch ihre sture Haltung erreicht? Daß nicht nur Serbien und Österreich, sondern auch Rußland, Deutschland, Frankreich und Belgien, England und was weiß ich welches Land noch in den Schlamassel hineingezogen wurden, dessen Folgen man gar nicht absehen kann.«
Dr. Zistler, der nervös mit seinem leeren Glas gespielt hatte, stellte es abrupt ab, rückte seinen Zwicker zurecht und sah Dr. Sattler an.
»Eines möchte ich dir noch sagen. Es wäre besser gewesen, wenn unsere hohen Herren in Wien aus den sogenannten Erblanden einen föderativen Staat gemacht hätten – natürlich unter Wahrung der konstitutionellen Monarchie –, anstatt Krieg zu führen. Der Krieg bringt nichts Gutes und löst überhaupt keine Probleme.«
Er begann wieder mit seinem leeren Glas zu spielen, indem er es mit seinen behaarten Fingern hin und her drehte, und fügte dann nachdenklich hinzu:
»Mich wundert es nur, daß niemand ernstlich etwas dagegen unternommen hat. Ich habe den Eindruck, daß sich alle mit fliegenden Fahnen hineingestürzt haben.« Er hob den Kopf und sah Pfeffer an. »Ich glaube, deine Burschen haben auch nichts gegen den Krieg gehabt.«
»Ich fürchte nein.«
»Da haben wir es.« Dr. Zistler senkte nach kurzer Pause wieder den Kopf und sprach weiter, ganz leise, als rede er mit sich selbst. »Am meisten wundert es mich, daß auch die großen Sozialdemokraten sich nicht entschieden dagegen ausgesprochen haben. Die einzige Ausnahme war Jean Jau-

rès, und den hat irgendein irrer französischer Nationalist erschossen.«
Er verstummte und starrte ebenso wie Pfeffer nachdenklich vor sich hin.
Dr. Sattler legte seine kalt gewordene Virginia weg, zündete sich mit Genuß die geschenkte Trabuko an und paffte ein paar Züge.
»Ich bin nur ein Arzt, meine Herren«, sagte er dann. »Ich kann notfalls eure kaputten Körper zusammenflicken, aber nicht eure wunden Seelen.«
Er wollte trinken, bemerkte aber, daß die bauchige Flasche und die Gläser leer waren und klatschte in die Hände. Der verschlafene Kellner fuhr erschrocken zusammen und stand auf. Dr. Sattler hob die leere Flasche hoch.
»Bring uns noch eine Flasche Roten.«
Der Kellner schlurfte ins Gasthaus.
»Nein, nein, lieber nicht«, sagte Dr. Zistler. »Wir haben schon genug.«
Pfeffer schaute sich im leeren Garten um.
»Ich glaube, wir sollten langsam ...«
»Laß nur«, unterbrach ihn Dr. Sattler. »Wir müssen noch ein Glas auf den letzten Sonntag trinken, auf den Sonntag vor ein paar Wochen, an dem wir noch frei und in aller Unschuld über Gott und die Welt reden konnten.«
Leo Pfeffer schüttelte den Kopf.
»So unschuldig waren wir bestimmt nicht.«

Epilog

Da niemand mehr ihn drängte, schloß Leo Pfeffer seine Untersuchung erst am 19. September ab und übergab alle Ergebnisse der Staatsanwaltschaft, die ohnehin laufend die Abschriften aller Protokolle bekommen hatte. So brauchte sie nur eine Woche, um die Anklageschrift auszufertigen. Dem Untersuchungsrichter Pfeffer oblag es, sie am 26. September den Angeklagten in ihrer Muttersprache vorzulesen, obwohl sie jedem von ihnen noch ausgehändigt werden sollte.

Der 26. September war ein Samstag. Da die Zeremonie der Verlesung erst für neun Uhr angesetzt war, mußte sich Leo Pfeffer nicht beeilen. So ließ er sich Zeit mit dem Anziehen und mit dem Binden der Krawatte. Heute hatte er den dunklen Anzug gewählt sowie eine graue Krawatte, die, wie er glaubte, zum Anlaß paßte. Er wollte heute absichtlich nicht die Uniform anziehen. Als er die Jacke angezogen und sich im Spiegel des Biedermeierschranks kurz begutachtet hatte, ging er zum Fenster und sah hinaus. Draußen herrschte trübes Wetter. Er drehte sich um, ging zum Bett, setzte sich auf den Rand und starrte verloren vor sich hin.

Heute hätte er sich am liebsten im Schlafzimmer eingeschlossen, aber seine Frau holte ihn zum Frühstück ab. Die Kinder hatten schon gefrühstückt und waren in die Schule gegangen. So saßen seine Frau und er allein und schweigend am großen Tisch im Speisezimmer. Leo Pfeffer strich sich automatisch und mit großer Sorgfalt sein Butterbrot und legte es dann beiseite, ohne abzubeißen.

»Kaffee?« fragte ihn seine Frau und schenkte ihm ein, ohne seine Antwort abzuwarten.
Er dankte ihr mit einem abwesenden Lächeln, trank aber nicht, sondern schlug die Zeitung auf, die neben seinem Teller auf dem Tisch lag. Er überflog die Berichte von verschiedenen Fronten – Verdun war von deutschen Truppen umzingelt, Ostpreußen wurde nach der Schlacht an den Masurischen Seen von den Resten russischer Einheiten gesäubert, die österreichische Festung Przemyśl war von den Russen noch immer eingeschlossen, dafür aber waren österreichische Truppen weiter in Serbien vorgedrungen. Das alles war weit und unwirklich, und Pfeffers Blick glitt gleichgültig über die Nachrichten, als gehe ihn das alles nichts an.
»Mein Bruder muß einrücken«, sagte seine Frau plötzlich.
Er klappte die Zeitung wieder zusammen und legte sie weg.
»Er wird gegen sein eigenes Volk kämpfen müssen«, fügte seine Frau hinzu.
»Wer sagt, daß er an die serbische Front kommen wird?«
»Es macht doch keinen Unterschied, wo man umgebracht wird.«
Da seine Arbeit mit dem heutigen Tag beendet war, wurde Leo Pfeffer wahrscheinlich zum letzten Mal von einem Automobil abgeholt. Aber das war ihm egal. Im Gegenteil, er freute sich sogar, endlich wieder ein normaler Mensch unter normalen Menschen zu sein, falls in dieser Zeit überhaupt noch etwas normal war. Der kleine Slawik schien auch bedrückt zu sein. Er saß nur steif neben dem Fahrer und starrte vor sich hin, ohne sich wie gewöhnlich nach vermeintlichen Feinden umzusehen.
Der leere Schlafsaal, in dem Pfeffer zuletzt die verschiedenen Schmuggler, die alle Jakow hießen, mit Princip, Grabesch und Weljko Tschubrilowitsch konfrontiert hatte, war als Schauplatz für die Verlesung der Anklageschrift be-

stimmt worden. Leo Pfeffer mußte noch einige Zeit warten, bis alle Protagonisten zusammen waren.

Auf der einen Seite standen die Vertreter des Staates: der Oberstaatsanwalt Holländer, der Staatsanwalt Swara, der Chef der Justiz für Bosnien und die Herzegowina Chmielewski, der Kreisgerichtspräsident Ilnitzky sowie Iwassiuk mit einigen seiner Sbirren. Sie stehen da wie angemalte Türken. Es war ein Ausdruck, den er von einem Studienfreund aus Wien gelernt hatte. Nicht einmal Ilnitzky, des Ernstes der Stunde bewußt, lächelte diesmal.

Auf der anderen Seite ließ man die Angeklagten herein, die beinahe ausgelassen einander um den Hals fielen, weil sie so lange in Einzelhaft gewesen waren.

Und er, Pfeffer, stand dazwischen, mit dem Rücken zur Wand, und wußte auf einmal nicht, warum er eigentlich da war. Er hatte sich noch nie so einsam und verloren gefühlt wie in diesem Augenblick.

Im Prozeß, der im Oktober 1914 stattfand, wurden Gawrilo Princip, Nedeljko Tschabrinowitsch und Trifko Grabesch als Minderjährige zu je 20 Jahren Kerker verurteilt.
Gawrilo Princip starb am 24. April 1918 an Knochentuberkulose und Unterernährung und in vollkommener Isolation.
Nedeljko Tschabrinowitsch starb, streng isoliert, am 21. Januar 1916 an Tuberkulose und Unterernährung.
Trifko Grabesch starb am 21. Oktober 1916 an Hunger und Krankheit, ebenso wie seine beiden Kameraden in Einzelhaft und mit einer zehn Kilo schweren Kette an die Kerkermauer der Festung Theresienstadt festgebunden.
Wasso Tschubrilowitsch bekam 56 Jahre Kerker und überlebte den Krieg im Gefängnis von Senitza.
Zwetko Popowitsch wurde zu 13 Jahren Kerker verurteilt. Auch er überlebte den Krieg.
Lazar Djukitsch, der Tschubrilowitsch mit Ilitsch zusammengebracht hatte, wurde zu 10 Jahren Kerker verurteilt. Er wurde durch das viele Hungern verrückt und starb im März 1917 in einer Irrenanstalt in Prag.
Die Bauern Jakow Milowitsch und Nedjo Kerowitsch, die Princip und Grabesch beim illegalen Überschreiten der Grenze und bei dem Transport der Waffen geholfen hatten, wurden zum Tod verurteilt und dann zu Kerkerstrafe begnadigt. Beide starben zwei Jahre später im Gefängnis.
Am 3. Februar 1915 wurden die drei anderen zum Tode durch den Strang verurteilten Mitverschwörer hingerichtet.
Zuerst der Lehrer Weljko Tschubrilowitsch, der den Transport der Waffen von der serbischen Grenze bis Tusla organisiert hatte.
Darauf Michailo Jowanowitsch, der Kinobesitzer aus Tusla, der die Waffen aufbewahrt und sie dann Danilo Ilitsch übergeben hatte.
Zuletzt wurde Danilo Ilitsch gehängt. Er hatte die Waffen

nach Sarajewo gebracht und sie an die sechs Attentäter verteilt, obwohl er von dem Sinn des Attentats nicht mehr überzeugt war.